청평조
清平調詞

구름 닮은 옷차림 꽃과 같은 생김새
봄바람 난간을 스쳐 가고 이슬맺힌 꽃 질어 탐가네
만약 군옥산 머리에거 만나지 않았다면
정녕 요대의 달빛 아래거 만날 수 있으리

雲想衣裳花想容
春風拂檻露華濃
若非群玉山頭見
會向瑤臺月下逢

Fantastic Oriental Heroes

요담 新무협 판타지 소설

귀령마안

귀령마안 1

요담 新무협 판타지 소설

초판 1쇄 찍은 날 § 2005년 6월 16일
초판 1쇄 펴낸 날 § 2005년 6월 27일

지은이 § 요담
펴낸이 § 서경석

편집장 § 문혜영
편집책임 § 김민정

펴낸곳 § 도서출판 청어람
등록번호 § 제1081-1-89호
등록일자 § 1999. 5. 31
어람번호 § 제2-0625호

주소 § 경기도 부천시 원미구 심곡1동 350-1 남성B/D 3F (우) 420-011
전화 § 032-656-4452 팩스 § 032-656-4453
http://www.chungeoram.com
E-mail § eoram99@chollian.net

ⓒ 요담, 2005

ISBN 89-5831-591-1 04810
ISBN 89-5831-590-3 (SET)

Fantastic Oriental Heroes

요담 新무협 판타지 소설

귀령마안

1

요안, 요선보에 들다

도서출판 청어람

목차

"**너**도 참 불쌍하군."

검고 탁한 목소리.

만약 소리에도 빛깔이 있다면 저 목소리는 검붉은색이었다.

지금 타고 있는 이 형거에 참으로 잘 어울리는 검고 붉은 색.

색깔뿐만이 아니었다.

목소리는 짧게 끊어진 채 이어지고 있었고, 그 호흡과 호흡 사이에서 형거(刑車)의 바퀴는 구르고 있었다.

내가 걸어온 발자국만큼이나 검붉은 바퀴 자국을 남긴 채, 그렇게 달빛을 가르며…….

형거 안은 온통 추악하고 더럽다.

배설물과 피고름이 뒤섞인 고약한 냄새로.

하긴, 죄수들을 운반하는 형거 안이 깨끗하고 안락하지는 않을 것이다.

그러나 왠지 편안했다.

살아온 날들 역시 이 안보다 더 깨끗하진 않았으니까.

피고름 냄새쯤은 이미 나의 체취가 된 지 오래였으니까.

그래서 참을 만했다.

아니, 익숙했다.

그러나 저 괴상한 소리만큼은 참기 힘들었다.

입 안에 무언가를 가득 넣고 우물거리는 소리.

연신 쩝쩝대다가, 후루룩 무언가를 들이키고, 다시 혀로 정성스레 핥는 소리가 귀에 거슬렸기 때문이다.

형거 안에 있는 자는 모두 네 명.

자신은 눈을 감고 있었고, 마주 보고 있는 놈은 몸을 옥죄고 있는 형구(刑具)를 찬 채로도 제법 요령있게 두 다리를 뻗고 있었다.

거기다 형거 창살에 등을 기대고는 편안히 눕기까지 하고 있었다.

한숨 자라면, 언제든 잠잘 준비가 되어 있다는 듯이.

오른쪽에 있는 놈은 정반대였다.

무엇이 두려운지 몸을 한껏 둥글게 말고는 연신 눈치를 보고 있었다.

그렇다면 한 놈뿐이었다.

자신의 오른쪽 위, 동시에 왼쪽 옆, 그러니까 대각선으로 앉아 있는 놈이었다.

있는 것만으로도 형거 안을 꽉 채우다시피 한 커다란 덩치의 사람.

그 사람이 저 기분 나쁜 소리를 만들어내고 있는 것이다.

단순히 소리가 기분 나쁜 것은 아니었다.

누구든 음식을 먹을 때는 그런 소리를 내곤 했으니.

하지만 놈이 들고 있는 그 음식이 문제였다.

놈이 정성스레 한 손으로 잡고 핥고 있는 기다랗고도 허연 것은 뼈였고, 나는 한눈에 그것이 사람의 넓적다리뼈라는 것을 알아볼 수 있었기 때문이다.

뼈.

약간 길고, 두터우며 넓적한 모양새.

그렇게 생긴 뼈는 많았지만, 사람의 뼈, 그것도 어디 부위의 뼈인지 알아볼 수 있는 사람은 적었다.

사람의 몸을 칼로 헤집어보지 않는 한 알 수 없는 일이었고, 그래서 바로 나 같은 사람만이 알아볼 수 있는 것이다.

놈은 승냥이 같았다.

아니, 승냥이 자체였다.

놈의 이빨은 모두 송곳니처럼 삼각형 형태로 뾰족했다.

원래 그런 모양이었는지, 아니면 그렇게 갈아냈는지는 중요하지 않았다.

단지 그 이빨들이 뼈에 틀어박히고, 긁어내는 소리가 역겹다는 게 중요했다.

마치 손톱으로 나무판자를 긁는 듯한 소리는 신경을 곤두서게 했고, 뾰족한 이빨 사이로 뻘건 혀를 내어 쩝쩝대며 핥는 소리는 머리털이 곤두서게 했다.

사람이 사람을 먹는다는 것이 무서워서가 아니었다.

단순히 역겹기 때문이었다.

왠지 그 소리에 목이 옥죄어오는 것 같았다.

목을 채우고 있는 무게 한 근짜리 겸(鉗)이 백 근 이상처럼 느껴졌다.

목뿐만이 아니었다.

손에는 뉴(杻)가, 발목엔 계(鍥)라는 차꼬까지 차고 있었다.

그래서 움직일 수 없었다.

아니, 버둥거려 볼래야 그럴 틈조차 없었다.

그래도 억울하진 않았다.

죄를 지은 사죄수가 당연히 차는 것이었고, 또 이곳에 있는 다른 세 명 역시 똑같은 형색이었다.

왜냐하면 지금 몸담은 마차는 형거였기 때문이다.

그리고 난 여기서 살아남아야 했다.

무슨 일이 있어도……!

형거(刑車), 즉 죄수들을 옮기는 마차를 뜻했다.

하지만 지금 타고 가는 형거는 어딘가 달랐다.

보통의 형거는 단단한 나무로 창살을 만들어 그 사이로 죄수들을 볼 수 있는 구조였다.

참형장에 사죄수(死罪囚)들을 옮기기 전, 구경하는 사람들에게 내보이기 위해서였다.

그러면 사람들은 곧 손가락질과 욕설, 그리고 심지어는 침을 뱉고 돌팔매질을 하기 마련이었다.

그것으로 백성에겐 따끔한 교훈과 더불어 만만치 않은 여흥 거리가 되곤 했다.

그러나 지금의 형거는 그것과는 달랐다.

오히려 사람들의 시선을 끌까 봐 걱정한 듯, 형거는 안이 들여다보이지 않는 두꺼운 천으로 감싸 있었다.

아니, 천이 아니었다.

두터운, 적어도 어른 손바닥보다 더 두툼한 철판이었다.

앞과 뒤, 그리고 옆뿐만 아니라 천장까지, 무슨 보물이라도 숨긴 듯 꽁꽁 싸매어져 있었다.

더구나 누가 보면 큰일 난다는 듯 한밤중, 산길을 골라 헤쳐 가며 가고 있는 중이었다.

그래서 형거 밖뿐 아니라 안에 있는 사람들 역시 밖을 볼 수 없었다.

"글쎄요. 얼마 전에 들어온 놈인 듯한데……. 아마 독한 놈일 겁니다요. 적어도 이곳에 있는 것을 보면."

호리호리한 제 몸체만큼이나 작고 가느다란 목소리였다.

숨소리까지 죽여 한껏 조심하며 내뱉은.

아마도 조금 전의 검붉은 목소리에 대한 대답일 게 분명했다.

'너도 참 불쌍하군' 이었던가?

요령있게 두 다리를 쭉 내뻗고 앉아 있던 놈이 검붉게 내뱉었던 말이.

그리고 그건 분명 나에게 물은 게 분명했다.

하지만 대답은 내 오른쪽 놈 입에서 나왔다.

형거를 타서부터는 똥 싸지르고 밑을 못 닦은 면상으로 우물쭈물 엉거주춤 앉아 있던 놈.

"독하다라……."

재미있다는 듯 앞에 놈이 따라서 중얼거렸다.

역시나 검붉은 음색이었다.

하지만 놈의 시선은 대답을 대신한 오른쪽 놈을 향하고 있지 않았다.

그저 나지막한 검붉은 중얼거림만을 남기고는 멍하니 눈을 떠 하늘을 바라보고 있었기 때문이다.

그러나 밤하늘은 보이지 않았다.

검은 철판으로 막혀 있었기 때문이다.

그것은 누가 봐도 명백한 무시였다.

무심한 중얼거림, 시선조차 던지지 않는 방약한 태도.

하지만 검붉은 목소리는 충분히 무시할 만한 능력이 있는 게 분명했다.

정작 호리호리한 목소리는 그것이 당연하다는 듯 납죽, 고개까지 목에 찬 겸(鉗) 위로 늘이고는 조심스럽게 물어보고 있었다.

"혹시 갈 어르신이 아니십니까?"

갈 어르신으로 불린 검붉은 목소리의 고개가 천천히 아래로 향해 호리호리한 놈을 쳐다봤다.

그러자 호리호리한 놈의 목소리가 더욱 조심스러워졌다.

"날혼자심(捺魂刺心) 갈중(葛重) 어르신이 맞으시군요."

검붉은 목소리, 갈중이 웃었다.

목소리만큼이나 검은 입술이 열리고 새하얀 이빨이 드러났다.

그러자 호리호리한 놈의 얼굴이 새파랗게 질렸다.

아마도 전혀 기대하지 않은 사실을 확인한 게 틀림없었다.

어쩌면 차라리 '아니네, 난 지옥의 염라네' 란 대답이 나왔을지도 몰랐다.

하지만 아무리 부정해도 어쩔 수 없었다.

다른 것은 몰라도, 어느새 날혼자심 갈중의 표식이 된 특이한 눈만큼은 부정할 수 없었기 때문이다.

갈중의 두 눈동자는 한가운데로 몰려 있었다.

사시(斜視), 흔히 사팔뜨기로 불리는 눈동자가 초점을 묘하게 맺으며 호리호리한 얼굴을 쳐다보고 있었기 때문이다.

놈은 그래서 한결 더 조심스러운 목소리로 다시 물었다.

이번엔 갈중 옆에 있는 승냥이를 쳐다보며.

"그럼 저분은……."

"맞네, 광마(狂魔) 이장(李暲)이지."

뼈를 맛있게 핥던 광마 이장이 자신의 이름이 불려지자, 고개를 들어 호리호리한 놈을 쳐다보았다.

그러자 놈은 곧 고개를 숙였다.

갈중과 달리, 광마 이장과는 시선을 마주치기조차 두려운 모양이었다.

아니, 두려운 게 사실이었다.

갈중의 눈이 사시라면, 광마 이장의 눈은 검붉게 충혈되어 번질거렸기 때문이다.

미친 사람이나 가질 만한 눈.

살인에 미친 사람만이, 그래서 수백 명을 죽여본 사람만이 가질 수 있는 눈이었다.

아니, 수천 명을 죽인다 해도 저런 눈은 가질 수 없었다.

붉디붉은 핏물에 잠긴 검은 눈동자.

그것이 광마 이장의 눈이었다.

"저… 전 호해(昊海)라고 합니다요. 두 어르신을 뒤늦게 알아뵈어 죄송합니다요."

늦게 알아본 것은 아닐 게다. 단지 그 사실을 확인하는 용기를 뒤늦게 낸 것이지.

아무튼 호리호리한 놈이 몸을 부르르 떨며 고개를 숙이자 갈중이 웃었다.

"놈, 눈치가 빠르군. 눈치가 빠른 놈은 오래 살지."

놈이 눈치가 있는지는 모르겠지만, 적어도 갈중의 마음에 든 것은 확실해 보였다.

자기를 알아본 것에 대해, 그래서 어른 대접을 해준 것에 대해 기특하다는 듯 바라보며 웃었기 때문이다.

갈중의 눈꼬리가 아래로 향해 둥글게 접혀졌지만, 눈동자만은 그대로였다.

몰린 눈의 한쪽은 위로, 다른 쪽 눈은 아래인 그대로.

초점을 맞추기엔 힘든 눈이었고, 그것은 상승무공을 지니는 데 있어 크나큰 결점이기도 했다.

그러나 놈은 분명 상승무공을 지닌 게 틀림없었다. 그것도 아주 고절한 무공을.

아니라면 호해라는 놈이 저토록 아부할 리는 없으므로.

더구나 자신의 결점을 이겨서 상승의 무공을 지녔다는 것은 만만히 볼 상대가 아니란 것을 나타내 주고 있었다.

"헤헤, 제가 두 어르신을 알아보지 못한다면, 쓸모없는 제 이 두 눈을 파버려야 마땅합죠."

호해는 조심성보다 비굴함을 택한 게 틀림없었다.

"이 호해가 그래도 조그마한 세력이 있읍죠. 그러니 당연히 듣는 귀도 많습죠. 두 분의 위명과 영웅스런 행적은 고스란히 다 들었습니다요."

호해와 갈중은 그리 연배가 크게 차이나 보이지 않았다.

하지만 지금 호해의 태도는 흡사 죽은 제 증조부가 살아 돌아온 것보다 더 극진했다.

"자넨 매우 기쁜 듯하군."

갈중이 물었다.

"예, 당연합죠. 만약 두 어르신을 만나지 못했다면, 능지처사(陵遲處死)에 처해졌을 것 아닙니까요. 운 나쁘면 철망을 통과시켜 갈기갈기 조각낼 것이고, 먼저 눈꺼풀을 베어낸 다음, 양 가슴이 있는 곳에 칼날을 넣고 양팔과 다리를 자르고, 배를 찔러 장부를 도려내고, 목을 베어 죽이는데, 잘리면서도 살아 있어 소변을 질질 봤을 것 아닙니까요. 더구나 내 목에서 나온 피에 사람들은 만두를 적셔 먹느라 정신이 없을 것이고……."

호해의 말은 틀리지 않았다.

사람들은 곧잘 이상한 미신을 믿어, 사형수의 피에 만두를 적셔 먹으면 복이 온다고 믿었기 때문이다.

하지만 호해의 말은 거기서 잠시 멎어야 했다.

붉은 눈, 광마 이장의 눈이 호해를 향했기 때문이다.

그것도 입맛을 다시면서.

호해는 진저리를 쳤다.

광마 이장의 눈이 자신의 온몸을 샅샅이 훑는 것 같았기 때문이다

그래서 갈중만을 쳐다보았다.

맞춰지지 않는 시선을 맞추려 노력하면서.

날혼자심 갈중과 광마 이장은 몸은 둘이되 친형제보다 더 가까운 한 몸과도 같은 사이라는 것을 알았기 때문이다.

만약 광마 이장이 자신을 해하려 해도, 갈중에게만 잘 보이면 살아날 구석이 있을 거라 믿는 호해가 정신없이 떠들었다.

만약 그렇게라도 하지 않는다면 두려워 미쳐 버릴 것 같았기 때문이다.

"그렇게 회자수(劊子手)에게 목이 잘려 끝내 만인갱에 묻힐 몸이었지만, 이제 이 형거에 어르신들과 몸을 함께 담았으니 다행이지 않습니까요."

"왜지?"

다행히 갈중은 호해의 말에 관심을 나타내고 있었다.

"제가 눈치가 빠르다고 하셨잖습니까요. 분명 우리를 형옥(刑獄)에서 누군가가 빼낸 것이고, 우리 같은 사람들을 필요로 하는 곳이 있으니 그런 거 아닙니까요. 서류상으론 죽은 사람이 되고, 중원은 넓으니 다른 곳에 가 새로운 인물로 탄생하는 겁죠. 아마도 살막(殺幕) 같은 자객 집단일 수도 있고, 또 다른 비밀 단체일지도 모릅죠. 자신들이 필요로 하는 일을 하다 죽어도 이미 우리는 죽은 사람이니 해 될 것도 없겠지요. 물론 우리를 이렇게 뽑아가는 세력이 호락호락한 단체는 아닐 테니 무언가 시험을 해보기야 하겠지만, 제 눈치 하나로 이겨 나갈 수 있습니다요."

호해는 갑자기 무언가 큰 비밀을 전해주듯 은밀하게 목소리를 낮추었다.

"사실 태수에게 힘을 쓸 정도라면, 그래서 광마 어르신이나 갈중 어

르신 정도 되는 인물을 빼낼 만한 곳이라면 단 한 군데밖에 없겠지만
서도요.”

갈중이 그곳이 어디냐는 듯, 눈빛만으로 물었다.

비웃음과 함께.

호해는 더욱 목소리를 낮추었다.

“마도칠가(魔道七家)!”

호해의 목소리는 낮고 음산했다.

목소리는 어둠처럼 검었고, 피처럼 비린내가 날 정도였다.

아니, 마도칠가란 말이 그런 힘을 가졌는지 몰랐다.

그래서인지 갈중이 입을 열었다.

“자넨 곧 죽겠군.”

“……?”

갑작스런 말에 호해가 눈을 동그랗게 떴다.

갈중의 눈은 더욱 가늘어졌다.

“말이 많아서, 말이 많은 놈치고 오래 사는 법을 보지 못했지.”

호해가 곧 입을 다물었다.

숨소리도 들리지 않는다.

아니, 아예 숨을 쉬고 있는 것 같지 않았다.

갈중이 죽는다고 말했으면 곧 자신은 죽어야 한다는 걸 알았기 때문
이다.

그걸 재미있게 보던 갈중이 다시 물었다.

“자네 이름이 뭐라고 했지?”

“예, 호해라고 합니다요. 아버님이 오래 살라고 그래 붙혀…….”

말하다 말고 호해는 곧 입을 다물었다.

조금 전 말 많은 놈은 죽는다는 갈중의 말이 뒤늦게 기억이 난 모양이다.

"아니, 나중에 자네의 이름은 세 가지 중 하나일 거야."

호해의 입을 막은 손이 떨어졌다.

"이름이 바뀐다굽쇼? 세 가지 중 하나로?"

호해의 말 많은 병 외에 또 다른 고질병이 터진 것이다.

호기심.

그것이 아니라면 아랫동네 막씨 집 담을 넘어 침실을 구경하지 않았을 것이고, 그 침상 위의 막씨 막내 딸년의 허벅지를 바라보지 않았을 것이다.

그리고 강간, 살인도 일어나지 않았을 것이지만…….

그러나 결정적인 것은 역시 입이었다.

자신의 일을 친구에게 자랑스레 떠벌리지 않았다면 호해는 여기 오지 않았을 것이므로…….

다행히 갈중이 호해의 의문을 풀어주었다.

그것도 친절히 손가락을 하나하나 꼽으면서.

"아침, 점심, 저녁. 그중에 하나겠지. 아! 지금은 야참 시간이겠군. 새벽 시간이니까."

갈중의 네 번째 손가락이 굽는 순간까지도 호해는 이해를 하지 못했다.

그 모습을 보며 갈중이 웃었다.

송곳니처럼 갈린 이빨들을 내보이며.

"내 친구 배가 슬슬 고파질 때거든."

그 말이 끝나기가 무섭게 퉁 하는 소리가 들렸다.

그 소리와 함께 호해의 심장도 같이 내려앉았다.

하얀 뼈다귀, 광마 이장이 이때까지 정성스럽게 핥던 뼈가 땅에 떨어지며 만들어낸 소리였기 때문이다.

그 뼈를 멍하니 바라보던 호해의 시선이 천천히 광마 이장을 향했다.

그리고 그 눈을 보았다.

흰자위는 하나도 보이지 않는, 그래서 붉은 피바다처럼 보이는 눈이었다.

그리고 그 한가운데 검은 눈동자.

그것을 보자 호해의 모든 생각이 멈췄다.

그리고 저도 모르게 몸을 일으켰다.

아니, 도리어 광마 이장을 향해 한 걸음 나서기까지 했다.

일어선 것은 호해뿐만이 아니었다.

광마 이장 역시 천천히 몸을 일으켰다.

"흡!"

광마 이장이 한번 숨을 들이키자, 두 손을 결박했던 나무 차꼬가 너무도 수월하게 부숴졌다.

마치 마른 진흙처럼.

부서진 것은 그것만이 아니었다.

목에 찼던 겸은, 손도 대지 않은 채 목에 힘을 주어 부푸는 것만으로 부수어 버렸다.

쩡~!

양손과 발목을 옥죄고 있던 족쇄는 두 손과 발을 간단하게 맞부딪쳐 깨버렸다.

하지만 호해는 그 모든 것을 보지도 못하고, 듣지도 못하는 것 같았다.

그저 입을 멍하니 벌린 채, 기다란 널빤지 사이에 난 세 개의 구멍에 두 손과 머리를 디밀고는 혼이 나간 듯 그저 하염없이 광마 이장의 눈만을 쳐다보고 있을 뿐이었다.

광마 이장이 호해의 목을 옥죄던 나무판을 양손에 나누어 쥐고는 힘을 주었다.

쩍~

나무판이 두 갈래로 쪼개졌다.

너무도 손쉬웠고, 너무나 간단했다.

마치 날 잘 선 도끼로 장작을 패는 것보다 더 수월한 일처럼 보일 정도였다.

하지만 호해는 자신의 족쇄가 벗겨진 것도 모르는 것처럼 보였다.

그저 엉거주춤 서서는 멍한 시선으로 광마 이장을 볼 뿐이었다.

광마는 호해의 두 손목을 붙잡았다.

어찌 보면 두 사람이 만나 다정히 양손을 맞잡은 것처럼 보일 정도였다.

광마는 호해를 얽어매었던 족쇄마저 부딪쳐 깨고는 서 있는 호해의 손을 들어 먹어 들어갔다.

손톱으로 배를 갈라 창자를 먹고, 간을 씹었다.

정성껏, 즐기듯, 행복한 표정과 함께.

호해의 배 밖으로 나온 장기들이 땅에 털썩 떨어졌다.

아직 생명의 기운이 다하지 않았는지, 꿈틀거리는 그것들에서는 모락모락 김까지 피어올랐다.

하지만 호해의 옆에 있던 소년은 아무런 표정이 없었다.

희고 가는 손가락, 갸름한 얼굴, 그리고 거의 감은 듯 보이는 눈꺼풀.

갈중은 그런 소년을 재미있다는 듯 바라보았다.

어린아이.

하지만 사형수였다.

자신들과 함께 형거에 오를 정도라면 도저히 용서받지 못할 죄를 지었다는 이야기.

더구나 집안도 별 볼 것 없고, 돈도 없어 빼내주지 못하는 신세가 분명했다.

가련한 아이였다.

하지만 아이의 얼굴엔 피곤함만 있었다.

우적우적 씹어 먹는 징그러운 소리. 아무리 광마와 함께 생활해 온 갈중이라도 익숙해지지 않는 사람을 잡아먹는, 뼈가 갈라지고 피부가 찌이익 찢어지는 소리에도 그저 아이 얼굴엔 피곤함만 있었다.

아니, 귀찮아하는 기색이 역력했다.

단지 시끄러워서…….

놀라움에 졸도를 하거나 무서움에 벌벌 떨며 오줌이라도 지려야 할 나이였다.

이제 겨우 열두서너 살 정도?

아니, 큰 키로 봐서는 그것보다 더 많을 수도, 마르고 가냘픈 몸을 보자면 더 적을 수도 있었다.

그래서 갈중은 말했다. 진심을 담아.

"기특하군."

하지만 아이는 대답이 없었다.

그래서 또 한 번 말을 건넸다.

"조금은 징그럽지?"

"……."

"어린아이가 여기 온 것도 기특하고."

하지만 아이는 역시 아무런 말도 없다.

갈중은 조금 전 광마처럼 목과 손과 발을 옥죄고 있던 족쇄들을 부딪쳐 깼다.

그 솜씨는 깨끗했고, 절대 광마 이장의 아래가 아니었다.

갈중은 그렇게 풀려난 자신의 손등을 바라보며 중얼거렸다.

"이제 좀 한가롭군. 어차피 우릴 겁낸다면, 이렇게 감히 빼낼 생각도 못했겠지. 또 꼭 가야 할 곳도 없으니……."

갈중의 마지막 말은 아이를 향해서였다.

옥구(獄具)를 깨뜨려 버리고도 겁이 안 난다는 듯 갈중은 아예 창살에 등을 깊숙이 기대고 앉아 두 다리를 앞으로 쭉 내뻗었다.

매우 편안한 자세였고, 마치 한가히 여행이라도 즐기는 사람 같았다.

갈중의 말은 사실이었다.

쇠사슬이 끊어지고 옥구가 깨지는 요란한 소리는 밤의 정적을 흔들어놓았지만, 누가 들을까 겁내는 것은 형거 안의 죄수들이 아니라 도리어 밖에서 은밀하게 이 형거를 운반해 가야 하는 사람들임에 분명했다.

"어이."

갈중의 검붉은 목소리가 다시 시작되었다.

"……."

하지만 정작 소년은 아무런 대답이 없었다.

"어이, 거기."

"……."

갈중은 한동안 두 눈을 감고 있는 소년을 쳐다보다 피식 웃는 소리를 내며 말했다.

"제법 기특한 구석이 있긴 하지만 세상을 잘 모르는구나. 우리가 지금 가는 곳이 며칠 걸릴지 모르겠지만, 부디 오 일 이내에 그곳에 닿기만을 빌어야 할 게다. 만약 오 일이 넘어가면 저기 저 아저씨가 널 잡아먹어야 하거든."

갈중은 이야기를 하면서 웃었다.

아마도 저 소년은 너무 어려 자신들이 누군지 잘 모를지도 모른단 생각이 들었기 때문이다.

그래서 갈중의 검붉은 목소리는 조금 더 부드러워져 있었다.

마치 아이에게 천천히, 차분하게 알려주려는 듯이.

그러나 조금 더 나긋나긋해진 갈중의 검붉은 목소리는 왠지 더 공포스러운 것이었다.

"사실 저기 저 아저씨의 입맛은 매우 까탈스럽단다. 사람이 아니면 그 어떤 진수성찬도 마다하는 아저씨거든. 우리야 때마다 철창 안으로 밀어 넣어주는 음식을 먹으면 되지만 저 아저씨는……."

그때였다.

"넌 곧 죽겠군."

지독히도 껄끄러운 목소리.

갈중의 목소리가 그저 검붉은 목소리였다면, 저 목소리는 전혀 다른 빛깔의 목소리였다.

듣기엔 너무도 껄끄러워 끝내 귀를 긁다 못해 파내고픈, 아니, 긁는 자신의 손가락에 고막이 터지고, 더 깊이 있는 뇌수를 모두 긁어내고서야 편안함을 느낄 정도였다.

마치 손톱으로 차갑고 거친 철벽을 긁듯 사람 비위를 확 긁어버리는 쇳소리.

그 목소리의 주인공이 바로 눈앞의 소년이란 걸 알아본 갈중의 눈이 커졌다.

그리고 어이없다는 듯 검은 입술을 동그랗게 말고는 기어이 묻고 말았다.

"왜… 지……?"

"말 많은 놈은 빨리 죽거든."

그 말을 끝으로 소년은 눈을 감으며 천천히 창살에 등을 기댔다.

이제 더 이상 귀찮게 하지 말라는 듯이.

갈중은 잠시 후 껄껄 소리 내어 웃었다.

배를 잡고 곧 창자라도 게워낼 것처럼 크게 웃었다.

갈중의 뱃속을 채우고 있는 내공은 만만한 게 아니었다.

자연히 웃음소리는 매우 컸고, 쇠로 감싼 형거 안이 쩌엉 울릴 정도였다.

갈중의 웃음소리가 거슬렸는지 형거 밖에서 칼로 창살을 두드리는 소리가 들렸다.

남의 이목을 끄는 것이 신경 쓰인 게 틀림없었다.

하지만 갈중의 웃음은 그 뒤로도 한참이나 계속되었다.

밖에서 창살을 신경질적으로 쳐대던 사람도 어쩔 수 없다는 걸 알았는지 곧 아무런 소리도 없었다.

그 말은 이미 주위에 신경 쓰지 않아도 될 만큼 멀리 왔다는 것을 뜻했다.

사실 아무리 큰 소리를 내도 감히 이 형거 안에 들어올 놈은 없었다.

만약 들어온다 해도, 날혼자심 갈중과 광마 이장을 꺾을 만한 사람이 없었기 때문이다.

그 사실은 형거 밖에 있는 사람도, 또 갈중과 광마 이장마저도 잘 알고 있었다.

그리고 그것은 갈중이 지금 몸담고 있는 형거를 벗어나 탈옥을 결심하지 않은 이유이기도 했다.

도망가도 도망갈 곳이 없었다.

강호는 넓지만, 도망가 편하게 숨을 만한 곳은 없었다.

더구나 범죄자를 두 손 들어 반갑게 맞아줄 곳 또한 없었다.

그렇다면, 대담하게도 자신들을 데려갈 배짱과 능력과 실력있는 곳에 몸담는 것이 좋을지도 몰랐다.

그리고 그곳이 마도칠가였으면 좋겠다는 생각을 했다. 아니, 사실 마도칠가밖에 이런 방법을 생각해 낼 곳도 없었다.

천하는 이미 마도칠가 손에 거의 들어간 것과 마찬가지였으므로.

'아마도 중책을 맡기겠지.'

갈중은 자신있었다. 광마 이장 역시 식인 풍습만 고친다면 제법 높다란 자리를 꿰어찰 수도 있을 것이다.

그래서 자신들은 성질을 죽이고 있는 것이다.

자신들과 함께 끌려온 놈들을 죽이긴 했지만, 그것으로 미운털이 박히진 않을 것이다.

도리어 마도칠가의 정보력 정도라면 자신들의 식인 풍습을 잘 알지도 몰랐고, 정말 식사 정도로 생각하고 놈들을 집어넣어 준 것인지도 몰랐다.

"빨리 죽는 한이 있더라도… 지루한 건 못 참지."

호해가 죽은 이유가 말이 많은 것과 병적인 호기심 때문이었다면, 갈중이 사고를 친 건 지루함을 못 참는 단 한 가지 이유 때문이었다.

그런데 눈앞에 재미있는 놈이 있는 것이 아닌가.

그것도 자신의 말을 제법 그럴 듯하게 흉내까지 내면서.

하지만 갈중의 재미는 그런 것에 있지 않았다.

놈이 말했을 때, 그것도 어리디어린 소년이 말을 꺼냈을 때 자신의 목을 쓰다듬는 한기를 느꼈기 때문이다.

그것은 살기였다.

너를 죽이겠다는 살벌한 독기, 적을 향해 내뻗어 보이는 살기가 아니었다.

언제든 죽여줄 수 있다는, 또 그런 자신의 능력을 믿고 있는 사람만이 가지는 그런 살기였다.

그런 사람만이 그런 말을 그런 방식으로 할 수 있는 것이다.

그래서 갈중은 체면에도 어울리지 않게 무릎걸음을 걸었다.

형거는 좁았고, 몇 걸음 걷지 않아 소년 앞에 닿을 수 있었다.

그리고는 원래 갸름한 얼굴이 말라서인지 뾰족해 보이는 소년의 턱을 두 손에 계란을 움켜쥐듯 잡고는 천천히 들어 올렸다.

"재미있는 아이로구나."

그리고 정말 재미있는 일이 벌어졌다.

소년의 눈꺼풀이 힘겹게 떠졌을 때,

각기 상이한 빛이 그 얇은 틈 사이에서 새어 나왔기 때문이다.

푸르고 잿빛인 두 빛.

그것은 왠지 신비로우면서도 동시에 요사스러운 빛을 토해내고 있었다.

갈중은 의외였는지 아무런 말이 없다가 다시 크나큰 웃음을 토해놓았다.

조금 전보다 더 큰 웃음을.

그 웃음이 신경 쓰인다는 듯 호해의 상반신을 거의 다 뜯어 먹은 광마 이장이 인상을 조금 찌푸리며 갈중을 쳐다보았다.

하지만 갈중은 광마 이장에게 고개도 돌리지 않고 말했다.

"여기 우리 둘보다 더 괴상한 눈을 가진 놈이 있는걸?"

그랬다.

소년의 눈은 달랐다.

한쪽 눈은 마치 맑게 개인 가을 하늘처럼 파란빛으로 번뜩였고, 다른 쪽은 마치 흙탕물에 잿물을 개어놓은 것처럼 짙은 잿빛이었다.

그 두 눈동자가, 마치 득도한 고승의 눈처럼 반개한 채 갈중을 쳐다보고 있었다.

갈중이 신기한 듯 소년의 두 눈을 바라보다 다시 한 번 킬킬거리며 웃었다.

"네 녀석도 웃기는군."

갈중은 턱으로 광마 이장을 가리키며 말을 이었다.

"저기 저 녀석은 광마(狂魔)라고 불리지. 원래 미친놈이기도 했지만, 사실 보는 놈들이 다 미쳐 버렸거든. 저놈 눈을 보고. 조금 전에도 봤지? 호해라던가? 그놈 말이야. 아, 지금 보니 반밖에 안 남았군. 그래도 다행히 나는 반만 미칠 수 있었지."

갈중이 소년의 턱을 잡고 들어 올려 눈을 보여주자, 그 앞에는 사팔뜨기 한 사람이 있었다.

"내 눈이 보다시피 이렇거든. 그래서 반만 미쳤지. 저놈 눈을 마주 보고도 말이야. 그런데 네놈 눈 역시 이상하구나."

갈중은 천천히 고개를 돌려 광마 이장을 바라보았다.

동시에 소년의 턱을 잡은 손 역시 옆으로 옮겼다.

마치 자신이 보고 있는 것을 함께 봐야 한다는 듯이.

"저놈 눈은 붉지. 사부에게 배운 게 그거밖에 없거든. 사람을 홀려 죽이지. 그럼 또 한 끼의 식량이 생기는 거고. 특히 저놈 눈을 보고 오줌이라도 지릴 만큼 놀라 온몸이 굳으면 특히 그 살이 아주 맛있다더군. 영원히 잊지 못할 만큼."

갈중이 말을 하는 동안에도 광마 이장은 호해를 먹는 중이었다.

광마 이장이 이빨 사이로 삐죽 나온 호해의 살 조각들은 그 순간까지도 짧은 경련을 일으키고 있었다.

"저놈 눈이 왜 붉은 줄 아나? 사람들은 그저 저놈이 미쳤기 때문이라고 했지만, 그건 반만 아는 거야. 저놈, 눈을 봐. 눈을 못 뗄 정도로 특이하지. 저렇게 특이한 눈도 없어. 사람을 미치게 하지. 그렇게 저놈 눈을 보고 있으면 사람들은 빠져드는 거야. 마안공(魔眼功)에. 아니, 정확히는 변질된 색안공(色眼功)이라고 해야 하겠군."

갈중은 계속 키득거리고 있었다. 무척 재미나는 이야기를 들려주는 것처럼.

"저놈이 사실 색안노조의 제자였거든. 아니, 제자일 뻔했었지. 자질은 좋았으니까. 아, 물론 색안노조의 말이 그렇다는 거야. 하지만 결정적으로 저놈 머리가 좋지 않은 게 문제였지. 색안공, 그게 보기보다는 꽤 까다로운 모양이더라구. 일단 눈만 마주치고 몇 마디 주문(呪文)을 읊조리면 바로 사람들을 섭혼공(攝魂功), 그러니까 색안공에 빠져들게 해야 하니까. 하지만 그 까다롭고 기다란 주문이 문제였지. 저놈은 도대체 외우질 못했거든. 그래서 사부가 가두었지, 땅속 깊은 곳에. 가끔 생각나면 먹을 것을 던져 줬지만, 잊어버리고 지나간 날이 더 많았어. 저놈이 살길은 색안공을 완성시키는 수밖에 없었지. 그리고는 드디어 완성시켰어, 색안공이 아니라 마안공을. 깊고 깊은 굴 속에서 굶주림에 지쳐 미쳐 버렸거든. 어느 날 문득 생각난 사부가 굴의 문을 열었을 때, 저놈의 붉은 눈과 마주친 거야. 어떻게 되었겠어? 광마 저놈 역시 사부를 죽이고 싶지는 않았을 거야. 단지 배가 고팠다는 게 문제였지. 몹시도……."

갈중은 키득거리며 소년의 눈을 바라보았다.

신비스러우면서도 요요한 빛을 내는 두 눈동자를.

광마의 마안공보다 소년의 두 눈동자가 더 신비한 힘이 있는 듯 느껴졌다.

그리고 그 눈이 '그래서?' 라고 도발적으로 묻고 있다는 걸 안 갈중은 더욱더 재미있어졌다.

"문은 열렸고 광마의 배는 불렀지. 그 뒤로는 말 안 해도 알지? 아무리 날고 기는 놈들이라도 일단 저놈과 눈이 마주치고 나면, 저놈의 허수아비가 되는 거지. 그렇게 사람을 죽여. 저놈 눈을 바라보고 있던 놈들은 곧 마른침을 몇 번 꿀꺽 삼키다가 온몸이 굳어지지. 그럼 내가 가서 목을 쳐, 팔다리를 자르고, 내장은 꺼내 탕을 끓이고 살가죽은 육포로 뜬 뒤 나머지 팔다리는 삶아 먹지. 돈은 내가 가지고. 물론 사람은 광마만 먹어, 난 사람 고기 입에 대봤지만, 입맛에 맞질 않더군. 광마야 그 맛에 환장하지만 말이야. 나는 왜 미치지 않냐구? 말했잖아. 절반만 미쳐 있다구. 내 이 빌어먹을 눈 덕택이지. 반은 미쳐 있어야 광마 저놈과 함께 있을 수 있고, 나머지 반은 미치지 않아야 우릴 노리는 놈들을 피해 목숨은 유지하고 살 수 있거든."

갈중의 눈이 좁아졌다. 소년의 두 눈을 감상하듯 눈을 지그시 감은 채 쳐다보고 있었다.

"그래서 네가 여기 우리랑 같이 있는 거야. 저놈은 항상 미쳐 있지만, 난 반만 미쳐 있거든. 그런데 문제는 저놈은 배가 자주 고프고, 난 지루하면 나머지 반도 미쳐 버리지. 그걸 놈들이 가장 잘 알고 있거든. 우리를 끌고 가는 놈들 말이야. 그래서 네가 여기 있는 거야. 저놈의 배고픔과 내 지루함을 동시에 해결해 줄 수 있으니까. 저 미친놈이 호해란 놈을 먹는 동안 난 너와 놀지. 그리고 내가 지루해지고, 저놈이 다 먹어치우고 나면 곧 너를 쳐다볼 거야. 저 붉은 눈으로. 그럼 넌… 킬킬. 아, 물론 네 나이에 여기에 있는 걸 보면 대단하긴 하지만, 나 역시, 아니, 광마 이 친구 역시 네 나이에 살인을 해봤지. 하지만 저놈과 눈을 마주치고 나면 모든 게 끝나는 거야. 어떻게 그게 가능하냐고?"

갈중은 숨을 고르려는 듯, 붉은 혀를 내밀어 검은 입술을 핥고는 천천히 입술을 열었다.

"사람들은 곧잘 자신이 동물이란 걸 잊고 살거든. 두 발로 걷고 말을 한다는 것 때문에. 하지만 사람들 역시 동물이야. 그렇기에 죽을 수밖에 없고 천적을 알아볼 수 있지. 그건 생명인 이상 당연한 일이야. 아니, 본능이지. 쥐가 뱀을 만나면 어떻게 되는 줄 아나? 본 적이 없을지도 모르겠군. 난생처음 뱀을 본 쥐 역시 그 자리에서 아무런 일을 할 수 없어. 아예 꼼짝하지 못하지. 온몸이 굳는 거야. 왜냐. 쥐는 알고 있지, 누가 자기 목숨을 가져갈 것인지를 말이야. 그건 본능이야. 무공과는 다른 것이지. 단순한 진리지. 만약 조금 더 복잡했다면 저놈이 익힐 수는 없을 테니까.”

하지만 갈중의 말은 소년의 흥미를 끌지 못한 것 같았다.

광마 이장 역시 한쪽 구석에서 제법 살이 붙은 허벅지를 뜯어 우걱우걱 씹을 뿐 아무런 관심도 두지 않았다.

갈중 역시 처음 흥이 식었는지 묘한 웃음을 지으며 중얼거렸다.

“사형수, 빠져나올 구멍은 없지. 단 하나, 우리를 데려가는 놈들의 시험만 거치면, 우린 새로운 곳에서 새 이름으로 새롭게 태어나는 거야. 왜 우리가 필요한지 모르겠지만, 그놈들 역시 미친놈들이겠지, 우리를 이용해 무언가를 꾸미고 있으니. 하지만 또 강하기도 해. 우리 같은 괴물들을 수하로 부릴 생각을 가질 만큼. 뭐 어찌 되든 우리로서는 이렇게 뒤로 몰래 빼돌려져 살아날 수 있다면야 좋은 일이지. 너 역시 운이 좋아 빨리 도착한다면, 물론 그곳이 어디인지 알 수 없지만, 살아날 수도 있겠지. 내가 지루해지지 않고, 또 저 미친놈이 다시 배고파지기 전이라면 말이야. 그런데 가만히 보자니 엄청 재미있네. 광마와 나, 너까지 산다면? 보통 눈을 가진 놈은 하나도 없는 게 되잖아? 하나는 붉고 하나는 사팔뜨기어 하나는 요안(妖眼)이니.”

그때 소년의 눈이 번뜩였다.

요안이란 이름이 튀어나온 순간에.

새파랗고 잿빛인 광채.

그것이 광마의 주의를 끌었나 보다.

광마는 쭈그려 앉은 채 뜯어 먹던 다리를 내려놓고는 소년 앞으로, 온몸을 질질 끌듯 앞으로 다가왔다.

그리고 소년의 눈을 조용히, 아무런 말 없이, 하지만 모든 것을 집어삼킬 듯이 쳐다보았다.

마치 골수를 빨아먹는 짐승의 주둥이처럼.

그걸 보고 갈중이 천천히 물러서며 킬킬 웃었다.

"제자라도 삼고 싶은 모양이지? 조심해, 그놈이 사부를 죽였을 때도 그랬다. 그놈을 죽이고 싶으면 단 한 가지밖에 없어. 그놈이 네 영혼을 훔치기 전, 네가 그놈 영혼을 훔치는 수밖에."

방금 전 갈중이 앉았던 자리에 광마 이장이 있었다.

요안(妖眼). 두 눈빛이 다른 아이의 눈을 바라보며.

아이 역시 반쯤 감은 눈을 들어 광마 이장을 바라볼 뿐이었다.

그것을 보며 갈중이 웃고는 말했다.

"아가야, 안됐구나. 조금 더 놀아줬으면 했지만, 널 살려두면 왠지 내 뒷목이 근질근질해질 것 같았거든. 특히 네놈 눈빛이 날 그렇게 만들더구나."

사실이었다.

소년을 살려두면 언젠가는 죽을 것 같았다.

힘없이 기대어 앉아 바짝 마른 피고름 딱지를 온몸에 달고 있는 소년에게.

그것은 확실한 느낌이었다.

자신을 사로잡은 화산파의 일매장검 역시 어렸었다.

이제 갓 스물다섯 정도? 하지만 그놈을 처음 보았을 때도, 그 즉시 놈에게 사로잡히리라는 것을 알았다.

그래서 갈중은 자신의 느낌을 믿었다.

그러나 광마 이장과 두 눈을 마주친 이상 놈이 살아날 방법은 없었다.

그래서 흥미롭다는 듯 지켜보며 몇 마디 더 보태어주기로 마음먹었다.

"네놈 무공이 얼마나 높은지는 알 수 없지만, 그건 무공과는 상관없는 일이야. 네놈 무공이 화산파 애송이처럼 광마보다 몇 곱절 더 높다면 모를까. 또 상대가 둘만 돼도 어렵지. 한 번에 단 한 사람의 영혼만 훔칠 수 있으니까. 왜냐하면 광마의 미친 눈은 무공이나 내공이 아닌 정신력이거든. 상대방을 죽이려는 독기(毒氣). 죽일 수 있다는 절대적인 신념. 또 그렇게 할 수 있는 능력이 있어야 그런 눈을 할 수 있지. 그리고 또 한 가지. 조금은 미쳐야 가능한……."

갈중의 말은 이어지지 못했다.

검은 입술은 멍하니 벌어지고 두 눈은 도저히 믿질 못하겠다는 듯 부릅떠졌다.

그리고는…….

사람들은 흔히 무공이니, 방법이니, 요령이니, 아니면 거창한 도(道)라는 이름을 붙인 것들을 글로 적고 말로 전해주는 바보 짓을 한다.

그러나 그것은 이미 죽은 것이란 걸 아무도 알지 못한다.

태생적으로 그것은 살아 있는 것이다.

살아 숨 쉬는 것을 글과 말과 종이에 얽어매놓고서는, 죽은 그것만을 죽어라 익히고 소중히 떠받든다.

하지만 세상엔 단 한 번만 보고도 깨닫는 사람들이 있다.

유식한 놈들은 그것을 생이지지(生而知之)라고 표현할지 모르겠지만, 난 그것을 물고기는 날 때부터 헤엄칠 줄 알고, 독수리는 날 때부터 날개가 주어졌다라고 한다.

적어도 사람과 눈이 마주쳤을 때, 내 눈을 신기한 듯 뚫어져라 보면서 시선을 떼지 못한다는 점에 있어서, 그 누구도 나보다 뛰어난 사람은 없을 것이다.

그래서 요안이라 불리게 되었겠지만…….

얼마의 시간이 지났을까?

드디어 마차 문이 열렸을 때, 그 안에는 단 한 사람만 살아 있었고, 그 사람의 눈은 피곤한 듯 깊이 잠겨 있었다.

퀭한 눈꺼풀 안으로 잿빛 회색과 청록색 눈동자를 힘겹게 가둔 조그마한 소년만이.

◈ 第一章 ◈

요안(妖眼) 소이보(蘇夷甫)

"누군가?"

하지만 사내는 대답 대신 뒤통수를 긁었다.

유석(劉奭)의 검미가 움찔거리다 다시 사내의 옆구리를 쳐다보았다.

정확히는 사내 옆에 있는 작고 창백한 안색의 아이를 보고 있는 것이었다.

"……."

하지만 사내의 얼굴엔 곤혹스러움만 떠올라 있을 뿐 쉽게 대답하지 못했다.

"……."

사내에게 뚜렷한 답변이 없어서인지 유석 역시 시선을 아이에게 고정시키고는 아무 말이 없었다.

그렇게 잠시의 시간이 흐르자 뒤통수를 긁던 사내의 얼굴엔 더욱더 낭패의 빛이 떠올랐다.

대답하기 곤란한 유석의 물음보다 대답조차 할 수 없는 유석의 침묵이 더욱 힘들다는 것을 지금에 와서야 깨달을 수 있었다.

"아이입니다."

쭈뼛대던 사내의 뒤늦은 대답이 숨통이 채 트이지 않았는지 갈라져 나왔다.

"……."

하지만 유석의 시선은 계속 아이에게 향해 있을 뿐 무어라 다른 말이 없었다.

"보낼 아이입니다."

사내는 식은땀으로 목덜미까지 축축해진 채 다시 힘겹게 말을 이었다.

"저 아이가?"

유석의 입에서 처음으로 의외라는 반응이 나왔다.

그럴 줄 알았다는 듯이 사내는 이제 아예 고개까지 푹 숙인 채 가느다란 한숨을 내쉬었다.

"이 아이 하나입니다."

사내는 굳이 보지 않아도 지금 유석의 표정이 어떨지 알았다.

아니, 유석의 표정이 변한 모습을 본 적이 없었다. 하지만 변함없는 표정 속에서도 유석의 마음을 읽을 수가 있었다.

자신이 생각하기에도 너무나 어울리지 않는 아이였다.

피부는 하얗다기보다는 창백하게 질려 푸르죽죽하다는 말이 어울렸다.

하지만 그 얼굴이 더욱 기괴하게 보이는 이유는 커다란 나무판 위에 머리통 하나만 삐죽 튀어나온 때문이었다.

참롱(站籠).

길이 오 척 오 촌, 너비는 일 척 오 촌의 장방형의 나무판은 죄인의 목에 칼을 채울 때 쓰는 가(枷)가 틀림없었다.

그것까진 이상할 게 없었다.

그러나 가(枷) 중에서도 사죄수(死罪囚) 같은 가장 중죄인에게만 씌우는 참롱이 어린아이 목에 씌워져 있는 것은 아무래도 어울리지 않는 일이었다.

그 아래로 보이는 희고 가는 손가락은 섬세한 여인의 손보다도 더욱 고운 아이였다.

하지만 찰지(拶指)에 끼어 뒤틀린 듯 손가락들은 하나같이 제 방향에서 어긋난 채 휘어져 있었다.

'찰지에 협곤까지……?'

유석은 그제야 제대로 서지조차 못하고 비틀거리는 아이를 보며 고개를 갸우뚱거렸다.

찰지란 둥근 다섯 개의 봉 상하에 각각 끈을 꿴 것으로 손가락을 사이에 끼운 후 줄을 당겨 고통을 주는 것이고, 협곤(夾棍)은 세 개의 나무 기둥 사이 부분에 다리를 끼우고 위쪽을 꿴 끈을 당겨 죄는 것이다.

공포스런 고문 추초(箠楚).

수인(囚人)이 피를 쏟고 죽는다는 '유혈임리(流血淋漓)'란 말을 만들어낸 추초가 저 조그마한 아이에게 행해졌다는 것은 정말이지, 이상한 일이었다. 그러나 그것을 확인해 주려는 듯 아이의 손목에는 굵고 투박한 나무판이 뒤틀린 두 손을 채우고 있었다.

손목뿐 아니라 발목까지 그저 어깨 너비로 간신히 벌릴 만큼의 공간만을 남겨둔 채 사슬로 얽매어 있었다.

'참롱에 뉴(杻)에 계(鏭)까지…….'

유석은 속으로 한숨을 내쉬며 고개를 저었다.

지금 이 자리에 섰던 그 어느 누구도 저런 옥구(獄具)와 함께 나타나지는 않았다.

커다란 나무판에 나 있는 두 개의 구멍에 두 손을 넣어 얽어매는 뉴 역시 보통 죄인이 아닌 사형수에게나 행해지는 것이었다.

그런데 저 아이 몸에 씌워진 옥구를 보면 뇌옥(牢獄)을 탈탈 털어내도 모자랄 것 같았다.

가늘게 몸을 떠는 아이의 떨림이 목에서 가슴으로 이어지고 거기서 다시 손목과 발목으로 이어진 사슬이 기묘한 울림을 토해내고 있었다.

겁먹은 듯 끔뻑거리는 눈망울은 사슴을 닮아 크고 깊었지만 더 큰 그늘이 그 위를 덮고 있었다.

하지만 가장 이상한 것은 바로 그 눈이었다.

특이하게 한쪽 눈알은 파랗고 다른 한쪽은 회색, 그래서 기묘한 분위기를 만들어내고 있었다.

하얀 피부에 파랗고 회색인 다른 눈동자.

아무리 봐도 이 자리에 오기엔 어울리지 않는 아이였다.

"요안이라고 적혀 있더니 색목인이었나?"

한동안 아이를 쳐다보던 유석의 입이 열렸다.

하지만 그 물음은 요안 소이보(蘇夷甫)를 확인하려는 게 아니라 다른 세 명의 행방을 묻는 것임을 사내는 알 수 있었다.

"셋은 죽었습니다. 이 아이 혼자만 살았습니다."

사내가 자신의 잘못이 아니라는 걸 나타내려는 듯 억울하다는 눈빛과 함께 어깨를 으쓱해 보였다.

“죽어?”

유석 역시 의외였는지 다시 사내를 쳐다보았다.

“이유없이 서로 죽이고 죽었습니다. 거기다 잡아먹기까지 했으니……. 아마도 홀렸거나 미쳤겠지요. 이 아이 요안에…….”

사내의 고개가 힘차게 위아래로 끄덕여졌다.

“눈에 홀렸다?”

유석의 눈에서 좀처럼 볼 수 없는 기광이 순간적으로 나타났다.

“예.”

거짓은 없었다. 사내는 자신이 본 사실을 정확히 말한 것이다.

하지만 건장한 세 사내는 죽었는데 조그마한 아이만 살아남은 이유는 자신이 생각해도 이해되지 않았다.

“호해야 그렇다 쳐도, 광마 이장과 날혼자심 갈중이?”

사내는 유석의 물음이 무엇을 뜻하는지 알았다.

광마 이장은 녹림도였다.

하지만 산에 숨어들어 갔을 뿐 정식 녹림도도 아니었고, 더욱이 녹림의 사람들도 배척하는 살인귀였다. 돈이나 다른 이유가 있어서가 아니었다. 그저 살인이 좋아 계속 사람을 죽여왔던 사람이 광마 이장이었다.

그가 죽인 사람이 얼추 백이 넘어설 거란 얘기도 있었으니, 그것은 날혼자심 갈중이 죽인 사람도 백이 넘는다는 걸 나타내 주고 있었다.

광마 이장이 죽일 때는 날혼자심 갈중이 옆에 있었고, 날혼자심 갈중이 사람을 죽일 때는 광마 이장이 옆에 있었다.

둘은 의형제라도 맺었는지 서로 삼 년 동안 그렇게 나란히 사람들을 죽이고 재물을 빼앗아 연명했다. 그저 죽이고 싶으면 죽였고, 관아와 무림인들이 쫓아오면 산으로 다시 숨어들었다.

그렇게 삼 년이 흐르도록 꼬리조차 잡지 못한 사람들이었다.

'그런 놈들이?'

유석은 다시 소이보의 눈동자를 쳐다보았다.

겁먹은 듯 깊은 눈동자는 역시나 파란색과 회색의 요사스런 빛이었다.

그러나 아무리 들여다봐도 사람을 홀릴 그 무엇이 들어 있는 것 같지는 않았다.

"이놈 역시 일곱, 아니, 이젠 열을 죽인 놈입니다. 어린 나이를 감안하면 악종 중의 악종이지요."

사내는 이마의 땀을 훔쳐 내며 요안 소이보 역시 만만치 않은 놈임을, 어쩌면 광마와 날혼자심을 죽일 만큼 독종일지도 모른다는 걸 확인시키고 있었다.

"요선보(拗仙堡)에서 확인되겠지. 살아만 남는다면."

유석이 그제야 소이보에게 시선을 떼며 고개를 끄덕였다.

사내는 다행이라는 듯 가는 한숨을 내쉬고는 소이보의 목을 얽어매고 있는 사슬을 힘껏 잡아당겼다.

잡아채는 사슬에 휘청 몸을 가누지 못하고 비틀거리는 소이보의 몸이 천천히 끌려가고 있었다.

나무와 쇠가 부딪치는 묘한 여운이 유석의 귓전에 오래도록 남았다.

'묘한 눈이긴 하군.'

그것이 유석의 뇌리에 남은 소이보에 대한 마지막 기억이었다.

기억할 필요도 다시 뇌리에 떠올릴 일도 없을 것이다.

더욱이 시굴(屍窟)로 향해 가는 사람이라면 그 누구라도 마찬가지였
다.

누구라도 죽은 사람은 기억에서 멀어지는 법이었으니…….

2

"멈춰!"

무거운 소리가 뒤에서 들린 후 소이보의 머리를 덮고 있던 두갑(頭
匣)이 벗겨졌다.

소이보는 미간을 찡긋거렸다.

어둠에 익숙해 있던 눈알을 찌를 듯 다가오는 불빛이 자극해서가 아
니었다.

더운 공기와 함께 콧속을 어지럽히다 못해 뱃속까지 긁어낼 듯한 악
취 때문이었다.

"죽겠군."

누군가 투덜대는 소리가 나지막이 주위를 울렸다.

소이보는 그 목소리의 주인공이 자신 뒤로 서 있는 세 번째 남자임
을 알 수 있었다.

제일 발소리가 무거웠고 숨도 거칠었던 사내.

하지만 소이보는 남자를 볼 수 없었다.

아니, 목에 걸린 참롱 때문에 고개조차 옆으로 돌리지 못하는 상태
였다.

소이보가 천천히 눈알을 돌려 주위를 훑어보았다.

동굴. 그것도 오래된 듯 벽에 사람 때가 묻은 동굴이었다.

흡사 호리병 모양으로 위로 갈수록 좁아져 가는 커다란 공터를 중심으로 앞에 몇 개의 작은 동굴이 나 있었다.

그리고 눈앞에 다른 사람의 뒤통수가 줄지어 서 있었다.

앞사람의 목에 묶여진 사슬이 소이보 자신의 목과 연결되어 있고 다시 뒷사람 목에도 연결되어 있을 것이다.

'대략 스물? 아니, 스물둘?'

소이보의 뇌리에 줄지어 걸어왔던 다른 사람들의 숫자가 언뜻 떠올랐다.

끼이익! 쿵!

갑자기 뒤에서 무겁고도 커다란 소리가 들렸다.

'철문이군.'

소이보는 조금 전 큰 문턱을 타 넘어 걸었던 게 기억났다.

다리에 계를 찬 소이보가 한 걸음에 넘기엔 부담스러울 정도로 큰 문턱을 지닌 문이라면 닫힐 때 저 정도 소리가 나는 것은 이상한 일이 아니었다.

철크럭! 쿵! 쿵!

크기에 어울리게 가두어두는 장치 또한 크고 복잡한지 철문을 잠그자 요란한 소리가 동굴을 한참이나 흔들어대었다.

"카악, 퉤이! 제길, 숨도 못 쉬겠군."

사람들의 목을 얽어맨 사슬이 출렁거린다 싶었을 때 또 다른 사람 하나가 걸쭉한 욕설과 함께 가래침을 뱉었다.

"진홍산(陳弘汕)? 혐태독겸(嫌怠毒鎌) 진홍산인가?"

소이보의 앞쪽에 줄지어 서 있는 머리통들 사이로 커다란 머리통 하나가 삐죽 튀어나와 뒤를 쳐다보았다.

"누구지? 누가 나를?"

소이보 뒤쪽으로 열 걸음쯤 거리에 있는 가래침을 뱉던 사내가 잔뜩 경계하는 목소리로 대답했다.

"나야! 오구(吳九)!"

"하하! 오씨 집 아홉째! 황천길에서나 만날 줄 알았더니!"

소이보 앞과 뒤에서 반갑다는 듯한 웃음이 동시에 터져 나오자 목을 얽어매던 사슬이 바짝 조여지며 소이보의 참롱이 더욱 무겁게 짓눌렀다.

"조용히 해! 목이 조이잖아!"

어디선가 짜증난 목소리가 두 사람의 호탕한 웃음소리를 갈랐다.

"어느 개자식이야!"

오구라는 놈의 번질거리는 눈동자가 늘어선 머리통 사이를 빠져나와 뒤를 둘러보았다.

그래서인지 오구 뒤에 연결돼 있던 다른 사람의 신형이 휘청거렸지만 감히 오구에게 가만히 서 있으란 말은 하지 못했다.

"나다! 강구(姜丘)!"

조용히 하라던 사람의 이름이 튀어나오자 동시에 비명성이 터져 나왔다.

"큰형님!"

오구와 진홍산이 외치는 소리가 끝나기가 무섭게 다른 사람의 목소리가 이어졌다.

"막내도 있수다!"

“요림! 너도 왔구나! 호림칠군(虎林七君) 중 넷이 모였구나! 하하!”

큰형님이라 불리는 강구가 반갑다는 듯 크게 웃었다.

소이보는 위아래로 출렁거리는 사슬 때문에 하얀 얼굴이 시뻘겋게 달아올랐다.

건장한 체격의 네 명이 앞뒤에서 서로를 확인하느라 몸을 뒤척이자 그 사이에 엮어진 다른 사람들 역시 파도에 휩쓸리듯 비칠거렸다.

하지만 변변한 불평 한마디 터뜨리지 못했다.

호림칠군, 아니, 칠견살(七犬殺)이 서로의 생존에 기뻐하고 있었기 때문이다.

이곳 호북(湖北) 황석(黃石)에서 칠견살을 모르는 사람은 없었다.

또한 칠견살을 아는 사람이라면 그놈들이 얼마나 흉악한 놈들이고 사람 목숨을 파리 목숨 여기듯 한다는 것 또한 알고 있었다.

“제기랄 놈들, 이미 무당 도사들 손에 황천길에 오른 줄 알고 있었더니……!”

어디선가 칠견살의 호들갑이 마땅찮다는 듯 거친 목소리가 동굴 안을 쩌렁 울렸다.

“귀검(鬼劍) 이 자식이!”

칠견살 중 대형인 강구가 이를 으드득 갈며 으르렁거렸다.

동시에 사슬이 출렁거리는 듯싶더니 곧 소이보의 몸이 옆으로 쓰러졌다.

어쩔 수 없는 일이었다.

서로의 목이 엮인 상태라 한 사람이 쓰러지면 곧 앞뒤 사람도 쓰러지기 때문이다.

뱀처럼 기다랗게 엮인 사람들이 서로 앞뒤로 흔들리고 동굴 벽에 부덮쳤다.

칠견살, 아니, 스스로 호림칠군이라 불리는 네 명이 귀검이라 불리는 사람을 잡기 위해 몸을 거칠게 움직인 때문이었다.

"일곱이 있어도 내 털끝도 못 건드리던 놈들이 지금 와서 날 잡겠다니!"

귀검이란 자의 호통이 쩌렁쩌렁 울리자 지지 않으려는 듯 요림의 목소리가 뒤를 이었다.

"그거야 네놈 손에 검이 있을 때 얘기지!"

하지만 귀검이란 자도 넷밖에 안 남아 호림칠군에서 호림사군으로 별호를 바꾸어야 하는 칠견살도 서로를 붙잡지 못했다.

팔을 뻗으면 앞사람 등에 닿을 정도로 촘촘히 엮어진 행렬에선 누군가를 붙잡기는커녕 제 몸 하나 가누기도 힘들었기 때문이다.

그때였다.

철컥!

소리가 들린 곳은 머리 위였다.

지금 있는 호리병과 같은 동굴 위 천장에서 조그마한 장방형의 철문이 열리는 소리였다.

귀검도 칠견살도 모든 행동을 멈추고 위를 쳐다보았다.

그리고 어린 소이보가 간신히 몸을 디밀 수 있을 정도의 작은 철문에서 사람 목소리가 흘러나왔다.

"요선보에 가면 너희 목숨은 구할 수 있다. 더구나 목숨뿐만 아니라 죄를 사할뿐더러 공을 세우면 돈과 명예도 얻을 수 있다."

비록 십여 장 위에서 작은 목소리로 말한 것이지만 동굴이란 특성상 주위 벽에 반사되어 웅웅거리며 확실하게 귓전에 와 닿았다.

"요선보!"

소이보는 바로 뒤에 서 있던 사람이 신음처럼 요선보를 되뇌이며 마른침을 꿀꺽 넘기는 소리를 들을 수 있었다.

머리 위의 작은 장방형의 구멍에선 다시 말이 이어졌다.

"여기선 며칠 쉰다. 앞에 보면 작은 동굴이 있다. 한 사람씩 들어가 그 안의 비수를 집는다. 산 놈은 데려가고 죽은 놈은 놔둔다."

말과 동시에 소이보 눈앞에 보이던 머리통들이 일제히 여러 방향을 향해 돌아갔다.

호리병 모양의 공터에 연결된 또 다른 동굴들이 몇 개 눈에 들어왔다.

짤랑!

맑고 경쾌한 소리에 모든 머리통이 다시 한곳을 향했다.

위에 뚫린 구멍에서 무언가 작은 쇠붙이가 떨어져 바닥에 몇 번 튕겨지자 소이보의 온몸엔 왠지 소름이 돋았다.

"열쇠다. 맨 앞사람 목에 자물쇠를 풀면 모든 사람이 풀린다. 기한은 삼 일. 그 후에 산 사람은 데려간다."

낮게 가르릉대는 말소리가 끝나자 곧 작은 구멍도 닫혔다.

일제히 모든 머리통이 작은 열쇠를 향했다.

맨 앞사람이 그 열쇠 쪽으로 가기 위해선 다른 모든 사람이 함께 움직일 수밖에 없었다.

흡사 들어오기 전에 약속이라도 한 듯 아무런 말도 없었다.

행렬이 몇 걸음을 걸은 후 맨 앞사람이 몸을 숙이자 앞에 일곱 명이 동시에 목을 숙여야 했다.

행렬의 줄이 흐트러지고 나서야 소이보의 눈에 맨 앞사람이 들어왔다.

열여섯? 열여덟? 그쯤 돼 보이는 소년이었다.

떨리는 손으로 열쇠를 집고는 고개를 쳐들어 목에 걸려 있는 커다란 자물통에 천천히 끼워 넣었다.

철컥!

죄업의 무게만큼 무거운 소리와 함께 사슬이 풀렸다.

맨 앞사람에서 뒷사람까지 연결되고 다시 뒷사람에서 맨 앞사람까지 이어진 하나의 사슬이었다.

소이보는 목을 감았던 사슬이 왼쪽은 뒤로, 오른쪽은 앞으로 맹렬한 속도로 팽팽하게 잡아당겨지는 것을 느꼈다.

뒤쪽에 서 있던 누군가 빨리 벗어나려는 듯 거칠게 사슬을 잡아당긴 것이 틀림없었다.

챙챙그르!

굵은 사슬이 땅에 떨어지는 것과 동시에 사람들이 일제히 각기 다른 방향으로 튀어나갔다.

몇몇 사람들은 눈앞의 동굴로 뛰어들었고, 몇몇 사람은 동굴 벽에 등을 대고 앞을 노려보고 있었으며, 몇몇은 커다란 덩어리로 어울리기 시작했다.

"이놈!"

제일 먼저 고함을 지른 것은 칠견살의 대형 강구였다.

그리고 그 뒤를 오구와 진홍산, 요림이 분명한 다른 칠견살 중 셋이 뒤따랐다.

귀검 그는 몸이 마른 것만큼 재빠른 몸놀림을 보여주고 있었다.

자신 앞으로 쏘아져 오는 강구의 머리를 긴 다리를 들어 밟고 위로 숫구쳐 올랐다.

"놈!"

강구의 머리를 밟고 올라선 귀검의 다리를 다행히 일곱째 요림이 붙잡을 수 있었다.

손가락을 갈퀴처럼 만들어 귀검의 오른 발목을 간신히 붙잡는 데 성공했지만 나머지 왼발까진 붙잡지 못했다.

깍!

붙잡힌 오른 발목을 축으로 허공에서 귀검의 몸이 멋지게 회전하더니 요림의 옆통수에 왼발의 발꿈치가 깊숙이 박혀들었다.

하지만 칠건살도 보고 있지만은 않았다.

귀검 덩치에 두 배 정도 되는 오구가 뒤에서 귀검의 허리를 붙잡아 땅에 패대기치듯 내동댕이친 것이다.

단단한 동굴 바닥에 그 정도로 나가떨어졌다면 잠시 동안 정신을 차릴 수 없을 텐데도 귀검의 신형은 불가사의한 각도로 빙글 돌고 있었다.

왼손으로 땅을 짚은 채 이번엔 바닥을 쓸듯 오른발을 크게 휘두르며 오구의 왼쪽 발목을 걸어차자 오구의 커다란 덩치도 기우뚱거리며 옆으로 쓰러지기 시작했다.

귀검이 몸을 굴려 등을 바닥에 댄 채 자신을 향해 쓰러지는 오구의 불알을 발꿈치로 걸어차 올렸다.

"끄억!"

오구는 입에서 바람 빠지는 듯 괴상한 신음을 내며 방향을 바꾸어 옆으로 쓰러졌다.

발끝을 차올려 가볍게 몸을 일으킨 귀검의 눈이 반짝였다.

눈앞엔 결코 만만히 볼 수 없는 강구와 진홍산이 역시 눈을 번질거리며 귀검을 쏘아보고 있었다.

귀검의 시선이 언뜻 강구의 뒤쪽을 향했다.

네 개의 동혈.

그 안에 들어가면 비도가 있다고 했다.

비록 손에 익숙한 연검(軟劍)보다는 못하겠지만 칼을 잡은 이상 칠견살 따위에게 당할 리는 없었다.

하지만 손에 칼이 없는 귀검에겐 칠견살 중 넷은 부담스러운 숫자였다.

그 사실을 잘 알고 있는지 진홍산이 살기로 눈가를 붉게 물들인 채 씨익 웃었다.

"어딜 가실려구?"

귀검의 깡마른 얼굴에 언뜻 낭패의 빛이 떠올랐다.

3

엉금엉금 기다시피 몸을 일으킨 오구까지도 대형 강구의 곁에 서자 귀검이 아랫입술을 꽉 베어 물었다.

이 동굴에서 사흘 후에 살아 나가는 것이 문제가 아니었다.

바로 이 순간 네 명을 죽이지 못한다면 자신이 죽게 되는 것이다.

마주 보고 서 있는 다섯 명의 시선이 팽팽하게 어울렸다.

이상하게 후텁지근한 동굴 안의 공기도 긴장으로 움찔거렸다.

“괜스레 힘 뺄 것 없어.”

그 긴장을 뚫고 또 다른 목소리가 끼어들었다.

서로를 쏘아보고 있던 다섯의 눈동자가 잠시 방향을 틀었다가 다시 상대를 향했다.

하지만 끼어들었던 목소리는 그만둘 생각이 없는 듯했다.

“칠견살과 귀검이 원한을 맺었다는 소리는 못 들었는걸? 물론 황석 땅이 좁다 하고 설칠 때야 모르겠지만 여긴 이름 모를 동굴 안인데?”

말소리와 함께 팽팽하게 어울려 있던 다섯 개의 시선이 약간 누그러졌다.

말이야 맞았다.

만약 황석 땅에서라면 언제고 한번 자웅을 겨룰 상대였다.

하늘에 두 개의 태양이 없듯 칠견살만큼 악명을 떨친 사람이 바로 귀검이었기 때문이다.

“황석에서라면 나 문기서(文己逝) 역시 가만히 보고만 있지 않았겠지만 말이야.”

모르긴 몰라도 문기서 역시 칠견살이나 귀검에 뒤지지 않을 작자임에 틀림없었다.

공터 한가운데서 쪼그리고 앉아 팔짱까지 낀 채 칠견살과 귀검의 대결을 흥미있다는 듯 지켜보려면 미치지 않고서야 아무나 할 수 없었기 때문이다.

칠견살과 귀검의 거친 호흡이 가라앉고 있었다.

아니, 더욱 강한 상대가 나타났다고 생각했는지 고개는 돌리지 않은 채 시선은 문기서를 흘끔흘끔 쳐다보고 있었다.

“삼 일만 참으면 돼. 나도 사람 죽이는 건 개의치 않지만 귀찮기 짝이 없는 건 사실이야. 삼 일 후엔 모두 살 수 있어. 잘하면 이 작자들 손에서 탈출할 수도 있고. 아니면 한자리 떡 꿰어찰지도 모르지. 살아만 남는다면. 아, 물론 그러기 위해선 손을 합해야 하지만 말이야."

문기서를 향하던 귀검과 칠견살의 시선이 서로를 향했다.

귀검이 미미하게 위아래로 고개를 끄덕이는 것을 확인한 칠견살의 대형 강구가 입을 열었다.

"좋아, 삼 일 동안만 참기로 하지! 만약 장난치는 놈이 있다면 누구든 이 호림칠군 손에 찢겨 죽게 될 거야!"

짝짝짝!

문기서가 다행이라는 듯 활짝 웃으며 박수를 쳤다.

"이로써 사형수들이 손을 잡았군! 우리가 손을 잡은 이상 살 확률은 그만큼 높아지는 거야!"

문기서는 웃는 가운데서도 못을 박듯 한마디를 더 꺼내놓았다.

그 말에 귀검과 칠견살이 동시에 고개를 끄덕였다.

"누가 있지?"

그제야 주위를 돌아보며 문기서가 물었다.

"나, 그리고 귀검과 칠견살, 아니, 호림칠군 중 넷이면 모두 여섯. 적어도 스물은 되어 보였는데?"

문기서의 말은 복합적이었다.

모여 있는 스무 명 중 한 수 하는 실력자로 자신까지 셋을 꼽고 있는 것이다.

서로 한바탕 드잡이질 끝에 실력을 드러낸 귀검과 칠견살과는 달리 말 몇 마디로 좌중에게 영향력을 높이고 있었다.

아마도 흥분 잘하고 거칠기 짝이 없는 칠견살이나 깡마르고 냉정한 귀검과는 달리 치밀한 성격임에 틀림없었다.

'치밀한 만큼 잔인하겠지.'

소이보는 이제 막 스물 정도 되어 보이는 문기서의 윤기나는 웃음을 보며 생각했다.

"요안이다! 요안 소이보다!"

늑대에게 쫓기는 토끼처럼 튀어가 동굴 벽에 등을 대고 있던 누군가 질린 듯한 목소리와 함께 소이보를 가리켰다.

아마도 자신 외에 누가 함께 들어왔나 확인해 보던 중 소이보를 발견한 게 틀림없었다.

"요안이?"

문기서 역시 의외라는 듯 얼굴을 찡그리며 소이보를 쳐다보았다.

그리고는 다른 사람과 달리 아직도 목에 참롱을 차고 있는 것을 확인한 후 어이없다는 듯 피식 웃었다.

"제일 흉악한 놈이 함께 온 걸 모르고 건방을 떨었군."

"저렇게 어린 놈이?"

강구가 어이없다는 듯 눈을 크게 뜨고 소이보를 쳐다보았다.

많아봐야 열둘에서 열셋, 아니, 창백한 피부를 보니 더 어릴지도 모를 소년이었다.

지금 대충 훑어봐도 이 자리에 있는 사람들은 가장 어린 사람이 열여섯 정도고 많아봐야 스물 정도 되었을 게다.

하지만 소년은 너무 어려 보였다.

아직 벌어지지 않은 듯 좁디좁은 어깨 위로 커다란 참롱을 이고는 한쪽 구석에 쭈그리고 앉아 있는 소년은 흉악함과는 거리가 멀어 보였다.

“너무 심했군. 참롱이라니…….”

나이는 아직 열여덟에 지나지 않지만 곰만한 덩치를 지닌 오구가 고개를 저으며 소이보 앞에 와 섰다.

그리고는 참롱의 양끝을 두 손으로 잡고 양쪽으로 뜯어내려는 것처럼 아랫배에 힘을 불끈 주었을 때였다.

“광마와 날혼자심이 그 아이 손에 죽었다지?”

문기서의 말에 오구의 손이 우뚝 멈추었다.

광마 이장과 날혼자심 갈중이라면 자신들 호림칠군과는 차원이 다른 사람들이었다.

칠견살이 칼끝에 피를 처음 묻힐 때 그들의 온몸언 이미 목욕을 해도 남을 피가 흐르고 있었던 것이다.

“아마 관아에 끌려간 지 일 년이 넘어서 모르고 있었나 보군. 그 아이가 바로 요안이야. 눈으로 사람을 홀린다지?”

문기서가 재미있다는 듯 키득거리자 힘겹게 감겨졌던 소이보의 눈이 떠졌다.

그리고 오구는 볼 수 있었다.

시리도록 파란 눈과 갈색 빛이 도는 잿빛 눈동자가 묘하게 자신을 쳐다보고 있었다.

오구의 손이 소이보의 참롱에서 슬며시 떨어져 나갔다.

“흠.”

소이보의 두 눈이 낮은 한숨 소리와 함께 다시 감겼다.

사람들의 수는 모두 스물둘이었다.

동굴은 미로와도 같이 네 개의 다른 갈래를 가진 커다란 규모였다.

맨 왼쪽의 동굴에는 물이 있었다.

대략 얕고도 넓은 작은 호수였다.

동굴을 흐르던 몇 방울의 물이 모여, 깊이는 손바닥을 집어넣으면 손목에 간신히 닿고 넓이는 사방 삼 장에 달했다.

"이 동굴 끝엔 다행히 물이 있군."

자신들을 이리로 끌고 온 복면인들이 남겨둔 횃불을 이리저리 움직여 주위를 확인해 보는 문기서였다.

구불구불 한참이나 이어진 평탄한 동굴 끝에 물이 있었고, 그 일 장 앞엔 동굴의 끝이 있었다.

"먹기 괜찮을 듯한데?"

몸을 숙여 물을 입에 축여보던 귀검이 문기서를 보며 말했다.

"좋아, 물은 여기서 해결하고 다른 곳엔 무엇이 있나 보자구."

두 개밖에 안 남은 횃불이 아깝다는 듯 문기서는 서둘러 몸을 돌렸다.

"크흑!"

오구가 커다란 신형을 숙이며 코를 감쌌다.

아니, 비위가 약한 사람들은 이미 네 번째 동굴 앞에서 토악질을 하느라 정신이 없을 정도였고, 눈치가 빠른 자들은 들어올 생각도 하지 않았다.

"여기도 똑같군."

문기서도 코를 부여잡고는 인상을 찡그렸다.

앞선 두 개의 동굴과 마찬가지로 여기도 시체 더미로 가득한 것이다.

깊은 저편에는 허연 뼈밖에 남지 않은 백골이 굴러다니고 있었고,

그나마 멀쩡해 보이는 맨 앞쪽에 포개어진 여덟 구의 시체에선 이미 진물이 흘러나오고 있었다.

동굴에 들어서자마자 맡을 수 있었던 고약한 악취의 원인을 알 수가 있었다.

어림잡아도 대략 육십여 구가 훌쩍 넘는 시체가 서로의 몸을 포갠 채 차곡차곡 쌓아져 있었던 것이다.

하지만 귀검은 이미 앞선 두 개의 동굴에서 익숙히 보아온 광경인지 천천히 시체 더미 사이를 흘깃 보다가 맨 앞의 시체 등에서 무언가 뽑아 들었다.

팔꿈치에서 손가락 끝까지 오기엔 조금 짧은 듯한 길이의 작은 단도였다.

비록 그 칼에 목숨을 잃은 사람의 몸은 부패되고 있었지만 칼날만은 아직도 살아 있는 듯 새파란 기운을 뿜어내고 있었다.

"흠……."

마치 좋은 그림을 감상하듯 이리저리 칼날을 돌려 보던 귀검이 곧 자신의 품에 찔러 넣었던 똑같이 생긴 다른 단검을 뽑아 시체 더미 위로 아무렇게나 던져 놓았다.

아마도 같은 모양이지만 조금 더 날이 잘 선 것이 마음에 든 모양이었다.

귀검의 손에 들린 단검을 보는 칠견살의 눈빛이 묘하게도 희번덕거렸다. 아무래도 칼을 든 귀검이란 존재는 껄끄러울 게 틀림없었다.

하지만 그 칼은 귀검뿐만 아니라 칠견살과 문기서도 가지고 있었다.

다른 사람들 역시 품에 한 자루씩, 아니, 어떤 사람은 세 자루씩이나 허리춤에 끼워놓은 상태였다.

자신들을 여기까지 끌고 온 누군가가 다른 동굴 안에 들어가면 비도가 있다고 말했던 것이 틀림없었다.

네 개의 동굴 중 세 개의 동굴에 처박혀 있던 많은 수의 시체들 몸엔 지금 가지고 있는 단검과 똑같은 칼들이 꽂혀 있었기 때문이다.

어떤 시체엔 목에, 어떤 시체엔 등 뒤에 요요로운 빛과 함께 칼들이 꽂혀 있었다.

그저 그 가운데서 맘에 드는 칼 하나를 집어 들면 그게 자신의 칼이었고 다른 사람 몸통에 틀어박힐 칼이 되는 것이다.

"사뇌갈설(蛇腦蝎舌) 문가의 말을 들은 게 정말 다행이군요."

요림이 강구를 보며 고개를 절레절레 흔들었다.

아마도 여기 죽은 사람들 모두는 자신들보다 먼저 여기 온 사람들이 틀림없었다.

그리고 기한으로 주어진 삼 일 동안 서로의 몸에 칼날을 박아 넣었을 것이다.

그렇게 살아난 사람들은 다시 문을 나서고 죽은 사람들은 여기 내팽개쳐진 것이다.

그리고 다음에 온 사람들은 그 몸에서 뽑아 든 칼로 다른 사람들 몸에 열심히 박아대었을 것이고…….

거기까지 생각이 미친 강구 역시 고개를 젓다가 문기서를 보며 씨익 웃었다.

"고마울 거 없어. 아마도 여기서 살아나갈 확률이 가장 높은 사람은 칠견살, 아니, 호림칠군이었을 테니."

문기서가 강구를 보며 마주 웃었다.

"귀검이나 문가 네놈도 만만치는 않았겠지. 좋은 게 좋은 거야. 일단 살아나간다면… 가만, 그런데 그 요안이란 꼬맹이는?"

비록 말은 그렇게 해도 사실 대살륙전이 벌어졌다면 살아나갈 확률이 가장 높은 사람이 문기서란 걸 강구는 잘 알고 있었다.

깊은 심기에 높은 무공.

자신들보다는 어쩌면 광마 이장이나 날혼자심 갈중과 급수를 맞춰야 할 사람이 바로 사뇌갈설 문기서이기 때문이었다.

광마와 날혼자심을 떠올리자 갑자기 기묘한 눈빛을 가진 소이보가 떠올라 불쑥 물었을 때였다.

"글쎄? 참룡 때문에 한쪽에 쪼그려 있겠지."

문기서가 모르겠다는 듯 어깨를 으쓱댈 때였다.

"참룡은 이미 풀렸을걸?"

진홍산이 뒤에서 건들거리며 다가왔다.

왜 늦었냐는 듯한 오구의 눈빛에 진홍산이 웃으며 손을 들어 올리자 거기에 단검 여덟 개가 들려 있었다.

"던지면 하나는 맞겠지."

한쪽 눈을 찡긋 감으며 진홍산이 횃불을 향해 입을 삐죽였다.

진홍산의 특기 중 하나는 암기였다.

말로는 사천당문이 울고 간다고 거들먹거렸지만 사실 웬만한 사람이 던지는 돌멩이보다 조금 나은 수준이었다.

그래도 두 개밖에 없는 횃불이 꺼진 후 어둠 속에서 귀검이 칼을 들고 설쳐 댄다면 가장 적절한 대응책을 진홍산이 가져온 것이다.

"가를 풀다니?"

하지만 문기서는 칠견살과 귀검 사이에 아직도 신경전이 벌어지는 것 따위엔 관심이 없는지 웃음기없는 얼굴로 진홍산을 쏘아보았다.

그저 요안이란 괴상한 눈알을 지닌 작은 꼬마일 뿐인데도 문기서가
촉각을 곤두세우는 게 이상할 정도였다.

"철문 앞으로 가서 몇 번 기웃대더니 동굴로 들어가 칼을 집어 들더
군. 그것도 한 아름이나. 그래서 나도 몇 개 가져왔지. 좋은 생각이다
싶어서."

진홍산이 뚱한 얼굴로 문기서를 쳐다보았다.

"가, 아니, 참롱을 풀었다니?"

하지만 문기서의 얼굴은 더욱 무거워진 채 같은 물음을 던졌다.

"참롱? 그거야 제 목에서 시뻘겋게 피가 나도록 칼로 뜯어내려 하기
에 내가 좀 도와줬지. 내가 이래 뵈도 차돌 몇 개쯤은 한 손으로 깨뜨
리는 실력이거든. 좀 단단하긴 했지만 조금 힘을 주니……."

진홍산이 도무지 영문을 모르겠다는 듯 눈을 동그랗게 뜨고 설명을
했지만 정작 듣던 문기서는 몸을 돌리고는 발을 재빠르게 옮겨 동굴을
나서고 있었다.

"미쳤군. 그놈 눈에 홀렸어!"

문기서의 말에 진홍산의 얼굴이 붉어졌다.

"미치긴, 그놈 눈알이 이상하긴 했지만 사람 홀리는 눈은 아니던데?
흠……."

영문도 모른 채 문기서 뒤를 따르던 진홍산의 표정이 굳어지며 나란
히 걷던 자신의 대형인 강구의 귀에 대고 소곤거렸다.

"그놈 미친놈이긴 해요. 내가 참롱을 풀어줬더니 고맙다는 말도 없
이 무릎을 꿇고는 칼로 시체 배를 갈라대더라구요. 그것도 죽은 지 얼
마 안 되는 싱싱한 시체만 골라서. 그걸 보고 내가 소름이 끼쳐서 되돌
아온 거라구요. 물론 칼 몇 개 집어서."

강구의 표정 역시 굳어졌다.

사람을 여럿 죽여온 강구였지만 죽은 시체의 배를 가르는 취미 따위는 없었다.

무슨 원한이 깃든 사이가 아니라면 그런 고약한 취미는 마교 종자들도 가지고 있지 않을 게 분명했다.

아무튼 문기서의 빠른 발걸음을 뒤쫓기에 바쁠 뿐이었다.

"철문은 왜?"

귀검의 얇게 째진 두 눈이 의혹을 가득 담은 채 문기서를 쳐다보았다.

하지만 정작 문기서는 표정을 일그러뜨리며 철문의 표면을 손으로 쓰다듬을 뿐이었다.

"칼 따위로 긁어댄 거 같은데?"

오구가 커다란 손바닥으로 문기서와 마찬가지로 철문을 쓰다듬어 보고는 별것 아니라는 듯 뒤를 돌아보았다.

철문은 오구 말대로 미세한 홈이 위아래로 여러 개가 복잡하게 얽혀 있었다.

누군가 미친 듯 칼로 문을 파내려는 것처럼 벅벅 긁어댄 게 틀림없었다.

하지만 그것이 무엇이 이상하단 말인가.

여기는 아무 동굴이나 들어가도 지천으로 널린 게 바로 칼이었다.

그 의문은 무섭도록 굳어진 표정과 함께 되돌아선 문기서가 풀어주었다.

"삽 일이 아니었어."

“……?”

문기서의 낮게 깔리는 목소리에 의아하다는 듯 강구의 머리가 갸우 뚱거렸다.

자신이 알고 있는 사뇌갈설 문기서라면 이렇게 긴장할 리가 없기 때문이었다.

“삼 일이 아니었어. 삼 일 동안이라면 나가기 위해 발버둥칠 리가 없었겠지.”

그제야 무언가 깨달았다는 듯 귀검 역시 눈빛을 발하며 문기서를 쏘아보았다.

“그럼 언제까지?”

문기서가 그런 귀검의 눈을 흡사 잡아먹을 듯 마주 쏘아보았다.

“아마도 단 한 사람이 남을 때까지겠지.”

“…….”

문기서의 말이 무엇을 뜻하는지 깨닫기까진 조금 시간이 흘렀다.

하지만 깨달은 즉시 여섯 명의 신형은 순식간에 제각기 품(品) 자로 갈라진 채 서로를 노려보았다.

“단 한 사람만이.”

처음 섰던 철문 앞에서 어두운 낯빛으로 움직이지 않고 서 있던 문기서가 다시 한 번 중얼거렸다.

그러자 다시 한 번 재빠른 몸놀림이 있었다.

사이좋게 뭉쳐 있던 칠견살 네 명 역시 지남철의 같은 극이 밀어내듯 서로 거리를 둔 채 물러나고 있었다.

하지만 문기서는 그런 칠견살이나 다른 한쪽에서 살기를 띤 채 노려보고 서 있는 귀검에겐 시선조차 돌리지 않았다.

문기서의 입술이 다시 천천히 열렸다.

"아마 그 사람은 나 아니면 요안이겠지."

문기서의 말은 짧았고 행동은 빨랐다.

곧장 몸을 띄운 채 귀검을 향해 언제 빼 들었는지 모를 단검을 힘있게 밀어 넣고 있었다.

◆ 第二章 ◆
어두운 죽음

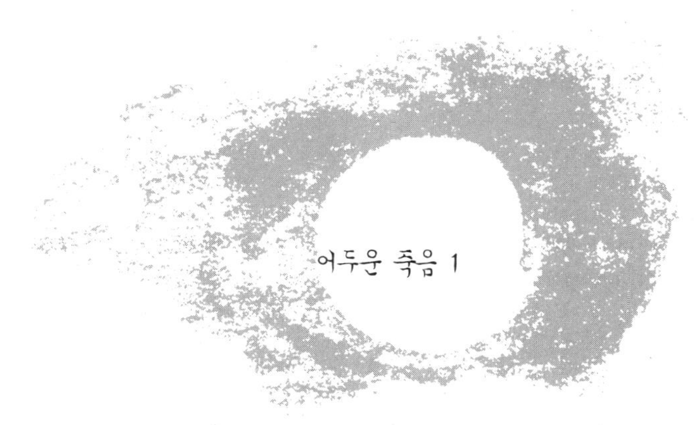

칠견살은 셋이 남았다.

귀검을 향해 쏘아져 가던 문기서의 몸놀림이 정작 끝맺은 것은 요림 앞이었고, 그 결과 가슴에서 피를 쏟아내며 요림은 절명해 버렸다.

그러자 곧 서로 갈라졌던 칠견살은 셋만 남은 채 다시 뭉쳤다.

칠견살이 그나마 목소리를 드높일 수 있었던 것은 개개인의 고강한 무공 때문이 아니라 서로 간의 협력이었음을 절실하게 깨달은 때문이었다.

그리고 아둔한 머리 역시 모이고 보니 나름대로 수를 내고 있었다.

그래서 귀검은 왼쪽 팔에 상처를 입고 말았다.

문기서의 칼이 요림의 몸통을 쑤신 직후 서로의 눈빛을 교환한 칠견살 셋이 방심한 채 서 있던 귀검을 덮쳤기 때문이다.

동굴 벽에 어리는 다섯 사람의 그림자가 귀신처럼 춤을 추고 있었다.

문기서와 오구의 손에 들렸던 횃불이 땅에 떨어진 채 발악을 하듯 불꽃을 흔들어댄 때문이었다.

귀검이 막 강구의 칼이 스쳐 간 자신의 왼쪽 팔을 한동안 내려다보다 문기서를 쏘아보았다.

"네놈은 그렇다 치고 요안은 왜지?"

억울한 것인지, 아니면 이해가 안 가는 것인지 귀검은 전혀 상황에 맞지 않는 질문을 던지고 있었다.

하지만 한쪽 옆에서 씨근덕대며 숨을 고르고 있던 칠견살의 셋 역시 이상한 질문이란 생각은 들지 않았다.

눈앞의 문기서는 과연 무서웠다.

말 한마디와 칼질 한 번에 한 사람을 죽이고, 한 사람은 다른 사람의 손을 빌려 상처를 입혔다.

한 사람이 죽은 칠견살이나 왼쪽 팔에 상처를 입은 귀검 모두 이젠 더 이상 문기서의 상대가 될 수 없었다.

기묘한 기운이 귀검과 칠견살 사이에 흐르고 있었다.

비록 서로 상처를 주고받았지만 문기서란 상대를 눈앞에 둔 이상 일단 손을 합쳐 문기서를 없앨 수밖에 없었다.

만약 그러지 않는다면 동굴 깊숙이 시체 더미 위로 포개지는 신세밖에 되지 않을 게 분명했기 때문이다.

"그놈은 빠르지, 제일 먼저 문을 살펴볼 만큼."

이제 조금 여유를 되찾았는지 문기서는 입가에 쓸쓸한 미소까지 짓고 있었다.

"그래서……."

진홍산은 그제야 이해가 간다는 듯 입을 벌리고 문을 쳐다보았다.

지금도 눈에 선했다 비칠비칠 문가로 걸어가 그 파랗고도 잿빛인 눈동자로 훑어보던 요안 소이보의 모습이.

"그런데 왜 시체의 배를 가른 거지?"

첫 번째 이상한 모습이 이해가 가자 두 번째 의문이 진홍산의 입에서 토해져 나왔다.

"시체의 배를 가르다니?"

문기서의 눈빛이 또 한 번 번쩍거렸다.

하지만 진홍산은 대답하지 않은 채 얼굴을 붉혔다.

자신이 조금만 더 신중했더라면 요안의 한 수를 문기서보다 더 빨리 알아볼 수도 있었을 거란 생각이 든 때문이었다.

"어떤 시체지?"

하지만 문기서는 다른 건 중요치 않은지 재촉하듯 다시 물었다.

"싱싱한 시체였다더군. 죽은 지 얼마 안 되어 보이는."

대답은 강구가 대신했다.

문기서는 무언가를 떠올리려는 듯 눈을 감고 곰곰이 생각에 잠겼다.

그 모습을 본 오구가 눈을 반짝이며 귀검을 쳐다보았다.

하지만 정작 귀검은 고개를 좌우로 흔들었다.

자신이 아는 사뇌갈설 문기서라면, 아니, 동굴 안에 들어와 확인해 본 문기서의 모습을 보면 그런 얄팍한 한 수는 통하지 않을 게 분명했다.

눈을 감고 생각에 잠겼든, 아니면 등을 보이며 뒤로 돌아섰든 간에 문기서는 문기서였다.

암습 따위는 통하지 않을, 그래서 자신들과는 차원이 다른…….

"흠……."

갑자기 문기서의 입에서 고통에 찬 신음처럼 한숨이 흘러나왔다.

그리고 다시 부릅뜬 눈에는 알지 못할 분노가 어려 있었다.

"무, 물이군."

문기서의 신형이 한쪽 방향을 향해 번개같이 달려갔다.

움찔 놀라 뒤로 물러섰던 칠견살이 영문을 모르겠다는 듯 귀검을 돌아보았다.

"……?"

의문을 가득 담은 강구의 눈빛에 귀검의 일그러진 얼굴이 들어왔다.

"그랬군. 오줌통이었어."

그 순간을 마지막으로 바닥에 떨궈져 있던 횃불의 불꽃이 동시에 꺼졌다.

동굴 안을 어두운 적막이 가득 채웠다.

안 봐도 알 수 있었다.

물은 이미 오염이 되어 있을 게 틀림없었다.

단도로 썩어 부패된 시체의 살을 조각조각 잘라 작은 호수 안으로 밀어넣고 있는 요안의 모습은 안 봐도 머리 속에 그려지고 있었다.

부패돼 썩어가는 살 조각들로 인해 뿌옇게 흐려지는 호수를 바라보고 있었을 파랗고 잿빛인 두 눈동자.

그리고 그전에 시체 몸에서 잘라내 온 사람 오줌통에 물을 받았으리라.

맑고 깨끗한 물을.

"개자식!"

어둠 속에서 오구의 욕설이 동굴을 가득 울렸다.

"역시 그랬나?"

약간은 허탈한 듯한 문기서의 목소리가 뒤를 이었다.

"입에 닿기 전에 냄새부터 속을 뒤집는군."

물을 조심스럽게 떠먹어보았는지 짜증이 잔뜩 묻어 있는 오구의 목소리였다.

"……."

그리고 다시 어두운 동굴 안에 더욱 무거운 정적이 가라앉아 있었다.

기묘한 상황이었다.

이런 어둠 속이라면 누가 어디에 있는지 알 수조차 없었다.

발소리라도 잘못 냈다가는 아무도 모르게 소리를 따라 다가온 사람에게 그대로 목숨을 잃을 수도 있었다.

칠견살의 협공도, 귀검의 검 놀리는 재주도, 문기서의 깊은 심기도 어둠 속의 소리없는 적에겐 소용이 없었다.

하지만 그럼에도 서로 대화할 수 있는 건 오로지 요안 소이보 때문이었다.

강적인 문기서를 앞에 두고 칠견살과 귀검이 보이지 않는 협력을 하듯 그런 문기서가 겁내는 요안이란 꼬마를 상대하기 위해 그들은 다시 기묘한 협력을 시작하고 있는 것이다.

요안 소이보는 숨을 죽이고 있었다.

문기서와 칠견살, 그리고 귀검의 대화가 소이보의 머리 바로 위에서 오가고 있었다.

'이상이 없어야 할 텐데…….'

소이보는 지금 머리 속으로 자신의 모습을 하나하나 그려보았다.

동굴 안에 있기엔 약간 넓은 호수.

그 호수 한쪽 가에는 사내 둘이 똑같은 자세로 하나는 위를 쳐다보고 다른 하나는 엎드린 채 쓰러져 있었다.

위를 보는 사내의 하반신은 물에 잠겨 있었고 물 아래엔 이미 살점이 다 떨어져 나간 채 허벅지 뼈만이 간신히 몸통에 매달려 있었다.

그리고 엎드려 있는 사내는 가슴 아래가 물에 잠겨 있었다.

사내 옆엔 갈라진 배에서 쏟아져 나온 창자가 얇은 호수 안을 해초처럼 흐느적거렸다.

눈을 조금 위로 돌리면 호수 한가운데를 볼 수 있었다. 거기엔 머리통 두 개와 몸통 다섯 개가 굴러다니고 있었고, 그 한쪽 옆엔 그나마 사람 형체를 갖춘 네 구의 시체가 얼굴을 호수에 처박은 채 엎드려 있었다.

그리고 그 네 구의 시체 중 왼쪽에서 두 번째가 자신이었다.

호수 바닥이 다 편편한 것은 아니었다.

완만하게 올라선 곳을 골라 턱을 가슴에 닿도록 당긴 채 엎드리고는 당겨진 턱과 물 사이로 콧구멍 두 개를 내놓고 있었다.

'시체여야만 해. 시체처럼 보이는 게 아니라 시체여야만 해.'

소이보는 스스로 시체라고 믿었다.

보통 때는 열 번도 더 넘게 호흡했을 시간에 겨우 날숨 한 번을 쉴 수 있는 시체여야만 했다.

그래야 저 무서운 청년들의 이목을 속일 수 있었다.

소이보의 숨결이 더욱더 가늘게 잦아들었다.

"일단 나가야겠군."

문기서의 말이 정적을 깨뜨렸다.

"크흑!"

그 뒤를 잇다시피 단말마 비명이 터져 나왔다.

"오구!"

비명이 오구의 것임을 알아본 강구가 이름을 불렀을 때 정작 오구 입에선 뜻밖의 말이 튀어나왔다.

"오지 마슈!"

순간 말없이 멍해져 있던 강구가 호통을 쳤다.

"이놈! 날 믿지 못한단 말이지?"

조금 전 서로를 의심하던 상황이 어땠는지 잊어버린 것처럼 강구가 버럭 고함을 지르자 오구는 신음 소리와 함께 대답했다.

"칼이 꽂혀 있수! 발을 잘못 디디면 찔… 헉!"

아마 바닥에 칼이 위를 향한 채 꽂혀 있고 거기에 찔린 오구가 뒷걸음치다 다른 칼날을 밟은 게 틀림없었다.

"조심해!"

낮지만 힘이 들어가 있는 문기서의 말이 뒤를 이었다.

"괜찮아. 살짝 찔린 것뿐이니까."

오구는 자신을 생각해 주는 듯한 문기서의 말에 고마움이라도 느꼈는지 말소리가 한결 부드러워졌다.

짧은 시간에 상황을 파악하고 나름대로 독한 수를 준비해 둔 요안이란 꼬마의 무서움을 본 이상 조금 전과 같은 흉흉한 기세는 더 이상 흐르지 않았다.

대형 대접을 해주지 않고 의심부터 하느냐고 고함치는 강구의 말에

서나 조심하라고 말해 주는 문기서의 대화에서도 충분히 기묘한 협력의 기운을 읽을 수가 있었다.

하지만 정작 문기서의 말이 뜻하는 것은 그런 것이 아니었다.

"찔리면 죽어."

문기서의 말에 오구가 발바닥이라도 쓰다듬는지 낑낑대며 대답했다.

"괜찮다니까. 살짝 찔린 것뿐이라구. 너나 조심해."

하지만 문기서의 다음 말은 오구의 덩치보다 더욱 무겁게 가라앉았다.

"살짝이든 깊게든 찔리면 죽어. 그 칼이 어디에 꽂혀 있던 것인지 생각해 봐."

"……."

문기서의 말에 오구의 대답이 더 이상 이어지지 않았다.

칼이 꽂혀 있던 곳은 사람의 몸이었다.

그것도 부패돼 썩어가는 시체.

"킬킬, 독 중에 가장 독한 게 부시독(腐屍毒)이라지? 난 그럼 죽었군."

귀검의 키득거리는 소리가 왠지 처연하게 들렸다.

칠견살에게 당한 왼쪽 팔의 상처가 왠지 더욱 쑤시는 것처럼 느껴졌기 때문이다.

하지만 그 뒤를 잇는 더 이상의 다른 목소리는 없었다.

숨소리조차 내지 않았다.

귀검은 죽는다. 며칠이 걸리든 칼에 찔린 상처가 곪아가고 썩어가다 곧 온몸 전체로 퍼져 나갈 것이다.

그렇다고 상처 입은 팔을 잘라낼 수도 없었다.

잘라낼 칼 역시 시체 몸에서 뽑아낸 것이기 때문이다.

칼을 씻을 물조차 없었다. 칼을 씻을 물 역시 시체의 진물이 된 지 오래이기 때문이다.

귀검이 죽는다는 사실은 틀림없었다.

아마도 오구 역시 죽을 것이다. 상처가 심장과는 거리가 먼 발바닥이었지만 시간이 좀 더 걸릴 뿐 죽는다는 사실은 변함이 없었다.

더 이상 칠견살과 문기서와 귀검의 협력은 이어지지 않았다.

단지 죽기 전에 더 죽이려는 자와 곧 죽을 사람을 더 일찍 죽여야 살아남을 사람만이 존재하고 있었다.

동굴 안에선 숨소리조차 들리지 않았다.

어디에 꽂혀 있을지 모를 단검 때문에 몸조차 쉽게 움직일 수 없었다.

'세 번째 의문이 풀렸군.'

문기서는 왜 요안 소이보가 한 아름씩이나 되는 단검이 필요했는지 알아차리고는 아무도 보지 못할 씁쓸한 웃음을 웃었다.

그렇게 어둠만이 동굴을 채우고 있었다.

2

유석의 고개가 아래를 향하고 있었다. 상대는 요선보를 이끄는 사람 중의 하나였고 자신은 호북 황석 땅의 지부를 맡고 있으니 당연한 일이었다. 신분의 차이만큼이나 무공의 수위가 나눠지고, 무공의 수준만큼이나 몸에서 뻗어 나오는 기도가 달랐다.

"이번엔 누가 될 것 같은가?"

날카로운 콧대만큼 카랑카랑한 목소리였다.

"문기서가 아닐까 싶습니다만……."

유석의 답변은 딱딱했다. 변화없는 표정과 잘 어울리는 말투였다.

"광마 이장과 날혼자심 갈중도 왔다면서?"

끝이 미묘하게 올라가는 물음이었다.

어찌 보면 말하는 사람의 매부리 콧날을 지치듯 타고 내려온 듯한 날카롭고 투명한 목소리였다.

"그 둘은 죽었습니다."

"문기서가 그렇게 강했던가?"

믿지 못하겠다는 듯 노인의 날카로운 음성이 유석의 귓전을 날카롭게 파고들었다.

"요안 소이보란 아이입니다."

"아이?"

요선보에서 대주(隊主)를 맡고 있는 강요맹(康窈孟)의 목소리가 한 뼘쯤 더 올라갔다.

"이미 보고를 드렸습니다만……."

유석의 말은 상대적으로 더욱 무거워졌다. 이미 보고를 올렸으니 책임이 없다고 변명하는 것이 아니었다.

이미 유석의 인물 됨됨이야 요선보 사람들도 인정하는 바였다. 그저 얇은 변명으로 일관할 사람이었으면 유석에게 비밀리에 임무를 맡길 리도 없었다.

하지만 지금 현재 유석의 당혹감은 처음 요안이란 아이를 자신 앞에 데려온 사내가 느끼던 당혹감이었다.

"올해 열둘입니다. 광마와 날혼자심의 참형(斬刑)을 열흘 앞두고 태수에게 손을 써 데려오던 과정 중 함께 빼내온 아이입니다. 수송 중 일이 벌어졌고."

유석은 다시 한 번 곤혹스러움을 느꼈다. 자신은 원래 말수가 적었다. 그런데 설명하기 곤란한 일을, 그것도 어디서부터 시작해야 할지 모르는 일을 꺼내려니 왠지 손발이 따로 노는 듯 허둥지둥할 수밖에 없었다.

"열둘이라고?"

다행히 강요맹의 말이 적절한 때에 튀어나와 유석은 한숨을 돌릴 수 있었다.

"예."

유석의 고개가 다시 무겁게 끄덕여졌다.

"흐음……."

강요맹의 손가락이 검지부터 약지까지 차례대로 의자 위를 가볍게 톡톡 굴렀다.

유석이 눈에 비친 강요맹의 길고 하얀 손가락이 묘하게도 요안이란 아이와 닮았다고 느낄 때였다.

"만나보고 싶군."

강요맹의 말에 유석의 눈빛에는 또 한 번 곤혹스러움이 스쳤다.

"무공을 알고 있는 아이는 아닙니다."

유석의 말에 강요맹이 얇은 콧대를 씰룩이며 웃었다.

"무공이 강한 놈을 필요로 하는 게 아니야. 열두 살의 꼬마가 광마와 날혼자심을 죽일 수 있었다면 살기가 강한 놈이든가 운이 아주 좋은 아이겠지.”

살기가 강하거나 운이 좋은 아이. 강요맹이 원하는 것은 그것이었다. 남들이 볼 때 단순한 요행수일지라도 그것이 거듭된다면 그것 역시 실력이었다.

하지만 요안이란 아이는 남다른 데가 있었다.

자신이 살아남는 행운 대신 항상 다른 사람에겐 죽음이 돌아가고 있었다.

‘살겁(殺劫)을 몰고 다니는 아이.’

언뜻 유석의 뇌리에 파랗고 잿빛인 소이보의 두 눈알이 떠올랐다.

강요맹을 만나기 전까지만 해도 잊고 있던 눈동자가 영혼을 움켜쥐듯 선명하게 떠오른 것이다.

그러나 그 눈동자는 이미 죽은 사람의 것일지도 모른다.

“이미 시굴에 들었습니다. 칠 일 전입니다.”

유석의 변함없는 무표정한 얼굴이 강요맹의 얼굴로 향했다.

하얀 머리카락 아래 창백한 하얀 얼굴이 있었다. 얇은 매부리코 아래로는 하얀 피부 때문에 더욱 도드라져 보이는 새빨간 얇은 입술이 자리잡고 있었다.

그래서 처음 볼 때는 숨 막힐 듯한 깐깐함을, 두 번째 볼 때는 왠지 모를 잔인함을 느끼게 만드는 묘한 얼굴이었다.

“그럼 더욱 보고 싶군.”

아마도 강요맹은 스스로 도박을 하고 있는 것인지도 몰랐다.

처음 들어본 이름에 자신의 마음이 움직인 이유를 확인하고 싶었는지도 몰랐다.

유석의 머리 속에 이젠 녀석의 파랗고 잿빛인 요안은 직접 보지 않은 사람도 홀리게 만드는지도 모른다는 생각이 들었다.

"안내해 드리겠습니다."

"됐네."

강요맹이 얇은 입술을 씰룩이며 웃었다.

"그런 일은 직접 봐야 재미가 있는 법이지."

깡마른 강요맹의 훤칠한 몸이 바람결에 밀려가듯 멀어지는 뒷모습을 유석의 표정없는 얼굴이 뒤쫓고 있었다.

3

며칠이 지났는지도 몰랐다. 단검에 찔려 상처가 곪아가는 사람도 신음성 하나 토해놓지 않았다.

상처가 벌어져 썩어가는 고통은 결코 가벼운 게 아니었다. 하지만 짧은 신음을 토해놓고 나면 더욱더 짧은 고통이 은밀히 갈비뼈 사이로 파고든다는 것을 너무도 잘 알기 때문이었다.

소리없이 다가온 그림자가 폐를 헤집고 척추를 갈라놓았다.

이미 몇 살아남지 않은 생명은 그 온기를 필사적으로 낮추기 위해 발버둥 치고 있었다. 어둠은 싸늘했고 악취는 속을 뒤집었다. 그러나 그 사이로 유령처럼 누군가가 움직이고 있다는 걸 알 수 있었다.

"요안, 재미있지? 재미있지 않아?"

아무런 소리도 아무런 온기도 느끼지 못하는 어둠 속에서 문기서의 목소리만 울려 퍼졌다.

문기서의 음성이 튀어나온 곳 바로 옆에서 무언가 움찔거렸다.

쓰윽!

무언가 두터운 이불을 헤집듯 둔탁한 소리와 함께 또 한 사람의 생명이 영원히 어둠 속에 남았다.

"끄윽!"

마지막 숨이 목구멍 속에서 회오리치다 이빨 사이를 비집고 토해져 나오는 소리만이 마지막으로 남았다.

어떠한 흔적도 소리도 없었다.

하지만 갑작스레 들려오는 문기서의 말소리에 놀라 움찔거리는 미묘한 진동을 살아남은 사람이라면 들을 수 있었고 느낄 수 있었다.

사람의 감각은 특이한 것이라 눈앞이 보이지 않는 동굴이었지만 모든 것을 볼 수 있었다.

언제 스러질지 모르는 자신의 생명을 필사적으로 보듬은 채 며칠을 지낸다면 누구라도 알 수 있었다. 자신의 손을 눈앞에 들어 올려도 보이지 않았다. 하지만 미묘한 공기의 진동이 자신의 솜털을 간질이는 것은 뜨거운 물을 머리 위에 퍼부을 때보다 더욱 생생하게 느낄 수 있었다.

그것을 느끼지 못한 사람들은 이미 죽어 동굴 바닥에 널브러져 있었기 때문이다.

스윽! 통통통!

갑자기 사람의 발소리가 들렸다. 그리고 그 발걸음이 향한 곳은 방금 전 한 사람이 죽은 곳이었다.

문기서는 자기도 모르게 눈살을 찌푸렸다.

누군지 모르지만 미련한 놈이었다. 문득 자신이 같은 방법에 당하리라 생각한 사람이 누군지 궁금해졌다.

동굴 속이라 시간이 흘러가는 것엔 무감각해졌지만 며칠 전이었을 것이다. 자신의 얼굴에 무언가 차가운 것이 와 닿는 것을 느낄 수 있었다. 그것이 손이었다는 것을 깨달은 것은 이미 자신의 손에 든 칼날이 상대의 몸통에 틀어박힌 후였다.

하지만 칼날의 떨림이 이상했다. 칼날의 방향은 틀리지 않았다. 칼은 상대의 몸통을 뚫은 즉시 딱딱한 갈비뼈에 부딪쳐 멈칫대다가 곧 새가 물결을 차올리듯 옆으로 가볍게 휘어져 깊숙이 틀어박혔다.

'너무 차가운걸?

상대는 죽은 시체가 분명했다. 온몸의 근육이 이미 풀어헤쳐져 살갗 사이로 파고든 칼날을 힘있게 물듯 꽉 조여오는 느낌이 없었기 때문이다.

그리고 종아리 아래의 발목 바로 윗부분에 날카로운 느낌이 들었다. 얇게 잘린 얼음이 힘줄 사이를 파고드는 것 같았다.

"놈!"

문기서는 크게 고함을 치며 눈앞의 시체를 밀고는 칼을 뽑아 들었다.

하지만 칼은 허공에서 멈추었다. 자신의 아래에서 몸을 숙이고 칼로 발목을 그은 놈이 빠르게 물러서고 있었기 때문이다.

칼보다는 발이 빨랐다. 무언가 둔탁한 신음성과 함께 그놈은 데굴데굴 굴러 도망을 치고 있었다.

문기서는 더 이상 쫓지 않고 그 자리에 주저앉아 자신의 발목을 들어 올리고는 상처에 입을 가져다 대었다.

갑작스럽게 피식 웃음이 났다.

어둠 속이라 볼 수 없었지만 주저앉아 다리를 들어 종아리에 입을 가져다 댄 엉거주춤한 묘한 자신의 자세가 상상이 갔기 때문이다.

하지만 지금 급한 것은 자신에게 상처를 남긴 사람을 쫓는 것보다 더 이상 덧나지 않게 상처의 독을 빨아내는 것이었다.

더욱이 시체를 앞세우고 뒤에 숨어 자신에게 칼질을 해댈 사람은 단 한 사람밖에 없었기 때문이다.

'요안!'

문기서는 입 안으로 삼킨 채 마음속으로만 부르짖는 비명에서 두려움과 동시에 어느덧 지금 상황을 즐기고 있는 자신을 발견할 수 있었다.

재빠른 조치에도 불구하고 며칠이 지난 지금 어느덧 종아리 아래에서 은은하게 쓰라림과 함께 간지러움을 느끼고 있었다.

그것은 짜증을 불러일으키기 충분했고, 그 짜증은 지금 똑같은 한 수를 써오는 상대를 향해 퍼부어졌다.

시체를 들고 있어서인지 둔탁한 발걸음 소리가 자신의 일 장 앞으로 다가왔을 때 문기서는 소리를 내지 않고 상대의 뒤쪽으로 몸을 옮겼다.

문기서가 고양이처럼 허리를 굽힌 채 천천히 한 발을 옆으로 디디며 몸을 회전시킴에 따라 둔중한 발걸음이 앞에서 옆으로, 그리고 다시 앞쪽으로 흘렀다.

문기서는 어둠 속에서 적의 모습을 그렸다.

앞세운 시체의 겨드랑이 사이에 낀 팔이 보이는 듯했다. 그리고 그 뒤통수와 목 그 아래로 작은 등판까지 눈에 그렸을 때였다.

흐릿한 선으로 연결된 사람은 시체를 들고 한 발 한 발 조심스럽게 발을 옮기고 있었다.

'아니지.'

문기서의 고개가 어둠 속에서 천천히 좌우로 흔들렸다.

상대는 요안이 아니었다. 만약 요안이라면 이런 얄팍한 한 수를 다시 쓰진 않을 것이다.

짧은 순간 눈앞에 그려진 사람의 키가 자라고 등이 점점 넓어졌다.

그리고 넓은 등판 가운데를 가로지르고 있는 척추가 보였다.

그 가운데쯤에서 오른편으로 시선을 옮기자 이젠 그 안의 붉은 심장까지 어둠 속에서 모습을 드러내고 있었다.

문기서의 손에 들린 칼날이 정확히 어둠 속에 그려본 상대의 등에 틀어박혔다.

'제길!'

무언가 잘못된 게 틀림없었다.

문기서는 얼른 몸을 허공에 띄운 채 뒤로 물러났다.

하지만 자신의 칼날에 찔린 시체의 몸뚱이가 쏟아지듯 가슴에 닿고 있었다.

문기서는 허공에 뜬 채 발로 시체의 가슴을 차 멀리 떨어뜨렸지만, 곧 공기를 가르는 예리한 소리를 왼편에서 들을 수 있었다.

왼쪽 어깨가 화끈해졌다. 문기서가 곧 단검을 돌려 상대를 향했지만 왼쪽 어깨를 찌른 상대의 칼날이 수월하게 막아내고 있었다.

요란한 쇠와 쇠가 부딪치는 소리가 동굴을 가득 채우고 나서야 멎었다. 조용한 가운데 씩씩대는 문기서의 숨소리가 들렸다.

"귀검……."

문기서의 이를 악문 목소리가 들리자 귀검은 키득거렸다.

"킬킬, 괜찮은 방법이지? 나도 두 눈 멀쩡히 뜨고 당했으니까."

귀검이 맞았다. 하지만 목소리는 귀검이 아니었다.

무언가 바람이 새듯 명확한 발음이 아닌 쌕쌕거리는 목소리였다.

교활한 놈이었다. 이미 문기서의 예상을 비웃듯 놈은 시체를 앞쪽으로 들고는 뒷걸음질쳐서 온 것이다.

물론 귀검이 그런 수를 생각해 내진 않았을 것이다. 요안 소이보란 놈이 생각해 낸 두 번째 방법이었고, 귀검 역시 그 한 수에 당했을 것이다.

'목? 아니면 폐?'

문기서는 왼쪽 어깨에서 느껴지는 화끈한 고통에 귀검은 어느 부위를 다쳤을까 궁금해졌다.

목소리가 이상한 것으로 보아선 목 아니면 폐를 다친 모양인데, 아무래도 가슴 쪽이 확률이 높아 보였다. 요안의 키는 작았으니까.

아니, 목일지도 몰랐다. 놈의 방법은 항상 예상을 가볍게 뛰어넘었다. 어쩌면 귀검의 입을 벌리고 혀를 잘라냈을지도 모른다는 엉뚱한 상상까지 하는 문기서였다.

"킬킬, 혼자 죽진 않겠군. 이미 칠견살들은 황천길에 먼저 간 모양이야."

귀검의 웃음소리는 지옥에서 온 초혼사(招魂使)가 요령(搖鈴)을 흔드는 소리와 닮아 있었다. 이미 삶을 포기한 사람만이 저렇게 웃을 수 있었다.

하지만 문기서는 아직 그럴 생각이 없었다.

살아야만 했다. 살아서 이 지옥 같은 동굴을 나가야만 했다.

그 악마 같은 눈동자. 한쪽 눈은 파랗고 다른 한쪽은 갈색 잿빛인 눈동자는 어둠을 뚫고 지금 자신을 쳐다보고 있을 게 분명했다.

귀검이 웃으며 자신을 향해 한 발 한 발 내딛고 있었다.

칼을 든 귀검은 껄끄러운 존재였다. 어둠 속에서 생명을 포기한 귀검은 더욱더 껄끄러운 존재였다.

그래서 문기서는 천천히 숨을 죽이고 뒤로 발을 물렸다.

똑똑.

문기서는 자신도 모르게 왼쪽 어깨를 부여잡았다.

어깨에서 흘러나온 피가 왼팔을 타고 흘러 동굴 바닥으로 떨어지는 소리였다.

쐐액!

귀검의 칼날이 문기서를 향했다.

얼른 고개를 왼쪽으로 돌려 피하고는 뒤로 크게 한 걸음 물러서며 문기서가 소리를 질렀다.

"왜 나를 노리지?"

귀검의 키득거리는 소리가 더욱 커졌다.

"킬킬, 요안이란 꼬마는 어쩔 수 없어. 그놈만은 여기서 살아나갈 거야."

상대에게 적개심을 품게 만드는 것은 쉬웠다. 상대를 굴복시키는 것도 쉬웠다. 하지만 아예 대응할 생각도 반발하고자 하는 욕구도 없애는 것은 정말 어려운 일이었다.

귀검은 요안 따위는 잊어버린 듯이 보였다.

그저 빨리 자신과 함께 저세상으로 가기를 재촉하고 있었다.

'좋아, 그렇다면!'

문기서가 아랫입술을 힘껏 깨물었다.

이 미친 동굴에서 끝을 보아야 했다. 죽음에 대한 공포와 삶에 대한 욕구. 그 모든 생각은 사치일지도 몰랐다.

귀검을 향하고 있는 단검을 힘있게 부여잡으며 문기서는 어쩌면 요안은 그것을 자신보다 더 일찍 터득하고 있었을지도 모른다는 생각을 했다.

막 땅을 박차고 귀검을 향해 쏘아가려던 문기서 귀에 괴상한 소리가 들렸다.

끼이이익!

철문이 누가 몸을 비틀기라도 한 듯이 굉음을 토해내고 있었다. 절대로 열릴 것 같지 않던 문이 드디어 조금씩 물러서며 눈알을 후벼 팔 것 같은 강렬한 빛을 쏟아내었다.

문기서는 뛰쳐나가려던 자세 그대로 경직된 채 눈을 찌푸렸다. 빛 때문이었다. 하지만 문기서의 몸을 얽어맨 것은 갑작스레 열린 철문이나 그 틈을 비집고 쏟아져 오는 빛 때문이 아니었다.

자신 바로 옆에 떠오른 두 가지 색깔 때문이었다.

흐릿하긴 했지만 그것들 중 하나는 파랗고 다른 하나는 갈색의 잿빛이란 걸 알아본 때문이었다.

바로 옆에서 몸을 움츠린 채 귀검에게 쏘아져 나가는 자신의 목을 향해 단검을 힘껏 부여 쥐고 있는 요안 소이보였다.

전혀 몸을 움직일 수 없었다. 놈은 철저하게 어둠과 동화되어 있었다. 갑작스레 문이 열리고 빛이 쏟아져 들어오는 것 따위엔 전혀 관심이 없는 듯했다. 그저 숨을 죽인 채 자신의 목만을 뚫어지게 쳐다보고 있었다. 한쪽 구석에서 숨도 쉬지 않은 채 서서 문기서의 목이 자신의 칼을 향해 뛰어들기만을 기다리고 있었던 것이다.

문기서는 폐가 오그라들었는지 숨을 쉴 수가 없었다. 아니, 손가락 하나 까딱할 수도 없었다.

왠지 엉뚱하게 언젠가 본 개구리, 자신을 잡아먹으려 혓바닥을 날름거리는 뱀을 보고는 온몸이 움츠러든 개구리와 굳어진 자신의 모습이 닮았다는 생각이 뇌리를 스쳤다.

"누구지?"

하얀 노인이었다. 머리끝부터 발끝까지 하얗게 보였다.

아니, 노인 뒤에서 쏟아져 오는 빛 때문에 그렇기 보였는지 몰랐다.

"누가 요안인가?"

노인의 껄끄러운 고음이 동굴 벽을 몇 번이나 치고도 사그라지지 않았다.

"이익!"

귀검이 알지 못할 신음과 함께 노인을 향해 맹렬하게 뛰쳐나갔다.

이미 죽었다고 포기한 삶을 되찾은 흥분 때문인지도 몰랐다. 아니, 자신을 이 미친 동굴에 내버린 그 누군가에 대한 ㅈ개심 때문일지도 몰랐다. 그것도 아니라면 이미 미쳐 버린 것일지도 돌랐다.

하지만 귀검의 시도가 무엇 때문이었든 허무하게 끝이 나고 있었다.

노인이 귀찮은 듯 그저 손을 까딱거리자 귀검의 몸이 허공에서 부웅 맴을 돌다 땅바닥에 처박혀 버렸다.

귀검은 오른쪽 어깨가 부서지기라도 했는지 엄청난 고통이 느껴졌다. 아니, 이미 악취가 풍기는 오른쪽 가슴의 상처가 덧난 것인지도 몰랐다.

귀검은 일어나려고 몇 번 비틀대며 손으로 바닥을 짚는가 싶더니 곧 사지를 뻗고 탈진한 것처럼 대 자로 누워버렸다.

동굴 안에서 며칠 동안 억눌러 왔던 피곤 때문인지, 아니면 이제 살았다는 안도감 때문인지 몰랐다.

귀검은 눈꺼풀이 무겁게 느껴졌다. 처음으로 편안한 호흡이 아픈 가슴속을 어루만졌다.

노인이 그런 귀검을 재미있다는 듯 고개를 숙이고 쳐다보았다.

"네놈이 요안이냐?"

귀검은 천근만근 무겁게 느껴지는 손을 힙겹게 쳐들고 한 방향을 가리켰다.

거기엔 웬 스무 살 남짓 먹은 사내가 얼빠진 표정으로 멍하니 서 있었다. 사내 목에는 단검 하나가 언제든 파고들 준비를 한 채 닿아 있었다. 그리고 그 검끝엔 독 오른 고양이처럼 문기서를 쏘아보고 있는 소이보가 있었다.

소이보를 쳐다보는 노인의 눈가에 주름이 잡혔다.

그 웃음은 강요맹이 마음에 드는 물건을 발견했을 때만 떠올리는 미소였다.

"곤란합니다."

강요맹의 얼굴에 미묘한 파장이 번졌다.

하지만 시굴의 책임을 맡고 있는 사내의 얼굴엔 결연함까지 떠올라 있었다.

"시굴을 여는 것은 아무리 어르신이라도 마음대로 할 수 없는 일입니다."

“그런데 내가 했지.”

강요맹은 불쾌함 때문인지 하얀 눈썹이 움찔거렸다.

“시굴에선 단 한 사람만 살아 나와야 합니다.”

“그런데 내가 셋씩이나 살렸지. 그럼 세 놈 중 둘을 죽이면 되겠는가?”

사내의 말이 끝나기가 무섭게 다시 강요맹의 목소리가 뒤를 이었다.

사내는 어쩔 수 없다는 듯 고개를 저었다.

“그것도 안 될 말씀입니다. 아무리 어르신이라도 마음대로 시굴을 열고 또 사람을 죽일 수는 없습니다.”

“그런데 내가 했지.”

“……”

사내는 말이 안 통한다는 듯 잠자코 있었다.

그제야 강요맹이 얇은 입술을 비틀며 웃었다.

“네놈 주인도 뭐라 하진 않을 거야. 두 놈 다 살 만한 놈이니까. 기분 나쁘면 나한테 와서 직접 말하라고 해. 그리고 아이는 내가 데려가겠다.”

사내가 다시 더운 콧김과 함께 한숨을 내쉬고는 고개를 들어 막 안 된다는 말을 하려 입을 열었을 때였다.

“시굴을 열 권리가 없을진 몰라도 내 밑에 둘 놈을 뽑을 권리는 분명 나한테 있을 텐데?”

강요맹의 말에 사내는 순간 입을 떡 벌리다가 곧 다른침을 삼켰다.

“그, 그럼 혈랑대(血狼隊)에?”

강요맹이 고개를 끄덕였다.

“알겠습니다.”

사내의 고개가 깊숙이 숙여졌다. 그제야 강요맹이 천천히 몸을 일으키다 무언가 깜박했다는 듯 뒤를 돌아보았다.

"그런데 그 요안이란 아이, 이름이 뭐였지?"

사내의 고개가 더욱 아래를 향했다.

"소이봅니다."

"소이보라……."

사내가 고개를 들었을 때는 낮게 되뇌어보는 목소리만 남고 이미 그 주인의 모습은 어디에도 없었다.

◈ 第三章 ◈
늙어버린 아이

늙어버린 아이 1

마차는 크기가 크지 않았다. 하지만 크고 호화로운 마차를 만드는 것보다 이것 하나 만드는 게 몇 배로 어려울 게 틀림없었다. 겉은 좋은 나무를 골라 틈이 없도록 꼼꼼하게 덧대었고 속에는 앉을 때 몸을 편안하게 감싸줄뿐더러 무료하면 누워서 편히 쉴 수도 있는 의자가 자리 잡고 있었다.

마차가 작은 까닭은 빠르게 움직이기 위해서기도 했지만 그보다는 마차 주인의 신분이 높기 때문이었다. 요선보 안에서 그와 배분이 비슷한 사람은 몇 되지 않았고, 그렇기에 무릎을 맞대고 함께 앉을 사람이 없었기 때문이다.

강요맹은 의자에 비스듬히 누워 앞에 있는 아이를 신기한 듯이 쳐다보았다.

파랬다. 푸른 하늘이 푸른 바다에 흠뻑 몸을 적시고 나와야 가능할

만큼 소년의 눈은 파랗게 빛나고 있었다.

그 바로 옆에는 짙은 회색이었다. 흙탕물 속에 먹구름을 넣고 흔든 다면 그런 빛이 나올 거란 생각이 들었다.

더구나 회색 빛 동공을 옅은 갈색이 은은히 감싸고 있는 색은 정말이지, 사람을 홀리게 만들 수도 있을 것 같았다.

소년은 흘낏 강요맹을 보다가 눈을 감고는 곧 등을 의자에 깊숙이 묻었다.

강요맹이 보기엔 너무나 편안하고 익숙해 보였다. 수십 년 동안 타온 마차였건만 도리어 소년이 주인 같고 자신이 갑작스레 끼어든 불청객이 돼버린 분위기였다.

'재미있는 놈.'

강요맹의 얼굴에 또 한 번 미소가 어렸다.

분명 강요맹은 보았다. 마차에 오를 때 소년의 각기 다른 눈동자가 마차의 안과 밖을 샅샅이 훑어보는 그 재빠른 시선을. 조금의 기회가 있더라도 놈은 도망을 시도할 것이다.

감히 이 강요맹 앞에서 빈틈을 만들고는 몸을 빼낼 생각을 하고 있는 것이다.

강요맹은 다시 한 번 웃었다.

"조금 전까지만 해도 도망갈 기회를 엿보는 듯하더니 포기한 건가?"

소년은 강요맹의 말에 귀찮다는 듯 눈을 얇게 뜨다가 다시 감았다.

"말을 하지 못하나 보군."

하지만 강요맹은 개의치 않고 다시 한 번 소년의 모습을 위아래로 훑었다.

색목인이 확실했다. 단지 머리털이 검을 뿐 살결은 뽀얀 여자의 피부보다 더욱 희고 손발도 길었다.

강요맹 역시 무림을 종횡무진 누빌 때 여러 색목인을 많이 보았다. 파란 눈도 있었고 갈색도 있었다. 머리털 역시 마찬가지라 붉은색, 노란색, 심지어는 무슨 색이라 꼬집어 말할 수도 없는 머리털까지 보았다.

하지만 눈의 색이 각기 다른 놈은 처음 보았다. 무당파와의 다툼으로 짜증났던 강요맹에게 색다른 흥미, 그것도 가벼운 흥분까지 가져다 준 아이였다.

자신을 이리저리 뜯어보는 강요맹이 부담스러운 듯 소이보의 입술이 열렸다.

"나는 편안히, 상대는 지치게."

낮게 갈라진 목소리였다. 시골에서 힘든 시간을 보냈지만 적어도 목소리에서만큼은 피곤함이 묻어 있지 않았다.

"옳아, 벙어리는 아니었군. 또 멍청하지도 않고."

강요맹이 흥분된다는 듯 두 손바닥을 비볐다.

소이보는 눈을 가늘게 떴다. 강적이었다. 아니, 어떤 수를 내보려 해도 빈틈이 보이지 않았다. 빈틈은커녕 바늘 꽂을 데도 보이지 않았다. 철두철미한 사람이었다.

자신은 목욕도 하지 않은 상태였다. 이가 갈린다는 끔찍한 고문인 추초(箠楚)를 겪고 시체의 부패된 악취 속에서 막 빠져나온 상태였다.

누런 고름과 썩어가는 진물이 옷에 배어 딱딱하게 굳어 있었다.

하지만 상대는 호화로운 마차가 더럽혀지는 것에도, 또 눈조차 뜨지 못할 악취에도 눈 한번 찡그리지 않았다.

그것은 적어도 소이보에게 있어선 좋지 못한 징조였다. 그리고 자신이 뱉은 말을 금방 알아차리고 싱긋 웃는 사람이었다.

도망가려는 자에겐 항상 기회가 있었다. 바로 도망갈 시점을 선택할 수 있다는 점에 있어서 항상 지키려는 자보다 유리했다.

밥을 먹고 싶으면 먹으면 된다. 밥을 먹다 도망치고 싶으면 도망치면 된다. 도망치려다 수월할 것 같지 않으면 깨끗이 포기하면 된다. 잠잘 때도 그랬다. 자고 싶으면 자면 되고 어슬렁거리고 싶으면 또 그렇게 하면 된다.

하지만 지키려는 자는 그렇지 못하다. 밥을 먹으면서도 지켜야 하고 잠을 자면서도 지켜야 한다. 항상 긴장하고 있어야 하고, 신경을 팽팽히 잡아당겨야 한다. 그 결과 항상 피곤한 쪽은 지키는 쪽이었다.

'만만치 않겠군.'

하지만 상대는 고수였다. 항상 칼이 날아오는 것을 경계하며 사는 사람이었다. 먹으면서도 지킬 수 있었고 잠도 편안하게 잘 것이다.

아마도 자신이 상대했던 광마나 날혼자심 따위는 수십 명, 아니, 수백 명이 와도 눈 하나 깜짝하지 않을 사람이었다.

그래서 소이보는 신경을 긁는 소리를 툭 던져 본 것인데 상대는 미동조차 하지 않았다. 도리어 잘됐다는 듯 알 수 없는 흥분마저 눈동자에 어려 있었다. 도리어 자신이 언제쯤 교활한 술수를 부려 도망을 쳐주나 하고 기대하는 눈빛이었다. 정말 좋지 않은 상황에 맞닥뜨렸다는 느낌이 들었다.

소이보는 이렇게 된 이상 편안히 자려고 마음먹었다. 상대가 누군지, 또 자신에게 무엇을 원하고 있는지는 몰랐지만 적어도 지옥 같던 시굴보다 나았다. 감옥보다 나았다. 어떤 곳에 이르든 그동안 살아온 삶보다 나쁘진 않을 것이다.

강요맹은 손바닥을 또 한 번 비볐다. 어느덧 자신도 모르게 축축하게 손바닥이 땀으로 흥건해진 걸 알았다.

빨갛고 얇은 입술을 혀로 핥았다.

재미있는 놈이었다. 흥미를 잡아끄는 놈이었다.

처음 녀석에 대해 들었을 때 무언가 질긴 인연을 느꼈다.

강요맹은 희번덕대는 눈길로 묘한 흥분과 함께 놈을 천천히 다시 훑어보았다.

요선보를 모르는 강호무림인은 없었다. 하지만 요선보가 유명해진 것은 요선보주(拗仙堡主)보다는 강요맹의 역할이 컸다.

누구는 강요맹의 손재주를 높이 샀고, 누구는 깊은 심기를 손에 꼽았다. 하지만 강요맹 스스로는 그런 사람들을 비웃었다.

자신의 재주는 단순했다. 그저 '느낌' 하나였다.

처음 자신의 재주를 안 것은 어릴 때 단순한 주사위[骰子] 놀이를 통해서였다. 느낌이 괜찮으면 상대보다 적어도 한 끗수는 높게 나왔다. 기분이 안 좋을 때는 상대가 아무리 안 좋은 수를 던져도 꼭 한 끗수 낮게 나왔다. 그 느낌이 쌓이다 보니 이젠 투전판에 들어설 때 이미 그날 하루 운세를 느낄 수 있었다.

자연 강요맹이 따는 날이 많아질수록 주위의 시선이 이상하게 변해갔다. 그래도 강요맹은 걱정이 없었다. 눈을 보면 알았다. 어느 놈이 돈을 잃고도 뒤끝이 깨끗할지, 더러울지도 알았다. 나중엔 누가 투전판에 낀다고 말만 들어도 결과를 알 수 있었다.

운이 좋아 우연히 무공을 얻은 후에도 그런 느낌은 계속되었다. 강호의 혈겁을 헤쳐 나오며 노름판에서 발을 뺀 이후에도 그런 느낌은 계속 적중되었다.

상대가 아무리 강한 놈이라도 느낌이 괜찮다면 항상 자신의 손 아래서 죽고 말았다. 또 한 번도 들어보지 못한 신출내기가 앞에 서 있을 때도 느낌이 안 좋으면 그 즉시 피했다. 그리고 몇 년 지나지 않아 그 신출내기의 이름은 고수를 언급할 때 항상 튀어나오곤 했다.

하지만 그런 느낌을 잃어버린 지 오래였다. 생선회처럼 펄떡대던 느낌을 언제 느꼈는지도 까마득했다.

자신의 신분으로는 더 이상 노름판에 낄 수도 없었고, 사해만방에 무명(武名)을 드날린 후에는 더 이상 덤비는 사람도 없었다.

그래서 잊고 있었다.

요안이란 이름을 듣기 전까지는.

요안(妖眼) 소이보(蘇夷甫).

괴상한 별칭에 특이할 것 없는 이름이었다.

하지만 강요맹이 느낀 것은 그런 게 아니었다. 짜릿했다. 손발이 저릿저릿해지고 가슴이 얼얼해져 왔다.

물건이었다. 평생 다시 느끼지 못할 그런 짜릿함을 이놈은 가지고 있는 게 분명했다.

"요선보를 아느냐?"

강요맹이 오랜만에 느껴보는 기묘한 느낌에 짐짓 떨리는 가슴을 진정시키며 물었다.

귀찮다는 듯 소이보가 눈을 얇게 떴다.

건방진 태도였지만 이상하게 기분 나쁘진 않았다.

그것이 강요맹에게 오랜만에 찾아온 흥분 때문인지, 아니면 얇은 눈 사이로 보이는 파랗고 잿빛인 요안 때문인지 알 수 없었다.

소이보가 잠자코 있자 강요맹이 즐겁다는 듯 웃었다.

"사람 사는 세상엔 밝음이 있으면 어둠이 있는 법이지. 무림도 마찬가지야. 구파일방이 백도무림이라면 그 반대편엔 마도칠가(魔道七家)가 있지."

강요맹은 몸을 일으켜 앉고는 두 손을 최대한 넓게 양편으로 벌렸다.

"무림이 이 정도라면……."

강요맹의 팔 간격이 조금 줄어들어 삼분의 이 정도로 좁혀졌다.

"마도칠가가 이 정도를 먹었지. 가히 마도천하라 해도 이상할 것 없어."

강요맹의 팔 간격이 다시 활짝 열렸다.

"마도칠가가 이 정도라면……."

강요맹의 손바닥이 다시 좁혀지는데, 처음 간격에 비해 대략 오분의 일 정도의 간격이었다.

"요선보가 이 정도지. 충분히 무당의 말코도사들과 자웅을 겨룬다 해도 뒤떨어지지 않을 만큼은 돼."

강요맹의 팔이 다시 활짝 열렸다.

"요선보가 이 정도라면……."

강요맹의 손바닥이 다시 거리를 좁혀 처음 간격의 삼분의 일 정도에서 멈췄다.

"내가 이 정도지. 요선보의 세 손가락 안엔 들어가니까."

어떠냐는 듯 소이보를 보다가 강요맹은 매부리코를 씰룩이며 웃었다.

소이보의 눈이 졸린 듯 거의 감기다시피 있는 것을 본 때문이었다.

하지만 소이보의 마음까지 권태롭진 않았다.

자신이 도망쳐 나가야 할, 어쩌면 죽여야 할지도 모를 상대가 어마어마하다는 것을 안 때문이었다.

강요맹의 손바닥이 다시 거리를 좁히더니 이번엔 한 뼘 정도 거리를 두고 멈췄다.

"네가 나에게서 빠져나간다면……."

손바닥이 좀 더 멀어져 손바닥 두세 개쯤 들어갈 공간을 만들어냈다.

"요선보가 뒤를 쫓지. 요선보를 빠져나간다면……."

강요맹의 손바닥이 팔뚝 하나만큼 벌어졌다.

"마도칠가가 뒤를 쫓지. 그것도 빠져나간다면……."

강요맹의 팔이 다시 처음처럼 최대한 벌어졌다.

"전 무림이 쫓아."

강요맹은 졸린 듯한 소이보의 눈을 쏘아보며 다시 활짝 웃었다.

"마차는 열려 있다. 아무 데나 가보려무나."

강요맹의 말은 거기서 끝을 맺었다. 뒤로 벌렁 돌아누운 강요맹은 곧 커다랗게 코를 골기 시작했다.

소이보의 요안이 그런 강요맹에게서 한참이나 떨어지지 않았다.

마차는 기분 좋은 울림과 함께 어디론가 가고 있었다.

2

"안 갔군."

강요맹은 잘 잤다는 듯 기지개를 켜며 웃었다.

소이보는 처음 자세 그대로 고개를 뒤로 젖힌 채 강요맹을 가늘게 뜬 눈으로 쳐다보고 있었다.

가야 할 곳이 꼭 정해진 것은 아니었다. 아니, 갈 곳이 없다고 해야 맞았다. 이젠 더 이상 돌아갈 집도 없었다.

자신은 그저 발버둥을 친 것뿐이었다. 살아남기 위해서. 만약 강요맹이 자신을 노린다면 역시 발버둥을 칠 것이다. 죽이려고 노력할 것이다. 하지만 지금은 아니었다. 그래서 가만히 있는 것이다.

"안 간 걸 보니 갈 데도 없나 보군. 그럼 얘기를 마저 할까?"

강요맹은 입맛을 쩝쩝 다시다가 다시 소이보를 쳐다보았다.

"도망을 안 가도 돼. 아니, 아무 곳이나 갈 수 있는 방법이 있지."

강요맹의 두 손바닥이 다시 허공에서 마주 보았다.

"나를 꺾으면 되지. 그럼 나에게서 도망가지 않아도 돼. 그럼 요선보가 가만히 있을까? 뭐 어때. 요선보도 꺾지. 요선보도 꺾었는데 마도 칠가라고 못 꺾을까? 그럼 마도 통일이 이뤄지는 거지. 그건 곧……."

강요맹의 손바닥은 점점 벌어지더니 끝내 최대한 활짝 열린 채 끝이 났다. 하지만 강요맹의 말꼬리는 길어지기만 할 뿐 끝나지 않았다.

강요맹은 말을 끝맺지 않은 채 묘한 눈동자로 소이보를 쳐다보고 있었다.

'미친놈!'

소이보는 잘못했으면 깔깔대며 마차 바닥을 구를 뻔했다.

"너는 좋은 주사위야. 굴리는 사람에 따라 숫자가 달라지지. 만약 너란 주사위를 내가 굴린다면 넌 몇 점이나 나올까?"

하지만 강요맹의 표정에선 장난기란 찾아볼 수 없었다.

"내가 왜?"

소이보의 탁하고 갈라진 음성이 갈라진 입술 사이를 비집고 나왔다.

말하는 데 익숙하지 않은 듯, 아니, 말을 해보지 않은 듯한 껄끄러운 목소리였다.

강요맹의 얼굴에 다시 미소가 번졌다.

"주사위는 말하는 물건이 아니야. 더구나 묻는 일 따윈 없지. 다만 손에서 굴려질 뿐이야."

강요맹은 다시 손바닥을 비볐다. 그 모습은 노름판에 환장한 노름꾼의 행동이었다.

대략 반나절을 달렸고, 황혼 빛이 진청색으로 바뀔 때쯤이었다.

꼬르륵!

소이보는 자신의 배를 슬쩍 쓰다듬고는 그저 뒤로 기댄 자세를 바꾸어 벽에 기댔다.

굶주림은 소이보에게 있어 매질만큼이나 익숙한 것이었다. 하지만 굶주린 배를 채우기 위해 손을 벌리는 일 따위는 나이 열이 넘어가면서부터 없었다.

그렇다고 남의 것을 빼앗지도 않았다. 도둑과 거지 둘 중에 하나를 선택하기엔 소이보의 영혼이 용납하지 않았기 때문이다. 물론 소이보가 순결하거나 깨끗한 영혼을 지닌 것은 아니었다. 거지가 되면 평생 거지로 살아야 했고, 도둑이 되면 혹독한 대가가 뒤따른다는 걸 일찍 깨달은 탓이었다.

단지 남과 다른 점이라면 배고픔과 자존심이 결부된 문제가 닥쳤을 때 주저없이 자존심을 선택했을 뿐이다. 한번 굽실대면 손에 먹을 것이 생긴다는 것은 소이보도 잘 알고 있었다. 하지만 한번 굽실댄 머리는 언젠가는 베어질 뿐이다. 자존심을 팔면 순간은 편안하지만 나중에는 생명까지 팔아야 했다. 소이보는 그걸 알고 있었다.

자존심을 굽히면 순간은 편하지만 언젠가는 벌레처럼 꿈틀대야 했다. 비록 자존심을 세우면 그 순간만은 생존을 위해 벌레처럼 꿈틀대겠지만 언젠가는 화려한 비상을 할 거라 믿었다.

그래서 항상 헐벗고 굶주렸다. 꿈틀거리는 미약한 움직임만 보여도 발아래 두고 짓밟으려는 사람들만 주위에 있었다.

소이보의 뱃속을 채우는 것은 그래서 밥이 아닌 독이었다. 독기로 온몸을 감고 독기를 피워 올려 추위를 이겼다.

강요맹은 소이보를 호기심에 가득 찬 눈으로 쳐다보았다.

열두 살이라고 했다. 색목인의 특징은 피부와 눈에 고스란히 드러나 있었지만, 머리털은 검었고 키는 또래보다 조금 큰 정도였다. 아마도 제대로 먹지 못해 자라지 못한 것이 틀림없었다. 자신이 본 색목인은 마주 서면 상대의 가슴 털밖에 보이지 않을 정도로 컸으므로.

아이는 굶주림과 피곤에 지쳐 있었다. 어떨 때는 한기가 드는지 몸을 가늘게 떨기도 했다. 고문과 살육과 어둠과 상처, 그 모든 것을 한꺼번에 이겨내기란 강요맹 스스로도 자신이 없었다. 아니, 상상조차 할 수 없었다. 자신은 항상 강자였으므로.

"강해지면 좋은 점이 있지."

강요맹의 말에 소이보의 눈꺼풀이 다시 힘겹게 열렸다. 그 눈꺼풀 위로는 피곤이 덕지덕지 묻어 있었다.

"첫째, 편해지지. 이리저리 걷어차이는 신세만큼 나쁜 건 없거든.

둘째, 좋은 음식을 먹지. 그것도……."

강요맹은 순간적으로 입을 벌리고 가만히 있었다.

녀석은 탈진에 가까운 상태였다. 그것도 굶주림을 힘겹게 이겨내고 있는. 녀석의 식욕을 돋워야 했다, 좋은 음식과 향기로운 술로. 하지만 상대는 열두 살이었다.

'내가 열두 살 때 무얼 좋아했더라?

강요맹은 자신이 어릴 때 무얼 좋아했는지 떠올리려다 그냥 웃고 말았다. 이미 자신의 나이는 환갑에 가까운 나이였다. 음식의 맛보다는 건강에 좋을지를 따져 보며 젓가락을 가져다 대는 나이였다. 기억이 가물가물해졌다.

강요맹의 손이 좌우로 다시 활짝 열렸다.

"이만큼의 이만큼을 더 먹을 수 있지. 원하는 걸로만."

소이보의 파랗고 잿빛인 눈동자에 어이없다는 기색이 스쳐 지나갔다.

'너무 어리게 보고 있군.'

소이보는 속으로 싱긋 웃었다. 상대는 철저하게 자신을 아이로 보고 있었다. 하기야 열두 살의 꼬마를 앞에 두고 얘기해 본 일이 별로 없을 테니 당연했다. 저런 무인이라면, 아니, 고수 중의 고수라면 힘 좋고 떡대 좋은 놈만 상대했을 것이다. 아이를 앞에 두고 조곤조곤 이야기할 시간에 어느 놈을 어떻게 박살 낼 것인지 염두를 굴리고 손발을 움직였을 것이다. 그렇다면 기회가 있다.

시궁창 같은 곳에서 산 십이 년이었다. 한 호흡 사이에 생명이 갈리는 순간을 거쳐 온 소이보였다. 실력으로 보자면 어린아이였지만 노련함에선 웬만한 무인들보다 나았다. 몸은 어린아이지만 영혼은 노쇠한 늙은이였다. 그런데 상대는 그걸 몰랐다.

시굴에서의 끔찍한 시간 따위는 열두 살이란 숫자에 가려 지워진 게 틀림없었다. 그렇다면 기회가 있었다.

소이보는 몸을 슬쩍 당겨 앉으며 갈라진 입술을 힘겹게 열었다.

"많이요? 정말인가요?"

간신히 아물었던 갈라진 입술의 상처가 터지고 핏물이 새어 나왔다.

탁하고 바스락거리는 목소리가 허옇게 백태가 낀 헛바닥에서 힘겹게 흘러나왔다.

하지만 어조와 억양, 그리고 눈빛은 어린아이의 것이었다.

"그럼! 산더미처럼 쌓아놓고 먹다 보면 나중엔 질리게 될 정도지!"

강요맹의 칼칼한 목소리에 흥이 더해졌다.

"와아~"

탁한 소이보의 탄성에 생기가 돌았다.

"셋째, 음… 아, 그래, 셋째! 강해지지! 손으로 나무를 베면 그냥 숭덩숭덩 잘라지지."

강요맹의 손바닥이 사선으로 빠르게 내려오면서 나무를 베는 시늉을 하다가 곧 소이보의 얼굴 앞에서 펼쳐졌다.

좌우로 천천히 흔드는 강요맹의 손바닥이 두 개에서 세 개로, 다시 네 개에서 순식간에 여덟 개로 변했다. 나중에 서른두 개에서 예순네 개로 변하는 데까지 보고 나서야 소이보는 눈을 감았다.

허기진 배에 피곤한 몸뚱이를 간신히 지탱하고 보기엔 멀미가 났기 때문이다.

"이런 재주야 우스운 것이지. 뿐이랴. 산을 타 넘고 구름을 손으로 만질 수도 있지. 하늘을 엄청 높이 날아다닐 수 있단 말이다."

강요맹의 손바닥이 이번엔 위아래로 활짝 펴졌다.

"우와~"

소이보는 또 한 번 탄성을 발하며 염두를 굴렸다.

저 머리는 허옇고 코는 매부리인 노인은 가족이 없을 게 분명했다.

마누라는 있을지 몰라도 아이는 없는 게 분명했다.

아니라면 예닙곱 살에게나 하는 어투와 행동으로 자신을 어르고 달래진 않을 게 분명했기 때문이다.

'요선보라고 했지?'

소이보는 노인이 몸담고 있는 곳에도 아이는 없다는 결론을 내렸다. 자신이 보아온 열두 살 계집아이 중에는 어느덧 사내 밑에 깔리고 화대를 긁어내는 요령까지 터득한 아이들이 수두룩했다.

그걸 모르는 노인이었다. 여자를 가까이하지 않는 게 분명했다. 여자를 가까이 하지 않은 만큼 무공에만 심취했을 것이다. 노인뿐만 아니라 요선보도 그런 놈들만 가득할 게 분명했다. 소이보로서는 어떻게 해볼 수 없는 고수들이 수두룩한. 그렇다면 무서운 곳이면서도 다루기는 쉬울 것이다. 늙어버린 아이에겐 더욱더 쉬울 것이다.

"무공을 익히면 그렇게 된다. 호흡을 통해 기(氣)를 수(收)하고 기를 통해 정(精)을 성(盛)하며 정을 통해 신(神)을……."

강요맹은 말하다 말고 너무 어려운 이야기를 한 듯싶어 고개를 저었다. 이젠 배고픔도 잊었는지 똘망똘망한 파랗고 잿빛의 두 눈동자가 눈에 들어왔다. 좀 더 쉬운 이야기를 하려다 그 파랗고 잿빛의 요안이 벌써 사람들을 꽤 죽였다는 생각이 퍼뜩 떠올랐다.

자신이 보기엔 우습기 짝이 없는 실력이었지만, 그래도 무공을 모르는 열두 살 꼬마가 상대하기엔 엄청난 놈들이었을 게 틀림없었다.

"요망한 놈."

하마터면 속을 뻔했다는 듯 강요맹이 고개를 숙인 채 눈을 가늘게 치켜뜨고는 쏘아보았다.

하지만 소이보는 무슨 말이냐는 듯 눈을 크게 떴다.

"뭐, 아둔한 놈보다는 간교한 놈이 낫지. 말귀는 쉽게 알아들을 테니까. 다루기 힘든 주사위일수록 점수는 많이 나오게 할 수 있는 법이지."

강요맹은 천천히 소이보의 왼쪽 팔을 잡았다. 뒤틀린 듯 얽어져 있는 소이보의 희고 가는 손가락과 크기만 조금 클 뿐 역시 희고 가는 강요맹의 손가락이 묘하게 어울려 보였다.

강요맹이 손으로 소이보의 맥문을 잡고는 눈을 감았다.

'헉!'

소이보의 눈이 부릅떠졌다.

입을 열었지만 비명조차 굳어진 듯 아무런 소리도 토해낼 수 없었다.

손목에서 벼락이 뚫고 들어와 온몸을 샅샅이 뒤지고 다녔다. 아니, 벼락이 아니라 화룡(火龍)이었다. 뼈와 뼈 사이, 근육과 근육 사이, 힘줄과 힘줄 사이를 뚫고 들어와 불을 뿜으며 아랫배를 향해 치달렸다.

하지만 정작 신음은 다른 곳에서 터져 나왔다. 입을 쩍 벌리고 머리털이 곤두서는 고통에 몸서리치는 소이보의 입이 아닌 강요맹의 입에서였다.

"괴상하군, 괴상해! 기혈이 뒤틀렸군!"

그러나 곧 강요맹의 하얀 머리가 좌우로 흔들렸다.

"기혈이 뒤틀린 게 아니군. 주화입마야! 놈, 내공을 익힌 적이 있는 게로구나!"

　손바닥을 넓혔다가 좁히며 아이에게 말을 건네던 강요맹의 시선이 아니었다. 속았다는 것에 분노했는지, 아니면 같은 무인을 상대할 때는 항상 그런 눈빛이 되는지 몰라도 강요맹의 눈자위는 살기를 띠고 있었다.

　소이보는 고개를 흔들었다. 신기하게도 말조차 할 수 없고 숨도 쉬지 못할 고통 속에서도 강요맹의 살기에 반응했는지 고개만은 좌우로 돌릴 수 있었다.

　강요맹의 고개가 갸우뚱거리더니 곧 소이보의 다른 손목을 잡아채고는 다시 두 눈을 감았다.

　숨 몇 번 몰아쉴 시간이 지난 후에 다시 떠진 강요맹의 눈빛은 의혹으로 복잡하게 흐려져 있었다.

　"정말 이상하군."

　강요맹은 소이보의 오른손을 잡고 있던 손을 떼내어 소이보의 왼쪽 가슴에 손바닥을 가져다 대었다.

　"정말 이상해!"

　다시 짧게 말하고는 강요맹이 손바닥을 천천히 오른쪽으로 옮겼다.

　그리고는,

　"정말 괴상한 놈이군! 심장이 오른쪽에 달린 놈이라니!"

　강요맹의 입에서 비명과 비슷한 탄성이 토해졌다.

3

"나는 듣기만 했지 심장이 오른편에 달린 놈은 처음 보았다. 또 양쪽 눈의 색이 다른 놈 역시 처음 보았다. 이젠 어떤 사람이 뒤통수에 눈이 달렸다고 해도 난 믿을 것이다."

강요맹은 소이보를 귀신 보듯 바라보다 고개를 절레절레 흔들었다.

어쩌면 처음부터 뒤틀린 아이가 틀림없었다. 태생부터 괴상한 아이였다. 심장이 오른편에 있는, 양쪽 눈 색깔이 다른 아이.

아마도 귀신도 마주치면 놀라 나자빠질지도 모른다는 생각도 들었다. 다행히 강요맹의 무공은 귀신도 때려잡을 정도로 대단했고, 심기 역시 귀신이 겁에 질릴 정도로 깊었다.

그런 강요맹이 엄지손가락으로 관자놀이를 문지르고 있었다.

"주사위가 박살났으니 놀아보지도 못하겠구나."

강요맹의 지금 표정은 좋은 놀잇감이 박살난 걸 지켜본 어린아이의 표정이었다.

기혈이 뒤틀린 줄로만 알았다. 하지만 처음 내공을 불어넣었을 때 혈도가 폐쇄된 것을 알았다. 누군가 손을 써둔 것인 줄 알고 자신의 순수하고 강맹한 내공으로 뚫으려 했지만 불가능한 일이었다.

놀라 다시 되짚어보니 혈도가 거꾸로 곤두서 있었다. 강요맹은 전에도 이런 기혈을 짚어본 적이 있었다.

주화입마에 걸린 사람이었다. 기혈이 순탄치 못하고 탁해지다 곧 역류를 하는 것이다. 결국 본원진기를 상해 폐인이 되거나 기혈이 들끓다가 역류해 뇌를 침범해서 미치광이가 되었다. 그건 운이 좋은 편이었다. 십중팔구는 그 즉시 피를 게워내고 죽었다.

그런데 이 꼬마의 기맥이 그것과 같았다.

"휴우, 당연하지. 심장이 반대로 달려 있으니 기혈 역시 반대로 도는 수밖에."

머리가 지끈거렸다. 이렇게 되면 자신이 벌이려던 노름판은 걷어야 했다. 돈도 걸 수 없었다. 주사위를 던지면 주사위가 깨져 나가는 통에야 무엇도 할 수 없지 않은가.

겁먹은 듯, 아니, 겁을 먹은 척해 보이는 것인지 모를 소이보의 파랗고 잿빛인 눈동자가 강요맹을 향했다.

"내공은 조화다. 자연의 흐름에 어긋남이 없다. 그런데 네놈은 자연의 법칙과 어긋났다. 그래서 네놈은 내공을 익힐 수가 없다."

하지만 나름대로 친절하게 설명하는 강요맹의 말에도 소이보의 눈은 멀뚱멀뚱 자신을 쳐다보고 있었다. 흡사 그래서 어쩌라는 말이냐는 뜻이 눈동자에 담겨 있었다.

강요맹의 머리가 더욱 지끈거렸다.

"놈, 물은 위에서 아래로 향한다. 그게 내공을 쌓는 법칙이고 기가 흐르는 길이다. 물론 마도에선 그 흐름을 비틀어 비약적인 향상을 꾀하지만 그 흐름을 거스를 수는 없다. 그런 비틀린 내공은 언젠간 몸에 화를 남기는 법이다. 결국 네놈은 어떠한 방법도 쓸 수가 없단 말이다."

강요맹의 목소리에 약간의 짜증까지 묻어나 있었다.

소이보의 몸이 괴상하고 그래서 내공을 익히지 못한다는 데 실망한 것이 아니었다. 오랜만에 찾아온 짜릿한 느낌. 그 느낌이 틀렸을지도 모른다는 불길한 생각 때문이었다.

강요맹의 모든 것은 그 느낌 하나로 얻을 수 있었다. 그 느낌이 틀린 거라면 이제 모든 것을 잃을지도 모를 일이었다.

"물이 흐를 길이 없는데 어찌 물을 대느냐. 소림의 방장이나 무당의 장문인이 온다 해도, 그들의 정심한 내공으로도 소용이 없다. 마도본가(魔道本家)의 가주가 온다 해도 두 손 두 발 다 들 것이다. 빌어먹을 마도의 그 어떤 기괴한 내공이라도……."

매부리코에 주름을 잡아가며 탄식을 하던 강요맹의 얼굴이 순간 굳어졌다. 소이보에게 설명을 해주려는 게 아니었다. 그저 답답한 마음에 혼잣말을 하듯 탄식을 해본 것에 지나지 않았다.

하지만 거기에 해답이 있었다.

"그래… 그거라면……."

마차의 천장을 바라보던 강요맹의 눈빛에 기광이 흘렀다.

곧 강요맹이 다시 한 번 손바닥을 독특한 마찰음을 내며 비볐다.

이때까지와는 다른 빠른 속도였다.

"그래, 단전이 뭔지 아느냐?"

갑작스레 위를 쳐다보던 강요맹의 고개가 소이보를 향했다. 소이보가 고개를 좌우로 절레절레 흔들기도 전에 강요맹의 말이 뒤따랐다.

어찌 보면 소이보에게 설명하려고 물은 것이 아니라 자신의 생각을 정리하기 위함일지도 몰랐다.

"단전은 기를 담아놓은… 그래, 둑! 물을 담는 둑 같은 것이다. 그 둑에서 물길을 내어 논에 대는 것이 혈도지. 기는 조금씩 흘러 혈도를 지나 온몸을 돈다. 둑에 물을 많이 담으면 수로도 넓어지고 물이 흐르는 양도 많아진다. 기 역시 마찬가지지. 이리저리 수로를 뒤틀어봐야 둑에서 나오는 물의 양은 항상 일정하다. 일시적으로 한쪽 논엔 물이 남아도는 특징이 있지만 다른 논은 물이 말라 죽는다. 마도 내공 수련법의 한계지. 그래서 웬 미친놈이 다른 방법을 생각해 냈어."

손바닥을 비비는 속도가 한층 빨라졌다.

"무식한 방법이지. 물을 가득 담은 둑에 구멍을 내는 것이었으니까. 농사를 망치려고 작정한 미친놈이 아니면 그런 방법을 쓰겠느냐? 둑은 곧 무너질 거고 물은 범람한다. 순식간에 모든 논을 가득 채우고도 남겠지만 둑이 말라 버리지. 아니, 논 역시 망친다. 단 하나 좋은 점이 있다면 한순간에 물을 풍족히 쓴다는 것이다. 아주 짧은 순간 아주 많은 양을."

강요맹은 눈빛을 반짝이며 혀로 입술을 축였다.

"그리고 농사를 망치는 거지. 역천파사공(逆天把死功)이 그것이야. 단전을 허물어 기혈을 역주시키는, 그리고는 허망한 죽음이지. 엄공전불원(嚴功前不怨) 지득유파사(只得唯把死). 원수 앞이 아니면 쓰지 말아야 하고 쓰고 나면 오로지 죽음만이 손에 남아 있는 무공. 그거라면… 어쩌면… 될 수… 도 있겠다."

왠지 자신없는 목소리로 끝을 맺긴 했지만 강요맹의 눈빛은 그것을 어떻게든 이뤄내야겠다는 의지로 반짝였다.

"혹시 모르겠다. 네놈이 이 무공을 익히고 난 지 삼 일 후 온몸이 폭사해 죽을지도 모르지. 이 미친 무공을 익힌 놈이라면 누구든 그렇게 죽었으니까. 또 그 삼 일 동안에도 미쳐 날뛸지 모른다. 이미 아비, 어미도 몰라보고 그저 아무거나 때려 부술지도 모르지. 그건 괜찮아. 내가 막으면 되니까. 또 미쳐 날뛰는 건 뇌가 기혈에 침범당해서인데 네놈은 거꾸로 도는 혈도니 안 미칠지도 모를 일이지."

강요맹의 손바닥이 발작이라도 일으킨 것처럼 맹렬하게 마찰을 일으키고 있었다. 그만큼 강요맹은 흥분했다. 어쩌면 망가진 줄 알았던 주사위가 황금과 상아로 만든 것 이상으로 엄청나게 변할지도 모를 일이었다.

"그래도 네놈은 익혀야 한다. 왜냐하면 이 무공을 익힌 사람들은 내공이 두세 배, 아니, 열 배, 아니, 스무 배, 하여간 엄청나게 빠른 진보를 하거든. 아니, 진보가 아니라 말 그대로 한순간에 폭발적으로 내공이 늘어나지."

강요맹은 비벼대던 손바닥을 양옆으로 한껏 넓혔다. 조금 전 펼칠 때는 대강 펼친 게 분명했다. 지금 강요맹의 양 손바닥은 마차라도 뚫고 나갈 것처럼 아주 힘껏 벌려져 있는 걸 보면.

"그런 엄청난 내공이 곧 썰물처럼 빠져나가지. 역천파사공을 익힌 놈들이라면. 하지만 만약 그 엄청나게 불어난 내공을 갈무리하고 멀쩡히 있을 수 있다면? 그야말로 역사상 유래없는 내공을……."

강요맹의 손바닥이 순식간에 좁혀져 거의 맞붙은 것처럼 보였다.

"이렇게 짧은 시간에 얻게 되겠지. 아주 짧은 시간에 말이다."

들어 올린 손바닥 아래로 강요맹의 새빨간 입술이 만족한 듯 웃고 있었다.

늦은 밤 모닥불에 비춰 보이는 강요맹의 얼굴은 수심이 가득했다. 원래는 호북성을 빙 둘러 섬서로 가려고 했었다. 가로지르면 빨랐지만 그러자면 무당산 아래를 지나야 했다.

무당이 껄끄럽진 않았다. 도리어 무당의 도사들을 마주쳐 곤죽이 되도록 두들기고 싶었다. 하지만 시기가 좋지 않았다.

자신이 몸담고 있는 요선보와 무당파는 한참 전쟁을 벌이고 있었다. 아직까지는 확대되는 게 부담스러워 서로 세력 하에 있는 작은 방파들끼리 투닥거릴 뿐이었지만, 언제고 기회만 되면 불길처럼 번져 전면전이 되는 거야 시간문제였다.

군이 덤벼들면 피할 생각은 없었지만 공연히 분란을 일으킬 필요는 없었다.

그러나 요안이란 꼬마 때문에 가는 방향이 틀어져야 했다. 아이는 골칫덩어리였다. 처음 생각은 그저 자신이 이끌고 있는 혈랑대에 던져 놓고 강하게 키우라고 할 생각이었다. 대략 십 년이 흐르고 나면 그나마 던져 볼 훌륭한 주사위가 되지 않을까 하는 생각에서였다.

하지만 기괴한 눈이, 아니, 더 괴상하기 짝이 없는 소이보의 몸이 강요맹의 마음을 바꾸었다. 잘하면 마도 최강의 전사가 태어날지 몰랐다. 누구도 간 적이 없는 내공 수위를 지닐지도 몰랐다. 간교한 머리는 어려움을 잘 헤쳐 나갈 것이다. 운명을 거부하고 끝까지 살아남으려는 의지는 어떤 난관도 깨버릴 놈이었다.

처음엔 혈랑대를 위한 요안 소이보라 생각했지만 이젠 소이보에게 혈랑대란 존재는 거추장스러웠다.

내공심법이란 게 그리 만만한 게 아니었다. 그저 며칠 끙끙댄다고 후다닥 만들어지는 게 아니었다. 그렇다고 한 사람의 천부적인 자질로만 이루어지는 것도 아니었다. 사람의 몸은 소우주(小宇宙)라 불릴 정도로 깊이와 범위가 달랐다. 숨 한 번 잘못 골라도, 혈도 한 번 잘못 건드려도 그대로 저세상으로 떠나야 했다.

결국 여러 대를 거쳐 완성되고 검증되어야 비로소 내공이라고 부를 수 있었다. 안심하고 익힐 수 있었다. 그래서 무림에 이름난 내공심법은 몇 되지 않았다.

그런 점에서 소림과 무당의 저력이 나왔다. 수천 년에 걸친 저력은 다른 데 있지 않았다.

“끄응~”

강요맹의 매부리코에서 신음성이 토해져 나왔다.

괜찮은 놈을 고른 건 틀림없어 보였다. 처음엔 장난 반 기대 반 데리고 나온 놈이지만 볼수록 매력이 있었다. 하지만 좋은 물건이 될지, 아니면 우환이 될지는 아무도 몰랐다.

강요맹이 믿는 것은 단순히 자신의 느낌이었다.

그래서 저놈은 내공심법을 익혀야 했다. 아직 나이 열둘. 하지만 태어나면서부터 벌모세수(伐毛洗髓)를 거치는 무림 명가의 자식들에 대면 벌써 늦은 것이다.

내공이 전부는 아니었지만 없으면 안 되는 것 또한 사실이었다.

그리고 내공심법이란 게 또 간단한 게 아니라 몇 시진 만에 역천파사공을 뒤집고 고쳐서 전수해 줄 수는 없었다.

하지만 너무도 매력적이었다. 잘만 하면, 조심해서 다루면, 또 거기에 승부를 걸면 가능한 일이 눈앞에 있는 것이다.

천하제일의 내공을 가진 놈이 탄생하는 것이다.

“뭐, 시간을 두고 찬찬히 살펴보면 되겠지.”

지금은 혈랑대의 일이 급했다. 이제 몇 년 안에 무당과의 전면전이 벌어지리란 것은 무림인이라면 다들 예측하는 일이었다. 아니, 몇 달이 될지 몰랐다. 지금은 어린아이들이 나서서 투닥대지만 싸움이 커지면 어른들이 나가야 하는 것이다. 혈랑대와 자신이.

“범우(范愚)!”

강요맹이 한쪽에서 마차 바퀴를 손보던 사내를 불렀다.

범우는 곧 일어서 강요맹을 향해 고개를 숙여 보였다. 단단한 몸에 터질 듯한 근육이 절제된 동작과 힘있는 행동을 보여주었다.

손가락으로 살짝만 건드려도 탄력있는 공처럼 하늘로 치솟을 것 같았다.

숙여진 범우의 단단한 어깨 위에 놓인 민둥머리가 다시 들렸을 때 강요맹이 어쩔 수 없다는 듯 한숨을 토해놓았다.

"요화림(妖火林)으로 가자. 아니, 비림(秘林)이……. 아, 그래, 거기가 좋겠군. 거기 말이야, 거기. 그 도사가 있는 거기."

범우의 터질 듯한 근육만큼 절제있는 낮은 목소리가 대답했다.

"별림(別林) 말입니까?"

"그래, 거기."

하지만 즉흥적으로 떠올린 게 분명한 강요맹의 생각에 범우의 짤막한 목이 돌아갔다.

"안 됩니다."

"안 되긴 뭐가 안 돼?"

범우의 말에 강요맹이 눈을 반쯤 감았다. 만약 또 한 번 자신의 지시를 어긴다면 목을 비틀어 버리겠다는 듯 희고 가느다란 손가락을 모아서 쥐었다가 다시 천천히 펴고 있었다.

하지만 범우의 머리는 다시 좌우로 돌아가고 있었다.

"안 됩니다. 보주(堡主)님의 재가가 없이는 불가능합니다."

묘한 주종 관계였다. 즉흥적인 생각과 느낌에 따르면서도 괴팍하기 짝이 없는 강요맹과 묵묵히 자신의 할 일을 해 나가면서도 황소고집인 범우였다. 하기는 그런 범우가 아니라면 강요맹의 뒤를 받칠 수도 없을 테고 주인의 즉흥적인 행동을 적절하게 제지할 수도 없을 게 분명했다.

소이보는 요선보주가 꽤나 사람을 잘 다룬단 생각이 들었다.

보주가 누군지 몰라도 강요맹과 범우를 잘 파악했고, 또 좋은 짝이 될 거란 걸 알아보았기 때문이다.

"별림엔 우리가 보호해야 할, 아니, 지켜야 할 사람이 있습니다."

"그러니까 하는 말이다. 그 말코도사 놈도 제 밥값은 해야지! 언제까지 놀고먹게 놔둘 거야?"

강요맹이 씩씩대며 범우를 쳐다보았다.

"그 사람이 바로 우리가 보호하고 지켜야 할 사람입니다."

하지만 범우의 말소리는 전혀 강요맹의 흥분을 보지 못한 듯 차분하고 무거웠다.

"내 말이 그거 아니냐! 이놈을 봐! 넌 이놈이 어떤 놈이라고 생각하냐?"

답답하다는 듯 강요맹의 목소리가 반 뼘쯤 높아지자 그제야 범우가 소이보를 보았다.

시굴에서 데려올 때를 제외하고는 마차를 모느라 소이보를 자세히 볼 시간이 없었다. 그 이후 범우가 할 일은 강요맹을 혈랑대에 데려다주는 것이었고, 그 일을 맡은 이상 더 이상 소이보에게 신경을 쓰지 않았다. 범우는 그런 사람이었고, 그래서 강요맹과 벌써 십수 년을 함께 지낼 수가 있었다. 그것도 무난하게.

"눈 색깔이 특이합니다."

범우는 솔직히 자신이 느낀 바를 말했다.

그제야 강요맹이 싱긋 웃었다.

"그건 특이한 게 아니라 괴상하다고 말하는 것이다. 거기다 심장, 아니, 몸도 이상하니 지랄맞다고 표현해야겠지. 간교하고 사특한 놈이다. 아주 마음에 드는 놈이지. 알겠냐? 이놈이 바로 우리가 보호하고 지켜야 할 놈이란 거다. 별림에 두고 말이야."

하지만 범우의 시선은 더 이상 소이보의 요안에 머물러 있지 않았다. 다시 무뚝뚝한 말투와 함께 고개를 저었다.

"시기가 안 좋습니다. 그 사람은 무당파 도사가 다 되었습니다. 저 아이를 숨기기엔 비림으로 충분합니다."

범우의 말이 또 강요맹의 비위를 긁은 게 틀림없었다.

매부리코 아래 달린 길죽한 콧구멍이 벌렁벌렁거렸다.

"비림? 그 계집년 치마폭 아래에 숨기자고? 비림? 군림가(君臨家) 쥐새끼들이 발아래 찍찍대며 돌아다닌 것도 모르는 그년 다리 사이에다? 비림? 흥!"

강요맹의 창백한 피부가 약간 달아올랐는지 분홍빛을 띠었다.

"이놈은 우리 요선보의 비밀 병기다. 차기 마도본가(魔道本家)를 빼앗아올 놈이 있다면 바로 이놈밖에 없단 말이야. 내가 그걸 만든다. 내 손으로. 비림? 흥! 별림이어야 해! 적어도 그 개 같은 도사 발밑엔 찍찍대는 물건이 없으니까! 그 도사 하나뿐이니까! 그런 데 숨겨야 한단 말이다!"

하지만 강요맹의 흥분과 달리 범우란 사내는 무표정했다.

그저 소이보의 요안만을 뚫어지게 쳐다보고 있을 뿐이었다.

"저 아이가 빼앗아 온다구요?"

그제야 범우가 관심과 호기심을 보이는 듯하자 강요맹은 더욱 흥분했다.

"그래! 저 아이밖에 없어! 나도 못하고 보주도 못해! 저 아이 하나만 할 수 있지!"

강요맹은 확실히 흥분을 잘하는 부류였다. 스스로 말하다 보니 정말

저 아이만이 마도본가 자리를 빼앗아올 것 같은 느낌이 들었다. 아니, 그건 확신이었다. 처음엔 재미있는 아이란 생각뿐이었지만 지금은 마도본가를 빼앗아올 동량으로 믿어졌다. 범우에게 말하는 짧은 순간에 결심은 굳어졌다.

소이보의 요안을 뚫어지게 보던 범우의 고개가 조금 갸우뚱거리는 것 같더니 곧 고개가 숙여졌다.

"별림이 좋겠습니다. 준비하겠습니다."

◈ 第四章 ◈
녹색(綠色)의 별림(別林)

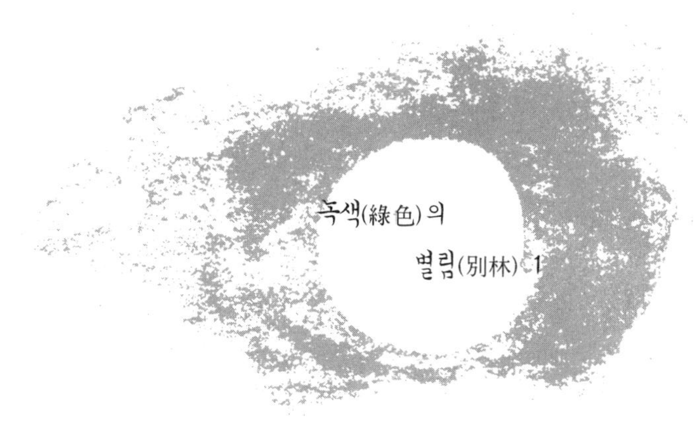

준비하고 말 것도 없었다. 내려놨던 짐을 싸매 다시 마차 안에 넣는 게 끝이었다. 그리고 오 일여를 내쳐 달렸다. 범우는 밥을 먹지도 잠을 자지도 않았다. 아마도 해야 할 일이 생기면 다른 모든 것은 제쳐두고 앞으로 곧장 달려갈 줄만 아는 사내가 분명했다.

갑자기 바뀐 일정 때문에 시간이 촉박했다. 무당과의 전면전을 앞두고 있는 지금 한가하게 다른 일 따위는 범우 눈에 들어오지 않았다.

하지만 마도본가를 빼앗아오는 일은 사소한 일이 아니었다.

그래서 오 일 동안 정신없이 마차를 몰았다. 별림에 들러 아이를 내려놓고 다시 강요맹을 혈랑대까지 모셔야 하는 것이다.

그 다음 일은 다음 일일 뿐이었다. 지금은 최대한 전체 일정에 무리가 가지 않도록 서둘러야 하는 것이다.

돌부리에 채였는지 마차가 기우뚱대는 듯하더니 곧 제자리를 잡았다. 다른 건 몰라도 범우의 마차 모는 솜씨는 경지에 달한 것 같았다.

그 오 일 동안 소이보는 난생처음 겪는 여러 가지 경험을 했다.

작은 만두였지만 속을 무엇으로 만들었는지 입에만 넣으면 그냥 목구멍을 지나갔다. 이빨로 씹지 않았는데도 그저 흐물흐물 녹아 입 안 전체에 향긋한 향기를 남기고 뱃속으로 사라졌다. 난생처음 먹어보는 너무도 맛있는 음식이었다.

처음으로 소이보는 음식이란 배를 채우는 것 외에도 맛을 위해 있는 것이란 걸 알았다.

땅에 떨어진 것, 멀리 내던져 버린 쓰레기를 뒤져 흙을 털고 상한 곳을 조심스럽게 들어낸 뒤 먹지 않아도 되었다. 먹고 난 뒤 배탈이 날 걱정을 하지 않아도 되었다.

먹는 것만큼이나 배설도 처음 겪었다. 어찌 보면 먹는 것보다 배설이 더욱 화려했다. 무엇으로 만들었는지 모를 진청색의 도기(陶器)에는 금박(金箔)까지 입혀져 있었다. 그 위에 엉덩이를 까고 앉기엔 황공할 정도였다. 그래서 시골에서부터 참은 변비가 조금 더 심해지긴 했지만 강요맹의 손바닥이 소이보의 배를 몇 번 쓰다듬자 곧 요란한 소리와 함께 일을 볼 수 있었다.

항문이 찢어질 듯한 고통에 소이보의 표정이 처음으로 찡그려지자 강요맹이 웃었다.

하긴 변에서 나는 냄새보다 소이보의 몸에서 나는 악취가 더욱 심한 데도 개의치 않던 노인이다.

하지만 오 일 동안 더 이상 말을 걸지도 않았고, 손바닥을 좌우로 폈다 접었다 하는 일도 없었다.

무언가 고민에 싸인 듯 인상을 찡그리고는 골똘히 생각에 잠겨 있었다. 간혹 무언가 좋은 생각이 떠오른 듯 손바닥을 비비며 눈알을 반짝일 때도 있었지만 또 다른 벽에 부딪친 것처럼 다시 한숨을 내쉬고는 관자놀이를 비볐다.

소이보는 잠자코 한쪽 구석에 몸을 기대고는 눈을 감았다.

가끔 매부리코가 자신의 몸에 손을 가져다 대고는 이상한 기운을 불어넣는 때를 제외하고는 그저 잠을 푹 자두리라 생각한 것이다.

시굴에서는 잠을 자지 못했고, 온몸은 욱씬거렸다.

노인은 처음에 자신의 몸에 화룡을 어떨 때는 한 마리, 어떨 때는 세 마리를 불어넣었지만 곧 그 고통에도 익숙해졌다.

길어봐야 차 한 잔 마실 정도의 시간이기도 했지만 곧 '끄응' 하는 한숨과 함께 노인이 다시 심각한 고민에 휩싸였기 때문이다.

그냥 아무 말 없이 손목을, 발목을, 등판을, 기슴을 내주고 몇 번 쓰다듬게만 하면 되는 일이었다.

노인의 손에서 나와 자신의 몸을 짓이기던 화룡도 시간이 지남에 따라 점점 온순해져 갔다.

자신이 적응이 되어서라기보다는 노인이 소이보의 뒤틀린 기혈의 흐름을 대강 알았기 때문이다.

다행히 그러고 나면 온몸이 나긋나긋하고 개운해졌다. 화룡이 노닐다 간 자리는 온화하고 편안했고 기운도 났다.

소이보는 별림인지 뭔지에 갈 때까지 푹 쉬기로 했다.

아늑하고 편안하기도 했지만 도망을 치려거나 수를 내기엔 강요맹이란 노인이 너무 강한 때문이었다.

자신이 죽인 광마나 날혼자심, 그리고 문기서나 귀검이 떼거지로 덤비고 덤으로 칠견살이 발목을 잡는다 해도 손가락 한번 튕기면 모두 죽어 나자빠질 게 틀림없다고 생각했다.

아니, 소이보가 백 명쯤 있어도 자신의 힘으로는 마차를 모는 범우 하나도 건드리지 못할 게 분명했다.

사실 광마 이장과 날혼자심 갈중 역시 자신이 죽인 게 아니었다. 아니, 죽일 수가 없었다. 그러기엔 광마 이장과 날혼자심 갈중의 무공이 너무 높았다.

갈중은 광마 이장 손에 죽었다. 미친 광마는 갈중을 죽인 것으론 모자랐는지 스스로 배를 갈라 창자를 제 손으로 뽑아 이빨로 질겅질겅 씹어대다가 죽었다. 미쳤기 때문이다.

눈과 눈이 마주친 후, 숨소리가 거칠어지다가 온몸을 떨며 진저리를 치고는 곧 갈중을 덮쳐 갔다. 갈중을 그렇게 죽이고는 스스로도 죽어 버렸다.

갈중의 말은 한 가지는 맞았다. 광마는 정말 미쳐 버렸기 때문이다. 그것이 소이보의 요안이 그렇게 만들었는지, 아니면 광마의 광태(狂態) 가 공교롭게 극에 달했기 때문인지는 그 누구도 알 수 없었다.

아무튼 지금 현재 소이보가 할 일은 아무것도 없었다.

상대하는 사람은 너무나 강했고, 지금 소이보는 나약한 존재였다.

그럴 바에야 별림이란 곳에서 수를 내는 게 현명했다.

누군가를 숨겨두고 지키는 곳이라면 더욱 좋았다.

만약 마음에 들면 거기서 평생 살 수도 있겠단 생각이 들었다.

이젠 더 이상 누군가에게 쫓기고 괴롭힘을 당하는 건 지긋지긋했기 때문이다.

"다 왔습니다."

범우의 목소리와 함께 미친 듯 달리던 마차가 거짓말처럼 멈췄다.

그래도 소이보는 요동 한번 느끼지 못했다.

강요맹이 신형을 일으키고는 마차 문을 신경질적으로 열었다.

오 일 동안 골똘히 생각에 잠겼지만 뾰족한 방법을 발견해 내지 못한 게 틀림없었다.

잘 알지 못하는 심법, 그것도 자신이 익히고 있지 않은 심법을 낱낱이 해석하고 분해해서 다시 결합하고 응용해 소이보의 몸에 심으려는 시도가 쉬울 리가 없었다.

"여기서부턴 걸어야 한다."

강요맹의 말에 소이보는 고개만 끄덕였다. 범우가 당연하다는 듯 소이보를 옆구리에 끼고 있어 대롱대롱 매달린 상태였기 때문이다.

"이십 년 만인가? 오랜만에 오는 거라 길을 잊었을지도 모르겠군."

강요맹의 신형이 앞으로 향하는 것을 보았을 때 소이보는 입을 쩍 벌렸다.

저 멀리 보이던 산의 중턱이 화살을 쏘아낸 것처럼 소이보의 눈앞으로 맹렬하게 다가오고 있었다.

동시에 매서운 바람이 소이보의 얼굴을 때렸다. 숨조차 쉴 수 없었다. 무서운 속도였다. 저 멀리 한 점으로 보이던 바위가 커다랗게 보이더니 곧 왼쪽으로 사라졌다.

삼 장여 거리의 작은 강이 밑으로 휙 지나갔다.

작은 언덕은 한걸음에 타 넘었다. 나무숲을 만나면 곧 허공에 떠올라 몇 번 발끝으로 나무 끝을 찍고 나면 빠져나올 수 있었다.

그제야 강요맹이 말한 한걸음에 산을 타 넘고 손으로 구름을 만진다는 말이 허구가 아니었음을 소이보는 깨닫고 있었다.

눈앞에 보이는 산맥 굽이굽이가 발아래 흘러가고 또 흘러왔다.

어딘지도 알 수 없었다.

그저 눈앞에 보이는 것은 만경창파(萬頃蒼波), 짙푸른 녹색이었다.

그리고 어느 순간 모든 움직임이 멈췄다.

앞도 뒤도 옆도 산이었다.

서로 키를 높인 봉우리와 사람 손이 닿지 않았는지 커다란 나무들만이 빼곡히 자리를 채웠다.

'묘한 곳이군.'

소이보의 눈이 주위를 샅샅이 훑었다. 낯선 곳에 가면 항상 주위를 둘러보는 것에 게을러선 안 되었다. 작은 것 하나도 놓쳐서는 안 되었다. 그 작고 조그마한 빈틈이 나중에 생명을 살렸다.

소이보는 범우 옆구리에 들린 채라 한눈에 주위를 둘러보기엔 무리가 있었다. 하지만 한눈에 보기에도 들어오기도, 또한 나가기도 쉽지 않은 곳이었다. 험한 산봉우리 사이에 조그맣게 자리잡은 분지인 듯싶었다.

눈앞엔 뭔지 모를 키 작은 나무들이 정원을 이룬 것처럼 옹기종기 모여 있었다.

"내가 밟은 곳만 밟아라."

강요맹은 짧은 말을 남기고 곧 성큼성큼 작은 나무 사이로 걸음을 옮겼다.

범우 역시 따랐고, 범우 옆구리에 끼인 소이보는 매달려 갔다.

그리고 난생처음 바다를 보았다.

분명 자신이 온 곳은 깊은 산속 작은 분지였다.

그런데 자신 눈앞엔 푸른 바다가 넘실대고 있었다.

바다였다. 한눈에 알 수 있었다.

높은 절벽 아래에는 물결이 넘실대며 다가와 부딪치고는 하얀 거품만을 남긴 채 사라지고 있었다.

끼룩끼룩.

하얀 새가 긴 날개를 퍼덕이지도 않고 바다 위를 가로질렀다.

그리고 강요맹이 절벽 위를 계속 걷고 있었다.

'조심!'

소이보는 저도 모르게 입 밖으로 경고성을 발하려고 했다.

하지만 강요맹의 발은 절벽을 훌쩍 넘고 있었다. 날듯이 산을 타 넘고 온 강요맹이었지만, 까마득한 높이의 절벽 위에서는 날개가 없는 이상 추락해야만 했다.

그러나 강요맹은 추락하지도 그렇다고 하늘을 날지도 않았다.

그저 사라져 버렸다. 연기처럼 꺼져 버린 것이다.

그리고 그 뒤를 따라 범우가 절벽 끝에서 한 발을 내딛고 있었다.

매달린 소이보의 눈에 절벽 끝이 보이고 곧 까마득한 바닥이 보였다. 그리고 절벽이 없어졌다.

바다가 없어졌다.

모든 게 사라지고 새로운 것이 눈앞에 펼쳐졌다.

소이보는 질끈 눈을 감았다.

눈앞에 보이는 것은 환상이었다. 비록 소리가 들리고 손으로 만질 수도 있을지 모르겠지만 환상이 분명했다.

그 환상에 빠져 중요한 것을 놓치고 만 것이다.

발걸음.

강요맹은 범우에게 자신이 밟은 곳만 밟으라고 말했다.

범우의 무공은 소이보가 상상하지도 못한 경지가 분명했다.

그런 범우도 강요맹의 발걸음을 따라야만 했다.

그 발걸음을 기억해야 했다.

그러나 놓치고 말았다.

'하나, 둘, 왼쪽으로 하나, 왼쪽 위 사선으로 둘, 앞으로 셋, 뒤로 넷…….'

이미 늦었지만 다 놓친 것은 아니었다.

눈을 감고 범우의 흔들림을 하나하나 세었다. 기억했다. 뼈에 새겼다.

하지만 바다를 보느라 처음 스무 걸음을 놓쳤다. 대강은 기억하지만 대강이란 말은 아예 모르는 것보다 더 위험했다.

"변한 게 하나도 없군."

강요맹의 말이 목적지에 도착했음을 알리고 있었다.

소이보가 가는 한숨과 함께 눈을 떴을 때 눈앞을 가득 채운 것은 짙은 녹색이었다. 푸르름이었다. 그리고 거기에 노인 하나가 초라한 모습으로 서 있었다.

2

노인은 등에 걸망을 걸치고 있었다. 거기엔 아마도 먹을 수 있는 녹색의 채소와 이름 모를 약초가 가득 담겨 있을 것이다.

옷은 도포였다. 머리는 한가운데로 모아 질끈 끈으로 묶어 내렸다. 머리는 하얀 서리가 내린 듯 듬성듬성 새었지만, 그리 나이가 많지는 않은 것 같았다. 머리보다는 얼굴이 더욱 늙어 보였다. 깊게 패인 주름은 없었지만 여기저기 작은 주름이 잡혀 원래 나이보다 더 늙어 보이는 외모였다.

손에는 낫 대신 기다란 검을 들고 있었다. 하지만 그 검은 검술을 위한 것보다는 걸망에 넣을 약초를 캐는 데 쓰인 게 틀림없었다.

주름으로 축 처진 노인의 눈이 의외라는 듯 강요맹을 쳐다보고 있었다.

그리고는 주름 가득한 손을 들어 올려 하나하나 손가락으로 꼽기 시작했다.

"먹을 걸 들고 온 게 아니야."

강요맹이 그런 노인을 보며 싱긋 웃었다.

노인은 세 개까지 꼽은 손가락을 들고는 다시 멍한 표정으로 강요맹을 쳐다보았다.

봄, 가을로 쌀을 주러 온 게 아니라면 왜 왔느냐는 듯한 의문이 힘없이 처진 눈매에 담겨 있었다.

아마도 노인은 감옥 아닌 감옥에서 사는 게 틀림없었다.

비록 약초를 캐고 들짐승을 잡는다면 연명은 해나가겠지만 요선보에서 따로 식거리를 마련해 주는 게 틀림없었다.

깊은 산에 파묻어놓고 먹을거리를 대줄 만큼 중요한 노인이 분명했다.

"이 아이를 주러 왔지."

노인의 시선이 그제야 소이보를 향했다.

축 처진 눈이 들썩이다가 입을 쩍 벌렸다.

그 축 늘어진 눈꺼풀이 노인 딴에는 부릅뜬 모양새였다.

아마도 소이보의 파랗고 잿빛인 요안을 보고 놀란 모양이었다.

"다듬기만 해라."

그런 노인을 보던 강요맹이 곧 으르렁댔다.

"다듬기만 해라. 키우진 말고. 키우는 건 내가 한다."

으르렁대는 강요맹을 한참 동안 보던 노인은 영문을 모르겠다는 듯 어깨를 으쓱거렸다.

강요맹의 시선이 이번엔 소이보를 향했다.

"기다려라. 내가 올 때까지. 만약 내 손에서 벗어나려다간……."

강요맹의 손바닥이 좁게 시작되어 양옆으로 활짝 펴졌다.

"전 무림이 뒤쫓는다. 그러다 만약 내 손에 잡히면……."

강요맹이 벌어졌던 손바닥을 굉음을 내며 마주치고는 곧 위아래로 비볐다.

모르긴 몰라도 강요맹 같은 고수의 손바닥에 남아날 사람은 별로 없을 게 분명했다.

"명심해라. 널 위한 거다. 늦어도 몇 년 안엔 오겠다. 기다리도록."

그리고는 몸을 돌려 빠져나왔던 수풀을 향해 천천히 걸음을 옮겼다.

범우 역시 소이보를 내려놓고 뒤를 따랐다.

막 나무 사이로 사라지려던 강요맹의 고개가 뒤로 돌았다.

"잊지 마라. 난 내가 가지고 놀던 물건을 남의 손에 넘기는 놈이 아니다. 더구나 내가 아끼던 주사위는……."

강요맹의 혀가 새빨간 얇은 입술을 핥았다. 그렇게 이상한 미소 하나만을 남기고 수풀 속으로 몸을 옮겨 사라졌다.

강요맹이 사라지자 범우도 사라졌다.

그동안 있었던 모든 일도 꿈결처럼 사라지는 것 같았다.

소이보는 털썩 뒤로 누웠다.

시린 하늘이 눈에 가득 들어왔다.

하지만 초라한 노인이 더욱 초라한 집 안으로 사라지는 것까지 잊진
않았다.

별림에서의 첫날이었다.

별림은 생각 외로 넓었다.

대략 둘러보는 데 반 시진 가까이 걸릴 정도로 넓었다.

그런 별림을 벌써 두 시진 가까이 소이보는 둘러보고 있었다.

나무 하나하나, 돌멩이 하나하나를 눈여겨보았다.

진(陣)이 분명했다. 이야기로 들었던 바람을 부르고 비를 내리게 한
다는 호풍환우(呼風喚雨)가 실제 있었다. 재미있으라고 한 얘기가 아니
라 진짜 있는 물건이었다.

도리어 이야기로 들었던 게 거짓말이 아니라 실제 있는 것의 몇백
분의 일에도 못 미쳤다.

강요맹도 범우란 사람도 조심조심 걸어온 숲이었다.

빠져나갈 곳은 없는 듯했다. 아니, 분명히 있긴 있었다.

노인의 걸망에 들어 있던 약초들이 그걸 증명하고 있었다.

이 별림이란 곳에선 찾아볼 수 없는 것이었다.

그렇다면 노인 역시 고수란 말이 되었다. 이유는 모르겠지만 가두어
두었다기보다는 범우 말대로 지키고 보호하기 위해 별림에 둔 게 틀림
없었다.

소이보가 콧잔등을 긁었다.

별림이란 괴상한 귀신 들린 숲도 문제였지만 무림의 고수도 만만치

않은 장애물이었다. 그리고 그 고수가 자신을 지키고 있었다.

소이보가 또 한 번 콧잔등을 긁었다.

확인해 봐야 했다, 자신이 도망을 가는 것을 지키는 것인지, 아니면 자신의 안전을 지키는 것인지를.

아마 후자 쪽이 클 것이다.

매부리코 노인이 추레한 늙은 노인에게 자신에 대해 아무런 말도 해 주지 않았기 때문이다.

쪼그렸던 다리를 펴고 소이보는 곧 자리에서 일어났다.

그리고 곧 앞으로 성큼 발을 내디뎌 숲 안으로 발을 옮겼다.

"흡!"

소이보의 눈에 다시 파란 하늘이 눈에 들어왔다.

하지만 숲 안으로 들어갔기 때문이 아니었다. 언제 나타났는지 추레한 노인이 소이보의 뒷덜미를 잡아챈 때문이었다.

'역시.'

소이보는 자신의 예상이 맞았다는 것을 알았다. 노인은 자신의 행동에 신경을 곤두세우고 있었다.

노인의 손에 뒷덜미를 채인 소이보가 슬쩍 초라하게 얽어매어 쌓은 목옥을 쳐다보았다.

대략 십여 장은 훨씬 넘어 보였다. 아니, 이십여 장 가까이 되는 거리일지도 모른단 생각을 했다.

노인은 그 거리를 박차고 와서 늦지도 빠르지도 않게 자신의 뒷덜미를 잡아챈 것이다. 확실히 고수였다. 그것도 엄청난.

노인은 소이보에게 큰일 날 뻔했다는 듯 숲을 가리키고는 곧 손을 훼훼 옆으로 흔들었다. 그리고는 처진 눈을 들어 눈알을 뱅뱅 돌리다가 눈을 감고 픽 고개를 옆으로 뉘었다.

숲으로 들어갔다가는 진이 만들어낸 환상에 지쳐 죽는다는 뜻이었다.

노인은 다시 눈을 떠 소이보의 눈을 한참이나 바라보았다.

그렇게 한참을 보다가 고개를 갸우뚱거렸다.

하지만 곧 얼굴을 찡그려 잔뜩 잔주름을 잡고는 한 손을 꼿꼿하게 코앞에 세운 뒤 옆으로 가볍게 흔들었다.

소이보의 몸에서 악취가 난다는 뜻이었다.

노인은 소이보의 손을 잡고 한쪽으로 걸어갔다.

어디로 가는지는 이미 소이보도 알고 있었다.

노인의 허름한 목옥 뒤로 걷다 보면 오솔길이 나오고 거기엔 개울이라기엔 크고 강치고는 작은 물이 흐르고 있었다.

한 시진 전에 이미 탐색해 본 장소였다.

잘하면 물길을 따라 숲을 벗어날지도 모른다는 생각을 했지만 곧 고개를 흔들었던 곳이다.

개울은 숲에서 나와 숲으로 흘러 나갔다. 확실하지 않은 것에 목숨을 걸 수는 없었다. 시간은 많았고, 시간이 많다면 궁리해 낼 방법도 많을 것이다.

노인은 역시 소이보의 예상대로 개울로 데려가고는 손가락을 펴 개울물을 가리켰다.

이미 조심스럽게 몸을 넣어본 곳이었다.

물이 굽이쳐 흐르다 잠시 쉬어가는 곳이었다. 들어가면 소이보의 허리춤 정도의 깊이였다.

노인은 소이보의 옷을 손가락으로 잡고 흔든 뒤 훌러덩 벗는 시늉을

했다. 그리고는 자신의 얼굴을 가리키고 손으로 무언가를 빼는 시늉을
한 뒤 소이보를 가리키고는 자신의 손으로 목과 가슴을 문질렀다.

옷을 벗어주면 자신이 빨래를 하고 그동안 대강 몸이라도 씻으란 뜻
이었다.

소이보의 눈이 반짝였다.

이 노인도 매부리코의 노인과 마찬가지였다.

개울이라기엔 조금 큰, 작은 강까지 손목을 잡고 친절하게 안내를
했다. 그리고 하나하나 다음 할 일을 손짓으로 지시하는 것이 자신을
어린아이로 생각하고 있는 게 분명했다.

별림에서 뒷목을 잡아끈 것도 도망갈까 걱정한 것보다는 혹시 무슨
일이 생길까 걱정한 것이 틀림없었다.

그렇다면 방법은 있었다.

어디를 조심하고 어디는 괜찮은지 아는 시간이 흐른 후에, 그래서
마음 놓고 노인의 시선을 피해 별림을 여기저기 쏘다녀도 될 때 탈출
해도 늦진 않을 것이다.

언제인지 몰라도 그 안에 몸을 만들어두어야 했다. 지금 이 상태로
는 산을 하나 넘기에도 벅찼다.

소이보가 아무 말 없이 옷을 벗었다.

관아에서 빠져나올 때 수의(囚衣) 그대로였다.

소이보가 조심스럽게 옷을 벗자 노인의 축 처진 눈꺼풀이 파르르 떨
렸다.

아마도 소이보의 온몸에 난 상처를 보고 충격을 받은 듯했다.

소이보는 고개를 숙여 자신의 몸뚱이를 쳐다보았다.

여기저기 움푹 패인 곳도 있었다. 벌겋게 달아올라 짓이겨진 채 붙

어 있는 곳도 있었다. 오래된 상처는 뱀이 지나간 듯 부풀어 길게 이어지고 있었다. 하얀 피부라 상처는 더욱더 도드라져 보였다.

목에는 참롱을 벗기느라 난 상처가 아직도 붉게 벌어져 있었다. 더욱이 부시독 때문인지 시굴에서 한껏 조심했는데도 어느덧 악취를 풍기고 있었다. 썩지 않은 게 다행이었다.

노인의 축 처진 손가락이 조심스럽게 소이보의 목에 난 상처를 어루만졌다.

"아, 아파요."

소이보는 가늘게 떨며 몸을 움츠렸다.

노인은 미안함이 가득한 눈동자로 안됐다는 듯 소이보를 쳐다보았다.

노인이 자신을 어린아이로 보면 어린아이로 행동하면 됐다.

소이보가 어린아이 흉내를 내는 것은 아이가 어른 흉내를 내는 것만큼 어색했지만 노인의 눈엔 그것 역시 갑작스럽게 낯선 곳에 떨어진 당혹감으로 받아들여지고 있을 게 틀림없다고 소이보는 계산했다.

낮게 한숨을 내쉰 노인이 소이보가 벗어놓은 옷을 집어 들고는 개울가로 다가갔다.

소이보 역시 양팔로 가슴을 안고 겁이 난다는 듯 흘금흘금 노인을 곁눈질하며 개울물에 몸을 담갔다.

시원했다. 시원한 만큼 아렸다. 하지만 이대로 두면 썩어 갈 게 분명했다. 고통을 참지 않아도 되었다. 손으로 맑은 물을 떠 상처를 씻으며 느껴지는 고통보다 더욱 과장된 신음 소리를 토해내었다.

소이보의 옷을 헹구던 노인의 시선이 소이보에게 멎었다.

그리고는 아파도 참아야 한다는 듯 입을 다물고 고개를 위아래로 끄덕였다.

"할아버지, 할아버지는 왜 말이 없어?"

갈라지고 탁한 목소리였다. 어린아이 입에서 나오기엔 왠지 소름 끼치는 껄끄러운 목소리였다. 소이보는 얼른 훌쩍 코를 비볐다. 그 행동하나면 됐다. 노인은 틀림없이 감기에 걸려 목소리가 탁하다고 생각할 것이다. 다시 노인은 안쓰러운 눈빛으로 소이보를 보다가 입을 쩍 벌리고는 손가락으로 입 안을 가리켰다.

거기엔 벌겋게 텅 빈 공간만이 있었다.

있어야 할 혓바닥이 없었던 것이다.

노인은 다시 입을 닫고는 웃으며 고개를 좌우로 흔들었다.

'모질게도 당했군.'

소이보는 노인의 혀가 원래 없는 것이 아니라 잘려 나간 것임을 한 눈에 알아보았다.

노인은 무언가 확실히 지킬 게 있었던 게 틀림없었다. 비밀을 지키기 위해 혀까지 잘라내야 했다면, 그것도 고수의 혀를 잘라냈다면 분명히 큰 비밀이었다.

그걸 알아낸다면 탈출이 좀 더 쉬워질지 모르겠다는 생각이 들었다.

물 깊이 파묻은 소이보의 얼굴에 미소가 어리고 있었다.

어린아이에겐 어울리지 않는 미소였다.

3

노인이 이 별림에서 보낸 세월이 짧지 않다는 것은 소이보가 손에
든 밥그릇을 보아도 알 수 있었다.

밥그릇은 이가 듬성듬성 빠지고 금까지 가 있었다.

만약 황석 땅에서 이런 밥그릇을 들고 있다면 누구라도 금방 동전
한 닢을 던져 줄 거란 생각이 들었다.

그래도 이곳 별림에선 이런 밥그릇이라도 귀했다.

노인의 손에 들린 하나와 자신이 들고 있는 것 하나. 달랑 두 개뿐이
었다. 그나마 밥과 함께 국물이 있는 찬이 함께 담겼고, 나물들은 등나
무로 촘촘히 얽어 대강 무언가 담을 수 있게 만든 것에 담겨 있었다.

"고긴 없나요?"

소이보가 고개를 들고 노인을 바라보자 노인이 곤란하다는 듯 뒤통
수를 긁었다.

소이보는 꼭 고기를 먹고 싶었던 게 아니었다. 하지만 열두 살 아이
는 고기를 좋아했다. 소이보는 그 아이처럼 보여야 했다.

노인이 곤란하다는 듯 한참이나 얼굴을 찡그리다가 곧 양 손바닥을
합쳐 귀밑에 대고는 눈을 감고 고개를 어깨에 가져다 대었다.

아무래도 하룻밤 자고 나면 만들어준다는 뜻 같았다.

소이보는 고개를 끄덕이고는 다시 입을 벌리고 젓가락으로 밥을 밀
어 넣다시피 먹었다.

특이한 행색에 굶주린 상처 입은 아이.

노인이 바라보는 소이보는 그렇게 보였다.

날이 어둑어둑해졌다.

소이보는 마당 한가운데 꼭 누가 가져다 놓은 것처럼 생긴 바위 위

에 걸터앉았다.

앉아보니 정말 의자보다 더욱 포근하게 엉덩이를 받쳐 주었다.

만약 노인이 바위의 모양이 그런 줄 알고 여기까지 가져온 것이라면 노인의 힘은 정말 대단한 것이었다.

소이보는 그 바위 위에 더욱더 불쌍하게 보이기 위해 쪼그리고 앉아 팔로 무릎을 감쌌다.

노인이 밥그릇을 들고 그런 소이보 옆으로 다가왔다.

소이보가 눈을 크게 뜨고는 노인을 바라보았다.

아이가 눈을 크게 뜨면 더욱더 해맑고 어리숙해 보인다는 걸 알기 때문이었다.

노인은 작은 나무로 사발 안을 휘젓다가 턱을 치켜들었다.

소이보가 그 뜻을 알고는 바위 위에 몸을 뉘었다.

노인은 곧 파랗고 누르죽죽한 무언가를 사발에서 꺼내 소이보의 상처에 발랐다.

화끈하면서 찌릿했다. 상처에 바르는 약초가 틀림없었고 화끈한 만큼 효과도 좋을 게 분명했다.

소이보는 노인의 손길이 닿을 때마다 신음을 토해내며 몸을 비틀었다.

노인은 그럴 때마다 안됐다는 듯 소이보의 머리를 쓰다듬었다.

소이보 몸에 난 상처는 한둘이 아니었다. 팔을 들어 올려보면 겨드랑이에도, 뒤로 몸을 뒤집으면 심지어 엉덩이에까지 상처가 있었다.

노인이 어쩔 수 없이 두 번 더 사발 안의 약초를 바꿔 넣고서야 그런 대로 상처마다 약초를 바를 수 있었다.

희었던 소이보의 몸이 약초 즙으로 초록색으로 물들었다.

노인은 그런 소이보를 보고 한숨을 쉬고는 곧 한쪽에 널어두었던 소이보의 옷을 가져왔다.

'아직 안 말랐을 텐데?'

의아한 빛의 소이보 눈에 노인이 옷을 접어 양 손바닥 위에 올리는 게 보였다.

그리고 노인이 눈을 감자 곧 옷에서 하얀 수증기가 올라왔다.

믿어지지 않아 눈을 끔뻑거리는 동안 옷이 다 말랐는지 축 처졌던 옷이 노인의 손끝에 걸린 채 바람에 하늘거리고 있었다.

'무공이로군.'

소이보는 입을 쩍 벌렸다. 눈도 동그랗게 떴다.

난생처음 보는 신기한 광경이라는 듯 노인과 노인의 손에 들린 옷을 번갈아 쳐다보았다.

계산된 표정과 과장된 행동이었지만 실제로 소이보로서는 처음 보는 광경이기도 했다.

그러자 곧 범우라는 자가 자신을 안고도 가볍게 산을 몇 개 타 넘었던 게 기억이 났다.

쓸 만한 것이었다. 아니, 굉장한 것이었다.

만약 무공을 익힐 수 있다면 엄청난 도움이 될 게 분명했다.

노인은 그런 소이보를 보고 활짝 웃었다.

노인은 자상했다. 자신에게만큼은 어리숙했다.

무공을 알려달라면 알려줄 것이다. 이왕 배우는 것이라면 매부리코에 흥분 잘하고 즉흥적인 노인보다는 이 노인이 좋을 것 같았다.

더구나 매부리코 노인이 초라한 늙은이에게 분명 다듬으라고 말하지 않았던가.

배울 것이다. 익힐 것이다. 그리고 꺾을 것이다.

세상 모든 것을.

매부리코 노인 말이 맞았다.

그래야 더 이상 벌레처럼 꿈틀대지 않아도 된다.

도망가지 않아도 된다.

소이보의 파랗고 잿빛인 두 눈동자가 반짝거렸다.

아침은 상쾌했지만 소이보의 몸까지 그런 것은 아니었다.

어제보다 더 쓰라리고 욱씬거렸다. 하지만 소이보는 눈 하나 깜짝 안 했다. 만약 간지럽고 아무런 고통이 느껴지지 않는다면 그게 더 큰 일이었다. 간지러우면 썩어간단 말이었고, 고통이 느껴지지 않는다면 마음을 모질게 먹고 살을 파내야 했다. 그래야 살 수 있었다.

욱씬거리는 것은 상처가 회복되어 간다는 뜻이었다.

강요맹의 마차 안에서도 잠을 자긴 했지만 깊은 잠까지는 들지 못했다. 하지만 이 허름한 목옥 안에선 너무나 달디달게 잤다.

"아함~"

기지개를 켜고 하품을 하던 소이보는 등이 결리는 것을 느끼고 눈을 찡그렸다.

'노인은?'

주위를 둘러보았지만 작은 목옥 안에서 노인을 찾을 수는 없었다.

천천히 몸을 일으켜 목옥의 문을 열자 노인이 있었다.

쪼그리고 앉아 무언가를 내려다보고 있었다.

살이 잘 오른 산토끼 한 마리였다. 토끼의 목을 묶은 덩굴 끝을 노인이 발로 밟고 있었다.

소이보는 속으로 웃었다. 토끼가 아무리 빨라도 노인보다는 느렸다. 굳이 덩굴로 목을 묶어둘 필요가 없었다. 더욱이 토끼는 도망가기는커녕 노인을 바라보고 코를 찡긋거리고 있었다.

노인은 그런 토끼를 바라보다가 소이보를 보고 민망한 듯 웃었다.

손으로 배를 쓰다듬으며 눈은 소이보를 쳐다보았다.

아마도 '배가 고프지? 내가 이놈을 잡아줄게' 하는 표정이었지만 그럴 작정이었다면 벌써 토끼는 죽었어야 했다.

노인은 살생을 거려하는 게 틀림없었다. 작은 토끼 한 마리도 죽이지 못했다.

소이보는 눈을 크게 뜨고 과장되게 손을 활짝 벌렸다.

"와아, 귀엽다!"

한걸음에 다가가 노인 곁에 같이 쪼그려 앉아 토끼를 안아 들었다.

"우리 이놈 키워요. 예? 밥은 내가 줄게요."

토끼는 정말 귀여웠다. 하지만 비록 눈은 토끼를 향하고 있었지만 소이보의 모든 신경은 노인을 향하고 있었다.

노인이 얼굴에 주름 잡힌 미소를 띠더니 기특하다는 듯 소이보의 머리를 몇 번이나 쓰다듬었다.

"우리가 키우는 거예요! 잡아먹으면 안 돼요! 그럼 내가 할아버지를 미워할 거야!"

고개를 돌려 노인을 보며 하는 소이보의 말에 노인이 입을 활짝 벌리고는 고개를 연신 끄덕거렸다.

소이보는 자신의 밥보다 토끼의 밥에 더욱 신경 썼다. 그런 소이보를 위해 노인은 잠시 사라졌다가 여린 풀을 한 아름 안고 나타났다.

소이보가 토끼에게 풀을 먹이는 동안 문을 두드리는 소리가 들렸다.

노인이 젓가락을 들고 소이보를 부르고 있었다.

토끼를 돌보는 소이보가 귀엽다는 듯 활짝 웃으며.

"무공이 뭐예요?"

소이보는 젓가락을 내려놓으며 물었다.

노인은 막 찬그릇을 움직여 소이보 앞으로 모아놓다가 소이보를 쳐다보았다.

"할아버지도 알죠? 무공이요."

노인은 방긋 웃다가 곤란하다는 표정을 짓고는 뒷머리를 긁었다.

"몰라요?"

소이보의 얼굴이 시무룩한 표정으로 바뀌며 고개를 숙였다.

그런 소이보의 얼굴을 노인이 고개를 숙이고는 밑에서 올려다보았다.

소이보의 파랗고 잿빛인 눈동자를 한동안 쳐다보던 노인이 다시 웃더니 대강 그릇을 주섬주섬 치웠다.

"내가 씻어올게요."

소이보가 의자에서 일어나며 말했지만 노인은 고개를 젓고는 손바닥을 까딱거렸다.

소이보는 따라오란 뜻임을 알고 노인의 뒤를 따랐다.

문을 열고 나간 노인이 방 바로 옆에 있는 창고 문을 열었다.

안에 잡동사니를 넣어놨으니 창고라고 부르지 어찌 보면 돼지우리만도 못했다.

다리 하나만 그 안에 넣은 채 손으로 무언가 들고 나왔다.

처음 노인을 보았을 때 들고 있던 검이었다.

하지만 일반적인 검과는 달랐다.

날렵하고 멋지게 뻗은 검이 아니었다. 검병은 소이보의 기다란 손으로 두 뼘이 넘었다. 당연히 검신은 더욱 길었다.

전체적으로 보통 검보다는 반은 더 길었다.

노인은 검을 들고 마당 한가운데 섰다.

검을 검집에서 빼내자 '창' 하는 맑은 소리가 흘러나왔다. 아득한 눈으로 검신을 보다가 다시 고개를 돌려 소이보를 보고는 히죽 웃었다.

아무래도 오랜만에 손에 잡고 흔들어본다는 게 민망스럽다는 표정이었다.

소이보는 곧 한 켠에 쪼그리고 앉아 턱을 괴었다.

눈을 크게 뜨고 똘망똘망한 어린아이가 기대로 한참 부풀 때의 표정을 지었다.

노인이 다시 히죽 웃고는 검을 바라보았다.

"하~"

노인의 입에서 처음으로 소리가 토해졌다.

한숨이었다. 감회에 어린 눈빛으로 한동안 검을 바라보던 노인이 천천히 검을 들었다. 장검이 하늘을 향해 날듯이 튕겨져 올랐다.

검은 생명이 있는 듯했다. 차고 올라 둥근 원을 그리고는 다시 왼쪽으로 비스듬히 내려왔다. 바람과 이야기라도 하는지 한동안 까딱대다가 다시 휘청 한 바퀴를 크게 돌았다.

노인이 한 발을 내딛고 검을 쭉 앞으로 폈다.

그러자 튕기듯, 아니, 작은 구멍에서 몸을 빼내려고 구멍 가에 두 손을 짚은 어린아이의 몸짓인 양 검이 훌쩍 앞으로 향했다. 그리고는 까르륵 웃으며 구르는 아이처럼 다시 빙글 몸을 접어 뒤로 흘렀다.

하늘로 높이 오를 땐 구름을 끌어당겼다.

옆으로 흐를 때는 바람과 달음박질하듯 재빨랐다.

아래로 내려갔다가 다시 통통 팅기듯 몇 번 작게 꿈틀거리고는 기지 개를 켜듯 나른한 몸동작과 함께 위로 솟아올랐다.

노인이 지그시 눈을 감고 왼발을 천천히 들어 올리고는 까치발을 짚 듯 왼쪽 방향에 발끝을 내려놓았다.

오른손으로는 검을 가볍게 쥐고 왼손은 검지와 중지를 펴 앞으로 향 한 검결을 짚었다.

검이 어린아이의 산뜻한 몸짓에서 시원한 여름 비로 변했다.

비는 하늘에서 내리다 곧 사선으로 바뀌었다.

비처럼 내리 꽂히던 검이 가볍게 다시 팅겨 오를 때는 바닥에 떨어 진 빗방울이 팅겨지는 듯했다.

검이 다시 가을의 산들바람을 닮아갔다.

푸른 하늘에서 내려와 붉고 푸른 단풍 사이를 맴돌다 소이보의 귀밑 을 간질이고 있었다.

소이보는 저도 모르게 눈을 감았다.

눈을 커다랗게 뜨고 몸짓 하나하나, 숨결 하나하나까지 기억하려고 했지만 그럴 수가 없었다.

너무나 안온했고 평화로웠다.

노인은 십수 년 만에 처음 검무를 추었다.

그리고 검무에 빠져들었다. 검을 놓은 지 십수 년이었지만, 검법은 수십 년이 늘어난 것 같았다. 검을 놓자 마음에서도 검이 사라졌다.

그러자 검법이 완성되었다. 노인도 채 깨닫지 못한 일이었다.

무당의 태극혜검(太極慧劍)이 그렇게 온 만물을 자신의 품으로 안으며 노인의 손에서 너울져 피어나고 있었다.

소이보도 그 신령한 느낌에 온몸이 나른하게 젖은 채 부유하고 있었다.

노인과 소년.

둘은 검술에 한껏 취해 있었다.

별림의 푸른 그림자가 두 사람을 녹색으로 물들이고 있었다.

◈ 第五章 ◈
이름없는 심공(心功)

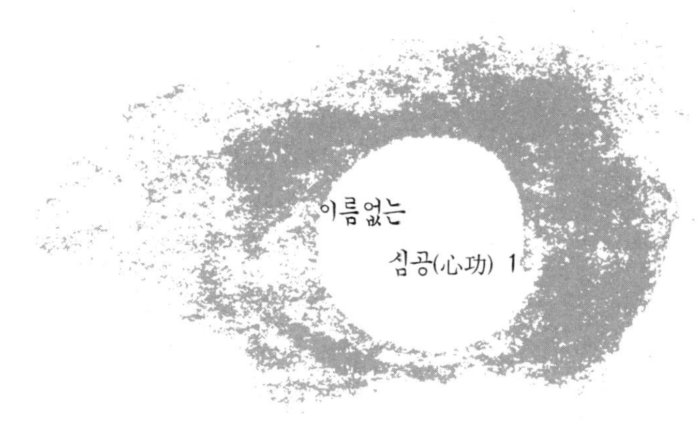

시간이 얼마나 흘렀는지 몰랐다. 하루가 꼬박 지났다고 해도 소이 보는 놀라지 않을 것이다. 그만큼 묘한 기분은 처음 느끼는 것이었다.

노인 역시 예상치 못한 듯했다.

피곤한 듯 어깨가 처져 있었지만 얼굴엔 화색이 돌았다.

아니, 십수 년은 젊어 보였다. 작은 주름은 윤기나는 얼굴에 묻혀 보이지도 않았다.

추레하게 처졌던 살들도 안에서 잡아당긴 듯 팽팽해져 있었다.

분명 노인의 얼굴은 전에 봤던 추레한 얼굴 그대로였지만 이상하게 따사롭고 온화해 보였다. 전혀 다른 사람인 것 같았다.

태극혜검(太極慧劍).

무당의 장문인에게만 내려오는 검법이었다.

그렇다고 장문인이 되기만 하면 깨닫고 대성할 수 있는 녹록한 검법도 아니었다.

역대 무당 장문인 중엔 그저 흉내만 내고 끝난 사람들도 많았다.

하지만 그 흉내 낸, 그래서 껍질만 남은 태극혜검을 우습게 보는 사람은 없었다.

태극혜검, 백 년 하고도 수십 년 만에 처음으로 노인의 손을 빌어 세상에 나온 것이다.

노인의 내심에 일던 가벼운 흥분이 다시 처연한 슬픔으로 변했다.

태극혜검, 그 위대한 이름을 더럽힌 것 같았다. 훔친 검보(劍譜)에서 진짜 검법이 나온 것이다. 가짜 도사의 손에서 성스런 검무가 흘러나온 것이다.

노인은 복잡한 심경이 담긴 눈으로 들고 있는 검을 내려다보았다.

한참 동안 움직이지 않았다.

“하아~”

노인의 텅 비어버린 입에서 다시 한숨이 토해졌다.

고개를 돌린 노인의 눈에 입을 벌리고 멍하게 있는 소이보가 들어왔다.

복이 많은 아이였다. 아니, 복을 가져다주는 아이였다. 그래서 소중한 아이였다.

이름도 모른 채 어디선가 키워지고 있을 자신의 손주가 저만큼 됐을지도 모른다.

“화아~”

한참 후에야 소이보의 입에서도 탄성이 터져 나왔다.

일부러 철없는 아이처럼 보일 필요도 없었다. 순수한 탄성이었다.

사람이 검을 휘두르는 게 저토록 아름다운 것인지 예전엔 몰랐다.

검 하나에 하늘이 웃고 산이 어깨를 덩실댈 줄은 정녕 몰랐다.

세상 온갖 기운이 별림을 휘돌다 소이보의 온몸을 적시는 느낌은 그 무엇으로도 형용할 수가 없었다.

"가르쳐 줘요!"

소이보가 몸을 일으키며 노인을 바라보았다.

노인이 다시 헤벌쭉 웃었다. 고개를 좌우로 흔들다가 다시 끄덕였다. 하지만 곧 다시 고개를 좌우로 흔들었다.

가르쳐 주고 싶어도 가르칠 수가 없었다. 알려주고 싶어도 알려줄 수가 없었다. 건네주고 싶어도 건네줄 아무것도 가지고 있지 않았다.

하지만 아이는 복잡한 뜻을 잘도 이해한 것 같았다.

파란 눈은 더욱 파래지고 잿빛 눈동자는 갈색이 좀 더 진해졌다.

아이는 눈빛을 발하며 굳은 결심을 했다는 듯 고개를 끄덕였다.

"쉬운 것부터요. 방금 건 너무 어려워 보이니까. 하지만 나중에 그것도 알려줘야 해요. 꼭 배우고 말 테니까요."

노인이 활짝 웃으며 고개를 끄덕였다.

정말 다행스런 일이었다. 만약 저 아이가 배울 수 있다면 더 이상의 바람은 없었다. 저 복받은, 아니, 복을 가져다주는 아이가 태극혜검을 무당에 돌려줄 수만 있다면 말이다.

그렇다고 자신의 죄업이 씻겨지는 건 아니겠지만.

노인의 뻥 뚫린 입이 더욱 벌어지며 활짝 웃었다.

만약 노인의 입에서 커다란 웃음소리가 튀어나올 수 있다면 산 역시 껄껄거리며 화답을 했을 정도로 웃음은 크고도 맑았다.

하지만 노인의 웃음은 오래가지 못했다.

소이보를 불러 곁에 앉히고 다리를 서로 얹어 결가부좌를 취하게 만들었을 때까지는 웃었다.

척추는 바르게, 턱은 당기고, 가슴은 펴며, 손바닥은 위로 향한 채 무릎 위에 올려놓았다.

미소 짓는 노인의 왼손이 소이보의 아랫배에 닿고 오른손은 등 뒤에 닿았다.

그리고 소이보는 거품을 물고 뒤로 넘어갔다.

눈까지도 허옇게 까뒤집은 상태였다. 노인은 얼굴이 순간 멍하니 변했다. 이럴 리가 없었다. 무당의 내공은 정순하고 부드러운 게 특징이었다. 양생(養生)에 뜻을 두고 있으니 당연한 일이었다. 무당의 내공은 종류가 다른 내공을 익힌다 해도 큰 부작용이 없을 만큼 부드럽고도 순하지 않던가.

곧 노인이 소이보의 손과 발을 주물렀다. 하지만 추궁과혈(推宮過穴)은 소용이 없었다. 도리어 아이의 발작은 더욱 심해졌다.

노인이 더욱 놀라 소이보의 몸 여기저기를 더듬었다.

그리고는 텅 빈 입을 쩍 벌렸다. 한동안 말이 없었다.

믿지 못하겠다는 듯 소이보의 가슴에 귀를 가져다 대었다.

한동안 있던 노인의 머리가 왼쪽으로 옮아갔다.

소이보는 발작을 멈추고 잠에 빠져든 듯 아무런 반응도 없었다.

아마도 충격에 혼절을 한 게 틀림없었다.

노인은 소이보의 가슴에서 귀를 떼내고는 한동안 멍하니 앉아 있었다.

'다듬되 키우지 마라.'

문득 강요맹의 말이 떠올랐다. 다듬는단 뜻이 무엇인지 이제야 알 것 같았다. 하지만 강요맹 역시 키울 수는 없을 것이다. 이렇게 기혈이 뒤바뀐 아이에게는.

노인의 얼굴이 잔뜩 먹구름이 낀 것처럼 어두워졌다.

"하~"

안됐다는 듯 한숨을 내쉰 노인이 혼절해 있는 소이보의 머리를 언제까지나 쓰다듬었다.

재주있는 사람이 노력하는 사람을 못 따르고 노력하는 사람이 즐기는 사람을 따르지 못한다고 했다.

소이보의 경우에도 딱 들어맞는 말이었다.

단조로운 경치에 단순한 생활. 어떤 사람은 쉽게 질리고 지루함마저 느끼겠지만 소이보의 경우는 달랐다.

다른 사람의 평온한 일상을 소이보의 경우엔 한 번도 누려보지 못했기 때문이다.

새벽에 일어나 아침을 보며 결가부좌를 취한다. 떠오르는 해의 양기를 온몸에 흡수한다. 그리고 밥을 먹고 노인과 검술을 연습한다. 그리고 밥을 먹고 다시 손발을 겨룬다. 다시 밥을 먹고 명상에 잠긴다. 밤늦은 시각에 달빛 아래서 신법을 연습한다.

평화로움이 넘치는 생활이었다. 하지만 소이보는 그 평화로움을 즐겼다. 그리고 호흡을 할 때나 검을 잡을 때는 집요했다.

소이보의 독기가 집념으로 바뀌었다.

이왕 하는 일이라면 끝을 보고 싶었다. 자신은 심장이 옆에 붙은 때문인지, 아니면 원래 특이 체질인지 몰라도 내공을 지닐 수 없는 몸이라고 했다. 아니, 어떤 방법으로 쌓아야 하는지에 대한 방법도 없었다.

검 역시 마찬가지였다. 검이라고는 노인이 가지고 있던 고검(古劍)

하나뿐이었다. 결국 어린아이가 들기엔 거추장스러울 정도로 긴 검을 소이보가 들었고, 노인은 그저 어디서 나뭇가지 하나를 꺾어서 들고 휘두르는 정도였다.

무당의 검법, 아니, 무당뿐 아니라 검을 주로 삼는 다른 문파가 그렇듯 독특한 내공심법이 있어야 했다.

하지만 소이보는 그것을 배울 수는 없었다. 그저 몸을 데우고 건강하게 하는 도인 토납술에 그치고 있었다.

노인도 그것만은 어쩔 수 없었다. 그래서 떠오르는 해를 보고 그 기를 온몸으로 받아들이는 데 그쳤다. 하지만 그것만으로도 소이보는 변화를 느끼고 있었다. 그래서 더욱 열심이었다.

자신이 무공을 익힌 자들을 죽일 수 있었던 것은 계교와 독기, 그리고 끈질김이었다. 무공을 익히는 데는 끈기와 우직함, 그리고 근성이 필요했다. 그래서 계교는 끈기로, 독기는 우직함으로, 끈질김은 근성으로 바뀌어갔다.

처음 느끼는 평화롭고 단조로운 생활 속에서 소이보가 미친 듯 매달리는 것은 무공이었다. 처음 배우는 것이었다. 별림에서는 달리 할 일이 없기도 했지만 소이보는 모든 신경과 영혼을 다해서 한 수라도 더 배우려고 노력했다.

무당의 무공은 면면부절(綿綿不絶)이 특징이었다.

아쉽게도 독한 마음을 먹고 매달릴수록 거리가 멀어지기만 했다. 하지만 소이보가 할 수 있는 것이라곤 독을 피우며 끝을 볼 때까지 매달리는 것뿐이었다.

소이보는 글을 알지 못했다. 소이보가 자란 환경을 생각한다면 당연한 일이었다.

노인이 처음 땅바닥에 나뭇가지로 글을 썼을 때 소이보는 그저 뒷머리만 긁었다. 소이보란 글자도 서체(書體)를 달리하면 알아보지 못했다. 눈치로도 해결될 수 없는 일이었다. 아예 모르는 것은 아무리 노력해도 체득하지 못하는 것이다.

산과 물, 그리고 바람과 나무 등등 간단한 한자는 주위의 사물과 대입해 알려줄 수도 있었지만 그보다 더 심오한 뜻을 가르쳐 주는 데는 한계가 있었다. 무공을 전수해 주는 것도 이와 비슷했다. 무공도 모르고 글자도 모른다면 말을 하지 못하는 사람이 가르쳐 줄 수 있는 것은 거의 없었다.

말이 없는 노인과 단순한 생활은 소이보 역시 말할 필요를 못 느끼게 했다. 그저 간단한 눈빛과 몸동작으로 모든 것을 해결할 수 있었다. 눈을 뜨고 시작된 하루가 눈을 감을 때까지 매일매일이 같았다. 큰 변화가 없으면 굳이 말할 일도 생기지 않았다. 그래서 소이보는 예전보다 더욱 말이 줄었다.

소이보에겐 유일하게 잘된 일이었다.

무당의 무공은 부드럽고 끊이지 않는 체득(體得)과 심득(心得)이 있어야 했다. 그것은 소이보 같은 독종이 마음먹고 달려든다고 깨달아지는 것이 아니었다. 하지만 다행히 아무런 말 없이 그저 노인과 어울려 살면서 조금씩 얻어가고 있었다.

노인은 고수였고 소이보를 귀여워하고 있었다. 당연히 소이보에겐 투쟁심이 생기지 않았다. 만약 매부리코가 시키는 일이라면 매부리코를 꺾기 위해서라도 밤잠을 새며 무공을 파고들었을 것이다. 물론 목표는 무림인이었다. 거들먹거리고 약한 자를 억압하는. 하지만 적어도 자상한 노인은 아니었다. 그래서 노인과 검을 섞을 때는 검법만 생각했지 노인을 꺾고자 하는 살기는 있을 수가 없었다.

그래서 다행히 무당의 검을 조금씩 얻을 수 있었다.

그렇게 별림에서의 육 개월은 금방 지나가고 있었다.

2

마당 위 바위에는 소이보가 옷을 벗고 올라가 있었다.

이젠 여름도 지나가 아침과 밤이면 선뜻선뜻한 바람이 불어왔다.

하지만 옷을 벗고 있는 게 편했다. 온몸으로 태양의 기를 받아들이려면 그게 좋았다.

별림의 새벽은 아름다웠고 한쪽 하늘이 검은색에서 푸른색으로, 다시 붉은빛이 감돌다 산 위로 태양이 천천히 몸을 드러내는 모습도 좋았다.

소이보는 온몸의 긴장을 풀고 척추를 다시 곧추세웠다.

그리고 온몸으로 태양을 느끼려고 노력했다.

처음엔 태양을 온몸에 받아들이려고 발버둥 쳤다. 노인이 알려준 대로 결가부좌를 취한 채 자신의 뱃속에 태양을 품으려고 노력했다. 하지만 아무런 변화가 없었다. 노인 역시 그런 소이보를 보고 히죽거리며 고개를 가로저었다.

소이보는 자신의 방법이 틀렸다는 것을 알고 그 즉시 아무런 욕심도 가지지 않았다. 그러자 태양이 있었다. 내가 있었다. 언젠가부터 뱃속이 부글부글거렸다. 무언가 다른 생명이 아랫배에서 꿈틀대었다.

미약한 움직임이었지만 그것이 내공을 쌓을 때의 아주 초기 증상이
란 걸 알았다. 다른 사람들은 금방 도달하는 단계였지만 소이보에겐
어찌 보면 가장 어려운 단계였다.

내공을 모르고 보통의 내공을 쌓을 수 없는 몸에 알려줄 사람도 없
었다.

요령껏 이만큼이나 왔다는 게 천만다행이었다.

기혈의 방향이 바뀌었을 뿐 단전이 없는 건 아니었다.

밤이면 노인이 소이보를 눕히고 손가락을 기해혈(氣海穴)에 올려놓
았다.

그러면 꿈틀거리는 그 무엇이 소이보의 아랫배에서 여린 움직임을
시작했다.

노인의 손가락이 소이보의 배를 가로지르고 움직이면 미약하나마
그 손가락의 움직임을 따랐다.

때로는 편안한 안락함이, 때로는 힘이 불끈 쥐어지기도 했고, 때로
는 뱃속을 칼로 헤집는 듯한 고통이 밀려왔다.

노인은 그럴 때마다 눈을 찡그리고 곧 손가락을 떼었다.

'하~' 하고 한숨을 쉬고 소이보를 쳐다보며 힘없이 히죽 웃었다.
노인으로서도 소이보의 몸에 기혈을 움직이는 것은 무척이나 힘든 일
이었다. 소이보 몸에 무리를 주지 않으면서도 난생처음 가는 길을 헤
쳐 가야만 했기 때문이다. 다행히 노인의 내공은 부드러운 걸로 천하
으뜸인 무당의 내공이었고, 소이보의 몸속에선 세심하고 조심스럽게
움직였다.

그 움직임이 점점 뚜렷해지고 있었다.

미약하지만 확실했다. 뱃속을 갈라 손을 집어넣으면 그것을 움켜쥘

수도 있을 거란 생각이 들었다.

태양이 머리 위로 점점 키를 높였다.

온몸이 따뜻해지고 솜털이 곤두섰다. 태양의 뜨거움과 짙은 산의 녹림(綠林)이 가져다주는 청량감이 묘하게 소이보의 몸에서 교차하고 있었다. 모든 걸 잊었고 모든 걸 가졌다.

이름없는 심공(心功)이 아무도 모르는 별림 안에서 탄생하고 있었다.

하지만 그 시작은 분명 미미하기 짝이 없었다.

탱탱!

그때 소이보는 노인이 문짝을 두드리는 소리를 들을 수 있었다.

소이보가 고개를 돌리자 자신을 보고 히죽 웃는 노인의 얼굴이 들어왔다.

'아!'

그제야 소이보는 아침도 거른 것을 알았다.

다행히 노인은 고수였고, 몰아지경에 든 소이보의 상태를 알아보았기에 가만히 놔둔 것이었다. 이제 막 소이보가 정신을 차린 듯하자 밥 먹으란 신호를 그제야 보낸 것이다.

'너무 나태해졌군. 아니, 멍청해졌어.'

소이보는 고개를 절레절레 흔들며 바위 위에서 가볍게 뛰어내려 왔다.

나태한 것은 아니었다. 비록 편안한 생활이었지만 항상 날카롭게 세워왔던 신경이 갑작스레 죽은 것은 아니었다. 하지만 멍청해진 것은 사실인 것 같았다.

새벽부터 몇 시진 동안 노인은 자신의 상태를 지켜보았을 것이다.

예전엔 주위 사람이 작은 움직임만 보여도 소이보의 솜털이 먼저 알고 곤두섰다. 하지만 지금은 노인이 곁에 있다는 것마저 잊어버리고 있지 않은가. 소이보에겐 좋은 변화였지만 그걸 모르는 소이보는 탐탁지가 않았다.

머리통을 몇 번 주먹으로 통통 내려치고는 목옥을 향해 천천히 걸었다.

소이보는 이제 쓸데없이 길이만 길다고 생각했던 고검(古劍)에도 익숙해졌다. 처음엔 한 번 내려치는 것만 해도 버거웠지만 곧 그 움직임의 각도를 터득했다.

하지만 그렇다고 검술에 조예가 생긴 것은 결코 아니었다.

노인이 소이보를 위해 해줄 수 있는 것은 그저 대련의 상대가 되어주는 것이었다.

어쩔 수 없었다. 자신은 말을 하지 못했고 소이보는 많은 글을 알지 못했다. 하지만 영특한 아이였다. 제 나름대로 태극혜검에 잘 견뎌내고 있었다.

노인이 든 나뭇가지가 다시 둥근 원을 그렸다. 그리고 뒤를 이어 작은 원이, 다시 길쭉한 원이 계속해서 이어지고 있었다.

노인의 나뭇가지는 세상 모든 것을 원으로 만들겠다는 듯이 허공에 작고 큰 원들을 죽 수놓고 있었다.

하지만 소이보는 알 수 있었다. 그것은 단순한 원이 아니었다.

그 원 안에 어떨 때는 겨울바람이 쌩쌩 불었고, 어떨 때는 알을 품은 어미 새마냥 날카롭게 신경이 곤두선 무언가가 있었다.

그 원 안에 검을 밀어 넣으면 어떨 때는 호수 속에 텀벙 들이민 것 같았고, 어떨 때는 바위에 부딪친 듯 튕겨 나오기도 했다.

노인이 그려낸 원 안에는 모든 것이 들어 있었다.

겨울이다 싶은 원이 자신을 향해 올 때는 미친 듯 검을 휘둘렀다.

왠지 이유는 모르겠지만 불꽃을 생각하고 불길이 일렁이는 것을 흉내 내는 것처럼 검을 돌리면 제일 상대하기 쉬웠다.

불을 생각하고, 또 불을 닮은 검법과 단순히 빠르게 아래에서 위로 검을 솟구쳐 올리는 형태가 무엇이 다른지는 알지 못했다.

하지만 다를 거라 믿었다. 또 달랐다. 불을 생각하지 않을 때 꾹 다물어졌던 노인의 입이 불을 생각하고 휘두르면 함빡 웃으며 고개가 끄덕여지는 것을 보면 확실히 달랐다.

그 차이를 지금은 모르겠지만 언젠가는 알 수 있을 게 틀림없었다.

노인의 검이 또 다른 원을 그려내었다. 이번엔 달빛이었다.

사방을 고요히 채우고도 남아 지켜보는 사람의 마음까지 어루만지는 고요한 울림이 있었다.

소이보의 검 역시 빙글 원을 돌렸다. 하지만 소이보의 마음속엔 태양이 커다랗게 자라고 있었다. 달빛은 태양이 뜨면 물러나게 되어 있었다. 달빛이 밤새 어루만진 대지를 태양이 헤집을 듯 내리쬐었다.

그러나 자신이 그려낸 태양은 반딧불보다도 미약했다.

나뭇가지가 검 옆에 붙었다가 가볍게 팅겼다. 둥글게 감싸고 부드럽게 밀었다. 그 작은 움직임에 소이보의 신형이 술에 취한 듯 휘청거리다가 발이 엇갈려 옆으로 넘어졌다.

노인은 곧 겨드랑이에 나뭇가지를 끼고 두 손으로 박수를 쳤다.

아마도 기특하단 뜻이 분명했다.

소이보는 만족할 수가 없었다. 육 개월이란 짧은 시간 동안 노인을 꺾으리라고는 생각하지 않았다. 하지만 지금 상태는 결코 만족할 수

없었다. 적어도 노인의 나뭇가지 아래서 몇 수는 보기 좋게 견딜 수 있
어야 했다.

'멀진 않았을 거야.'

소이보는 더욱 굳게 이를 악물었다.

노인과의 검술 대련은 그렇게 진행되었다.

말로도 글로도 알려줄 수 없다면 몸으로 알려주어야 했다.

무당의 검법을 알려줄 수도 있었지만 그래 봐야 내공이 없는 소이보
에겐 껍데기에 지나지 않았다. 도리어 검법이 어떤 것인지, 무당의 검
법이 무엇인지 몸으로 느끼는 게 빠른 방법일 거라 노인은 생각했다.

그리고 그 생각은 옳았다.

노인 스스로는 거기까지 생각하지 못했겠지만 노인의 검술은 그저
그런 검술이 아니었다.

태극혜검. 태극 아래 다른 존재란 아무것도 없었다. 모든 걸 포함하
는 검법이었다. 그래서 깨달음이 필요했다. 노인을 제외한 다른 무당
도사들의 검법 역시 그래서 껍데기에 지나지 않았다.

소이보는 지금 태극혜검의 진수를 눈앞에 두고 검을 겨루고 있었다.

물이 얼마나 깨끗한지, 맑고 순수한지 마셔보지 못한 사람은 알 수
없었다. 데우면 얼마나 따듯하고 부드러우며 식히면 얼마나 시원하고
청량한 느낌과 함께 목줄기를 타고 넘는지 그 느낌과 경험은 그림과
글을 통해서는 배울 수가 없었다.

더구나 굶주린 사람이 마시는 물은 보통 사람이 마시는 물과 느낌이
다를 게 틀림없었다.

소이보는 굶주려 있었고, 노인은 물이 되었다.

적어도 무당의 검 안에 무엇이 담겨야 하는지는 무당산에 있는 도사

보다 소이보가 더 잘 알게 되었다.

검 다음엔 권각법이었다.

두 팔목을 맞대고 서로를 밀어내는 것부터 시작되었다.

하지만 소이보가 노인을 밀어내는 일은 없었다.

도리어 밀리지 않기 위해 안간힘을 쓰는 게 고작이었다.

노인은 그럴 때마다 손을 떼고는 고개를 좌우로 흔들었다.

그 뜻이 무엇인지 소이보는 알았다. 하지만 쉽지 않았다. 손과 손의 움직임을 보지 말고 그 안에 힘의 움직임을 보란 이야기였다.

보고 느껴야 한다. 관절과 관절이 비틀리고 힘줄과 힘줄이 부딪치며 근육에서 근육으로 전해지는 힘을 보고 느껴야 했다.

무당 태극권의 추수(推手)였다. 내 힘을 쓰지 말고 상대의 힘을 써야 했다. 내 중심을 상대의 중심에 옮겨야 했다. 상대가 밀고 들어오면 옆으로 돌고 상대가 물러서면 앞으로 밀어야 했다.

원리는 머리로 이해가 가는데 몸은 그렇지 못했다.

눈이 노인의 손에 멎고 몸으로 힘의 흐름을 느끼고 나면 여지없이 개구리처럼 땅바닥에 널브러졌다. 어떻게 허공에 붕 뜨게 된 건지도 알 수 없었다.

몇 개월이 지나자 소이보의 하체가 굳건해졌다. 일단 자신의 중심부터 지키게 된 것이다. 하지만 소용이 없었다. 그래 봐야 다시 몸이 허공에 뜨고 땅바닥에 내던져지는 것은 달라지지 않았다.

다시 몇 개월이 지나자 어떻게 자신이 허공에 뜨고 내던져지는지 어렴풋이 알게 되었다. 노인이 어떤 수를 쓰고, 어떻게 관절을 잡고 비틀며, 어떻게 근육과 힘줄 사이에 힘을 불어넣는지도 알게 되었다.

추수와 금나수(擒拿手)가 묘하게 배합된 고절한 수법이었다.

알게 되었어도 소용없었다. 소이보는 넘어졌고 바닥을 굴렀다.

등판과 다리, 그리고 머리는 땀과 흙으로 뒤엉켜 시커멓게 변했다.

그래도 곧 몸을 일으켜 씨근덕대며 다시 노인을 향해 두 손을 뻗는 것은 잊지 않았다.

열 번을 넘어지면 열 번을, 백 번 넘어지면 백 번을, 천 번을 넘어지면 천 번을 다시 일어섰다.

그리고 노인이 고개를 끄덕였다.

어느새 밥 먹을 때가 된 것이다.

밤에는 그림자밟기 놀이를 했다.

소이보가 달을 마주 보고 서면 그 뒤에는 길고 흐릿한 그림자가 생겼다. 소이보를 마주 보는 노인은 정면에 그림자가 생겼다. 그저 발을 들고 앞으로 한 걸음만 걸어도 노인의 그림자는 소이보의 발아래 밟혔다. 그러나 단 한 번도 밟지 못했다. 어느새 노인이 돌아가고 소이보가 몸을 돌리면 노인의 발아래 소이보의 그림자가 있었다.

노인의 발을 피하려다 보면 발이 꼬이고 몸이 뒤틀렸으며 어느새 땅바닥에 누워 있었다.

소이보는 그것이 강호에 이름난 절기인 무당의 제운종(梯雲縱)이라는 걸 알지 못했다.

넘어지는 것은 변함없었으나 소이보가 제운종에 익숙해지자 노인은 칠성둔형(七星遁形)을 섞기 시작했다.

그러자 소이보의 다리는 꼬이고 머리는 뜨거우며 눈은 어지러워졌다.

곧 중심을 잃고 넘어졌지만 으레 그렇듯이 곧 몸을 일으켰다.

집념은 그렇게 무섭게 타오르고 있었다.

달빛이 없는 그믐밤에는 면장(綿掌)이 이어졌다.

하지만 무당의 면장과는 또 달랐다. 소이보는 처음에 마술인 줄 알았다. 노인의 손 위에서 나뭇잎이 둥실 떠올랐다. 노인의 손길에 사로잡힌 듯 허공에서 위아래로 오르내렸다. 깃털처럼 노인의 손길 한 번에 한 뼘쯤 치솟았다가 손바닥을 엎으면 줄을 타고 내려오는 거미처럼 아래로 내려왔다. 손바닥을 살짝 흔들면 흔들렸고 손가락을 미묘하게 움직이면 허공에서 파르르 떨었다.

소이보는 처음에 멍청하게 보다가 노인을 쳐다보았다.

저건 무슨 수를 쓴 것인지 몰라도 내공이 필요한 게 아니냐는 물음이었다. 그 뜻을 소이보의 눈에서 읽었는지 노인이 히죽 웃고는 고개를 가로저었다가 다시 끄덕였다.

반은 맞고 반은 틀리다는 말이었다. 내공이 꼭 필요하긴 했지만 그것이 다는 아니란 이야기였다. 그렇다면 소이보도 할 수 있었다. 똑같지는 않지만 적어도 반은 흉내 내려고 했다.

소이보는 손 위에 나뭇잎을 올려놓고는 노려보았다.

그믐밤을 그렇게 소이보는 하얗게 새웠다.

3

소이보는 말없이 강을 바라보았다.

엊그제 내린 비로 개울치고는 조금 컸던 강이 이젠 제법 큰 강물이 되었다.

소이보는 그런 물의 흐름을 말없이 쪼그리고 앉아 지켜보았다.

벌써 두 시진째였다.

강물은 노인의 검과 비슷하면서도 달랐다. 다르면서도 같았다.

힘차게 뻗어오다 돌이 있으면 휘감았다. 부딪치고 옆으로 휘어 감돌며 얕은 곳에선 동심원을 그려내었다.

얕은 곳에선 돌돌돌, 깊은 곳에선 콸콸콸 소리도 달랐다.

좁은 곳에선 빠르게, 넓은 곳에선 유장하게 흘렀다.

작은 포말과 함께 미약한 움직임을 그치는 곳도 있었고, 거세게 건너뛰듯 튕겨 오르는 곳도 있었다.

혹시 자신의 검 안에 저 움직임을 담을 수 있다면 노인과 겨루어볼 수도 있을 거란 생각이 들었다.

하지만 소이보의 실력으론 어불성설이었다. 적어도 심오한 깊이를 체득한 무학의 대종사의 깨달음이 필요한 일이었다. 하지만 소이보가 그런 사실을 알 리가 없었다. 그저 순수한 염원으로, 또 지독한 집념으로 강물의 흐름을 지켜보았다.

자연을 보고 깨달음을 얻어 무학을 창조해 내는 것은 불가능한 일이었다. 정말이지, 하늘의 선택을 받은 아주 극소수의 사람들만이 해낸 일이었다. 그래서 보통의 사람들은 꿈도 꾸지 않았다. 하지만 소이보는 그것을 알지 못했다.

적어도 소이보의 옆에는 검에 자연을 담는 사람이 있었다. 고수가 되려면 으레 그렇게 해야 하는 줄 알았다.

그래서 강물을 보는 소이보의 눈엔 지금 행하는 일이 불가능한 일이라는 생각은 전혀 없는 듯했다. 그저 강물의 움직임만을 좇았다. 흐름에 마음을 담았다.

그것은 무공 수련이 아니었다. 하지만 웬만한 무공 수련보다 나았다. 보통 사람들도 할 수 있는 간단한 일이었지만 불가능한 일이라는 것을 아는 사람들은 그런 깨끗한 마음으로 보지 못할 게 분명했다.

소이보 같은 사람만이 할 수 있었다. 집념으로 똘똘 뭉친, 그러면서도 무얼 가져야겠다는 욕심은 없는. 사실 소이보는 강물을 쳐다보면서 구체적으로 어떤 것을 가져야겠다는 생각 따윈 없었다. 그래서 더욱 순수하게 강물을 쳐다볼 수가 있었다.

뱃속에 무언가가 꿈틀댔다. 소이보가 그대로 내버려 두자 그 요동이 아랫배에서 치솟아 가슴을 아늑하게 채웠다. 그리고 다시 치솟아 머리 위를 감돌았다. 거기서 넓게 퍼져 팔을 채웠고 다리를 채웠다.

사지백해(四肢百骸)가 강물이었다. 하지만 소이보는 자신의 몸에서 그런 변화가 있다는 것도 잊어버렸다. 눈은 강물을 쳐다보고 있었지만 구체적으로 무언가를 보는 건 아니었다.

흐름이 있었다. 그렇다고 그 흐름이 강물의 흐름도 아니었다. 강물을 움직이게 하는 그 무엇도 아니었다. 그냥 흐름이었다.

소이보는 눈을 감았다. 눈을 감아도 눈앞에 강물이 나타났다.

뭔지 모를 무언가가 있었다. 그것이 소이보의 몸을 채우고 마음을 채우고 영혼을 채웠다.

"후아~"

숨을 내쉬며 천천히 눈을 떴을 때 소이보는 그제야 옆에 노인이 와 있는 것을 알아차렸다.

소이보가 놀라 몸을 일으켰다.

이미 시간이 한참이나 흘러 검을 들고 대련하는 시간도, 손을 맞대고 미는 대련 시간도 지나가 버렸다.

주위는 벌써 어둑어둑한 어둠이 살짝 한 겹 내리깔린 상태였다.

오늘은 어쩔 수 없이 그림자 밟는 놀이만 남았다.

하지만 노인의 고개가 좌우로 돌아갔다. 그것도 필요없다는 얘기였다.

노인은 괜찮다는 듯 고개를 끄덕이고는 두 팔로 자신의 가슴을 소중히 안았다.

지금 소이보가 느꼈던 느낌, 깨달음, 그리고 무언가 알 수 없는 그것을 소중하게 가슴에 품으란 이야기였다.

소이보도 고개를 끄덕였다.

그렇게 소이보의 이름없는 심공은 천천히 깊이를 더해가고 있었다.

깨질 것 같지 않던 고즈넉함은 어느 날 작은 요동과 함께 허물어졌다.

제일 먼저 소이보의 귀에 들어온 것은 산새들의 울음소리였다.

보통 때와는 다른, 자신의 목숨을 해할 그 무언가를 보았을 때만 토해져 나오는 격렬한 지저귐이었다.

소이보 역시 느낄 수 있었다. 깨끗한 하얀 천의 작은 얼룩은 쉽게 눈에 띄는 것처럼 적적한 산속에서의 작은 변화는 금방 알아차릴 수 있었다.

무언가 별림을 향해 오고 있었다. 매부리코 노인도 조심했던 귀신들린 별림을 아랑곳하지 않고 일직선으로 걸어오고 있었다.

한 명이 아니었다. 소이보는 알 수 있었다.

“언제 봐도 지겹군.”

여자였다. 홍의를 걸치고 긴 머리를 묶어 뒤로 땋은 끈 역시 붉었다. 나이는 서른 정도? 키는 훤칠하게 컸고 몸매 역시 보기 좋았다. 모르긴 모르되 저 미녀를 보면 군침을 흘리지 않는 남자는 별로 없을 게 분명했다.

소이보는 천천히 바위에서 일어나 옷을 입었다.

천천히 옷을 걸치는 소이보나 그것을 지켜보고 있는 홍의미녀나 말이 없었다. 둘 중 적어도 하나는 얼굴이 붉어지며 고개를 돌려야 하는 상황이었지만 누구도 그걸 느끼지 못하는 모양이었다.

소이보가 더 뻔뻔한 것인지 홍의미녀의 낯짝이 더 두꺼운 것인지 모를 일이었다.

소이보는 지금 자신을 자책하느라 이마가 후끈 달아올랐다.

여기는 별림이었다. 요선보에서 비밀스럽게 마련한 장소 중의 하나였다. 요화림(妖火林), 비림(秘林), 그리고 별림(別林). 범우라는 단단한 근육을 지녔던 사내의 입에서 언젠가 튀어나왔던 곳이다.

그렇다면 언젠가 요선보의 사람들이 올 거란 걸 생각했어야 했다. 대응책을 마련했어야 했다.

언제부턴가 마음이 흐트러져 평생 여기서 살았으면 좋겠다는 생각을 하고 있었다. 날짜가 지나면서 혹시 자신을 주사위로 여기던 매부리코가 자신을 잊어버린 것이 아닐까 하는 생각도 들었다.

그럴 가능성도 있었다. 자신이 보기엔 너무도 즉흥적이었고 흥분을 잘하던 노인이었다. 그렇다면 어제 흥분했던 일을 오늘 차분한 눈으로 볼 수도 있는 것이다. 자신에 대해 관심을 끊을 수도 있었다.

그랬으면 좋겠다는 생각이었지만 별림을 잊은 건 아니었다. 매부리코가 잊었다 해도 요선보의 다른 사람은 잊지 않았을 것이다.

그것을 생각 못했다. 아니, 생각은 했지만 방법을 구하는 데 게을렀다. 그리고 요선보의 사람들이 들이닥쳤다.

그것이 답답했고, 짜증이 밀려왔다.

소이보의 눈동자가 빛을 발했다. 언제부턴가 별림의 생활에 젖어 투명했던 눈이 번질거렸다. 시굴에서 서로를 죽일 때 소이보의 눈동자에 어렸던 빛이었다.

"어머? 눈 색깔이 서로 달라요."

계집애 목소리였다.

대충 옷을 걸친 소이보가 힐끗 보았다. 홍의미녀 옆에 서 있는 계집애였다. 나이는 소이보보다 너댓 살 많아 보였고 얼굴은 귀엽고 예뻤다. 홍의미녀를 시중드는 여자이거나 제자가 틀림없었다.

자신을 쳐다보는 소이보의 눈과 소녀의 눈이 마주쳤다.

"칫, 재수없어."

소녀는 더러운 걸 봤다는 듯 침을 뱉고는 홍의미녀 귀에 소곤거렸다.

"요안이에요. 조심하세요. 귀신일지도 몰라요."

철없는 말이었다. 아마 색목인을 한 번도 보지 못한 계집이 틀림없었다.

하지만 요안이란 말은 소이보에게 다른 무게로 다가왔다.

요안. 요사스런 눈이란 뜻이었다.

키가 큰 놈에겐 꺽다리란 뚱뚱한 놈에겐 돼지라는 별명이 항상 따라붙듯 소이보에겐 요안이란 이름이 항상 어깨에 얹혀져 있었다.

처음 보는 사람인데도 어쩌면 한결같이 자신을 가리키며 이상한 눈으로 쳐다보다가는 어김없이 요안이란 말을 입에서 토해냈다.

그것이 싫었다. 요안으로 보는 사람들에겐 정말 요안을 가진 귀신이 되리라 각오를 다졌다.

홍의미녀와 계집애 뒤로 건장한 사내가 나타났다.

소이보를 여기까지 데려다 주었던 범우였다.

범우는 커다란 상자, 소이보쯤은 가볍게 집어넣을 수 있는 검은색의 커다란 상자를 어깨에 메고 있었다.

쿵!

범우는 마당 가운데에 상자를 내려놓고는 노인을 향해 가볍게 고개를 숙였다.

"양식과 잡다한 물건들입니다. 어르신이 부탁한 물건도 들어 있으니 한번 보시란 말씀도 계셨습니다."

범우의 딱딱한 말소리가 끝나자 홍의미녀가 옷을 하늘하늘 나부끼며 다가와 발끝으로 상자의 뚜껑을 열려고 했다.

"별것없어요. 그냥……."

별것없다고 말은 했지만 홍의미녀의 시선은 상자를 향하고 있었다.

홍의미녀의 발끝을 범우의 커다란 손이 내려쳐 갔다.

홍의미녀는 얼른 발을 뒤로 물리고 몇 걸음 물러섰다.

"칫!"

치사하다는 듯 여자는 턱 끝을 돌리며 혀를 찼다.

범우는 여자 쪽은 쳐다보지도 않은 채 노인을 향해 말했다.

"보시면 아신답니다. 틀린 곳은 바로잡고 어그러진 곳은 세우라고 하셨습니다. 몇 년 안에 오셔서 성취를 보시겠다고 하십니다."

"칫, 망할 노인네."

홍의미녀는 다시 혼잣말처럼 중얼댔다. 하지만 그 망할 노인네라는 게 매부리코의 노인을 뜻한다는 것은 소이보도 눈치 챌 수 있었다.

아니, 낯선 사람들이 나타나면서부터 소이보는 예전의 소이보로 돌아가 있었다.

두뇌는 민활해지고 눈치는 빨라졌다. 상황의 전개를 머리 속에 그린 다음, 그 가운데 자신이 할 수 있는 일을 얼른 계산하기 시작했다.

숨결이 차가워지고 눈알은 번질거렸다.

파랗고 회색인 두 눈동자가 그렇게 홍의미녀를 보았다.

범우와 홍의미녀는 아마도 신분이 비슷할 것이다. 범우가 매부리코를 모시는 것처럼 홍의미녀도 누군가를 머리 위에 두고 있을 것이고, 그건 아마도 비림을 관리하는 여자가 분명했다.

'발밑에서 군림가(君臨家)의 쥐새끼들이 들끓는 것도 모르는 여자.'

매부리코는 그 여자를 그렇게 표현했었다.

아니, 그 여자는 비림뿐만 아니라 요화림과 별림도 관리하는 것 같았다. 몇 년에 한 번씩 그 여자의 명령을 받아 저 홍의미녀가 양식을 가지고 왔었고, 이번 행차엔 별림에 펼쳐진 진을 잘 모르는 범우가 동행한 게 틀림없었다. 하지만 홍의미녀는 그게 탐탁지 않은지 범우를 쳐다보는 시선이 곱지 않았다. 더구나 망할 노인네라고 말하는 걸로 봐서는 여자의 주인 역시 적어도 매부리코만큼의 실력자, 그것도 요선보에서 꽤 높은 위치를 차지하는 게 분명했다.

여자는 행차의 목적을 범우에게 물었을 것이고, 범우는 알려줄 수 없다고 대답했을 것이다. 소이보가 판단하는 범우는 그런 남자였다.

여자는 범우가 품에 품고 있는 물건을 어떻게든 보려고 했을 것이고 노인에게 가져다 줄 때는 모든 물건을 규정된 상자에 넣어서 주는 게 규율이라고 말했을 것이다.

상자 안에 그 물건을 넣을 때 엿보려 했던 게 틀림없었다.

범우는 규칙과 규율이라면 두말하지 않고 따랐다.

물건을 상자에 넣고 대신 상자는 자신의 어깨로 운반해서 온 것이다.

소이보는 그 물건이 뭔지 알았다.

'역천파사공'이 적혀 있는 책자일 게 분명했다. 매부리코가 생각에 생각을 거듭하다 대강 얼개만 잡아놓은, 그래서 나머지 부분은 말 못하는 노인에게 맡긴 책자가 틀림없었다.

그렇다면 방법이 있었다. 소이보의 눈이 반짝였다. 소이보가 천천히 걸어가 상자 앞에 섰다.

범우의 시선이 잠깐 소이보에게 멎었다가 다시 노인을 향했다.

하지만 홍의미녀와 그 시종 계집애의 시선은 소이보를 향하지 않았다. 그러나 소이보는 알고 있었다. 두 여자의 모든 신경은 지금 자신을 향해 곤두서 있다는 것을.

단지 걸리는 것은 범우였다. 범우가 자신을 막으면 어떻게 하는가 싶었지만 그것도 자신있었다.

여자의 시선을 피해 상자 깊숙이 넣어놨을 것이다. 자신의 손이 그 안까지 향하지 않는다면 내버려 둘 것이 분명했고, 또 범우는 실제로 그렇게 했다.

상자의 뚜껑이 조금 열리고 소이보의 손이 그 사이로 들어갔다.

손목까지 밀어 넣은 다음 다시 손을 빼냈다.

하지만 들어갈 때는 손가락을 펴고 있었는데 나올 때는 주먹을 꼭 쥐고 있었다. 무언가 움켜쥔 게 틀림없었다.

소이보는 범우를 보고 씨익 웃었다.

그리고는 다시 조심스레 뚜껑을 닫은 후 얼른 초라한 목옥 안으로 뛰어 들어갔다. 곧 다시 손에 노인의 고검을 잡고 나와서는 목옥 뒤로 돌아갔다. 무언가 급히 서두르는 모습이었다. 소이보의 하얀 얼굴이 흥분으로 붉게 변했다.

계집애의 눈이 홍의미녀의 눈길과 잠시 마주치더니 슬슬 옆걸음을 걸어 움직였다.

"아직 무당과는 전면전이 벌어지지 않았습니다. 소강상태로 접어들어 특별한 일만 없다면 무당도 가만히 있을 것 같습니다. 작은 분란은 계속되고 있습니다."

범우가 노인을 향해 강호 정세에 대해 설명했다.

딱딱한 어투에 어울리는 짧고 간결한 내용이었다. 범우는 필요없는 말은 하지 않았다. 하지만 노인에겐 좋은 감정을 가졌는지 노인이 궁금해하는 것을 짧게 설명해 주고 있었다. 범우에겐 드문 일이었다.

그런 범우를 보는 홍의미녀의 눈빛이 반짝였다.

자신의 제자는 이미 목옥을 멀리 돌아가고 있었다. 노인과 범우 모두 신경 쓰고 있지 않았다.

목옥 뒤엔 그 괴상한 눈을 지닌 꼬마가 있었다.

'그 물건이란 게 검보였나?

홍의미녀 홍예예(洪芮芮)는 꼬마가 검을 가지고 간 것을 기억해 내고는 고개를 갸웃거렸다.

◈ 第六章 ◈
별림에서의 혈투(血鬪)

홍예예의 세 번째 제자인 장화린(張華璘)은 가슴을 쓸어내렸다.

다행히 범우와 노인의 이목을 숨기고 목옥 뒤로 올 수 있었다.

소년은 검을 겨드랑이에 끼고는 한쪽에 쪼그려 앉아 무언가를 내려다보고 있었다.

그 물건을 보고 있을 게 틀림없었다.

고개는 아래로 처박고는 가끔 손가락을 들어 기묘한 원을 몇 개 그리다가 뒤통수를 벅벅 긁었다.

'검보(劍譜)?'

장화린 역시 홍예예와 같은 생각을 하고 있었다.

강요맹이 범우를 시켜 비밀리에 전할 검보라면 보통 검보가 아니었다. 자신이 빼앗을 수 있다면, 아니, 그 검보의 제목만이라도 알아온다면 크게 칭찬받을 일이었다.

다행히 소년은 무공을 모르고 있는 듯했다. 검이 무거운지 질질 끌다시피 목옥 뒤로 가져가는 것을 본 때문이었다.

지금도 겨드랑이에 낀 검이 자꾸 옆구리로 흘러내리고 있었다.

그럴 때마다 소년은 몸을 흔들고는 앞으로 삐죽 튀어나온 기다란 검병을 잡고 추켜올렸다.

장화린은 조심스럽게 걸었다. 그저 어깨 너머로 무슨 책인지 보고 올 생각이었다. 책에 정신없이 몰두해 있는 이상한 눈의 소년은 등 뒤로 멧돼지가 달려와도 모를 정도였다.

장화린은 소년의 등 뒤로 바짝 다가갔다. 그리고 어깨 너머로 삐죽이 고개를 내밀었다. 겨드랑이에 끼고 있던 장검이 또다시 흘러내렸는지 소년의 어깨가 움찔하며 검병을 쥐고 위로 올리고 있었다.

좋은 기회였다. 소년의 어깨 위로 장화린이 고개를 더욱 빼낼 때였다.

"아!"

왼쪽 어깨가 화끈했다. 뾰족한 비명이 장화린의 입에서 토해졌다.

소년의 몸이 급히 돌며 장화린의 두 다리를 품에 안았다.

소년의 손은 비어 있었다. 검보는커녕 다른 작은 물건도 손에 쥐고 있지 않았다.

'속았다!'

장화린은 얼른 무릎을 엇갈리게 두고 소년의 등을 긁으려고 했다. 하지만 소년의 몸뚱이는 미꾸라지처럼 요동치더니 곧 잡고 있던 한쪽 손을 떼내고는 다리 사이로 기어들어 오고 있었다.

'치한!'

당황했다. 사내들끼리의 싸움에서도 다리 사이 물건은 공격을 하지 않는 게 예의였다. 더구나 자신은 여자고 상대는 남자였다.

그런데 소년의 손은 거리낌없이 부끄러운 장소를 움켜쥐고 있는 것이다.

손톱을 세우고 소년의 등을 긁으려던 손이 자신도 모르게 파고드는 소년의 손목을 쥐었다.

소년은 손이 잡히자 어깨로 아랫배를 밀었다. 장화린이 그 바람에 중심을 잃고 뒤로 넘어졌다.

어느새 소년의 손엔 땅에 떨어졌던 장검이 들려 있었다.

장화린의 가슴을 타고 앉아 노려보고 있었다.

소년의 무공은 형편없었다. 방심했다. 지금 역시 번요탄주(飜腰坦柱)의 한 수로 허리를 튕겨 올리고 몸을 뒤집으면 소년과 소녀의 위치는 바뀔 수 있었다.

그러나 장화린은 그럴 수가 없었다.

한 손으로 자신의 목을 잡고 다른 한 손에 들린 장검이 자신의 심장을 겨누고 있어서가 아니었다.

파란색과 잿빛 회색.

그 두 가지 색깔이 자신을 노려보고 있었기 때문이다.

요안이었다. 정말 요안이었다. 이런 눈빛은 처음이었다. 살기로 번질거리는 눈은 손가락만 까딱해도 죽여 버리겠다는 뜻을 품고 있었다.

장화린의 머리 속이 하얗게 비었다.

지금 상황에서는 아무것도 떠오르지 않았다.

자신의 본래 실력대로라면 무공을 잘 알지 못하는 꼬마쯤은 지금 상황에서도 언제든 죽일 수 있었다.

하지만 몸은 굳어지고 입은 벌어진 채 옴짝달싹하지 못했다.

자신의 몸을 친친 감은 뱀을 보는 개구리의 신세와 다를 게 없었다.

놈은 분명 자신을 죽일 것이다. 죽이고 말 것이다. 그것도 간단하게.

놈의 눈을 보는 순간 알 수 있었다. 그래서 장화린은 눈을 감았다.

"놈!"

뾰족한 목소리가 소이보 뒤에서 터져 나왔다.

하지만 그 목소리보다 빠른 그 무엇이 소이보의 등을 때리고 목을 감았다.

채찍이었다. 등이 갈라지고 피가 튀었다. 목이 조여드는 것과 동시에 숨이 막혔다. 홍의미녀가 틀림없었다.

채찍이 팽팽하게 당겨지자 소이보의 몸이 뒤로 쏠렸다.

항거할 수 없는 힘이었다. 하지만 소이보도 가만히 있지 않았다. 손에 든 장검을 장화린의 몸에 꽂아 넣었다.

채찍에 끌려가는 상태라 방향이 틀어져 오른쪽 어깨에 깊이 박혔다.

"아악!"

그제야 장화린 입에서 비명이 토해졌다.

하지만 그 비명은 고통스럽게 느껴지지 않았다. 도리어 오래전부터 기다리던 죽음의 순간을 맞이한 달뜬 희열성처럼 들릴 정도였다.

소이보는 채찍에 끌려가면서도 검을 놓지 않았다.

그래서 검끝에 장화린이 딸려오고 있었다.

한 사람은 한쪽 무릎을 세운 채 목에 감긴 채찍 때문에 뒤로 질질 끌렸고 다른 한 사람은 어깨가 칼에 꿰뚫린 채 누워 질질 끌려오고 있었다.

채찍이 소이보의 목을 놓아주고 살아 있는 뱀처럼 방향을 바꾸어 칼을 내려쳤다.

칭!

채찍과 검이 부딪치자 괴상한 소리가 튀어나왔다.

하지만 노인의 고검은 흔히 볼 수 있는 검이 아니었는지 홍예예의 심후한 내공이 실린 채찍에도 부러지지 않고 뒤로 튕겨 나올 뿐이었다. 홍예예의 채찍이 장화린의 온몸을 돌돌 말고는 뒤로 당겼다.

소이보는 숨을 크게 한번 고른 후 재빨리 떨어진 장검을 두 손으로 붙잡고 허공에 끌려가는 장화린의 뒤에 숨어 달음박질쳤다.

홍예예는 볼 수 있었다. 허공에 뜬 장화린 몸뚱이 뒤로 파랗고 잿빛인 눈알 두 개를.

소름이 끼쳤다. 분명 자신의 채찍이 경황없는 중에도 놈의 등을 가격했다. 그런데도 놈은 신음 소리 한 번을 토해놓지 않았다.

그리고 장화린의 몸 뒤에 숨어 그 뒤를 따라 자신을 향해 달려오고 있는 것이다.

홍예예는 곧 채찍을 흔들었다.

하지만 왠지 익숙한 손놀림이 아닌 것처럼 느껴졌다.

무언가 손목을 친친 감은 것처럼, 손목과 어깨, 그리고 뒷덜미까지 뻐근해졌다.

저놈의 괴상한 눈알과 마주친 이후, 이상하게 온몸이 굳어져 가고 있었다. 수천 번, 아니, 수만 번 이상을 고련해 오지 않았다면, 채찍 들 힘조차 빠졌을지 모를 일이었다.

다행히 채찍은 마음에 들진 않아도, 얼추 의도대로 움직이고 있었다.

장화린의 몸을 감은 채 채찍의 중간 부분이 크게 요동을 치며 소이보의 장검을 튕겼다.

장검이 하늘 높이 솟았다. 그와 동시에 나지막한 신음을 토해내며 소이보가 두 눈을 감고 앞으로 쓰러졌다.

‘그럼 그렇지.’

홍예예는 등 뒤에 소름이 돋은 것을 그제야 깨달을 수 있었다.

이만하면 소년은 오래 견딘 것이었다. 질릴 정도로 끈질긴 것이었다.

그러나 무공의 차이가 너무 크게 벌어진 탓인지 소년은 정신을 놓고 앞으로 쓰러지고 있었다.

홍예예는 두 손으로 장화린을 안으며 발로 쓰러지는 소년의 몸을 걸어찼다.

“우욱!”

소년의 입에서 묵직한 신음이 토해지는 듯싶더니 곧 신음 사이로 피를 뿜으며 뒤로 날아갔다.

홍예예의 발차기는 매서웠고, 그만큼 악랄했다.

소년의 늑골이 적어도 몇 개는 부러졌을지도 몰랐다.

하지만 이상했다. 홍예예는 그 이상한 느낌을 따라 자신의 왼발을 쳐다보았다.

발등에 피가 흐르고 있었다. 발등에 꽂힌 것이 젓가락이었다는 것을 깨닫는 데는 그리 오래 걸리지 않았다.

소년은 정신을 잃은 척 젓가락을 가슴 앞에 꼿꼿이 세운 채 쓰러졌고, 홍예예는 보기 좋게 젓가락에 자신의 발등을 가져다 댄 것이다.

홍예예가 발에 살기를 담은 만큼 상처는 깊었다.

그제야 발등에서 시작된 짜릿한 고통이 다리를 지나고 몸을 지나 머리끝까지 흔들어놓았다.

“아악!”

홍예예의 비명은 장화린보다 조금 더 컸다.

채찍이 발작을 하는 것처럼 혼절한 채 뒤로 날아가고 있는 소이보를 향해 쏘아졌다.

하지만 채찍이 휘감은 것은 소이보가 아니었다.

"하아~"

노인은 허공에서 소이보를 안아 쥐고는 알지 못할 신음을 토하고 있었다. 소이보를 안지 않은 다른 손엔 홍예예의 채찍이 감겨들어 있었다.

"하아~"

노인의 입에서 또다시 슬픈 한숨이 토해졌다. 그와 동시에 노인의 팔에 휘감긴 채찍이 뱀이 허물을 벗듯 스르르 풀리고 있었다.

그리고는 허공에서 몇 번 움찔대다가 다시 홍예예의 손으로 회수되었다.

홍예예는 입을 쩍 벌렸다.

자신이 회수한 게 아니었다. 흡사 옷을 차곡차곡 개켜서 손에서 손으로 건네주듯 채찍이 힘없이 자신의 손으로 건네진 것이다.

노인을 바라보는 홍예예의 입이 쩍 벌어진 채 다물 줄을 몰랐다.

하지만 노인은 홍예예 쪽으론 고개도 돌리지 않았다.

처음 나타났을 때부터 그저 소이보를 안아 들고 다른 손으로 머리를 쓰다듬고 있을 뿐이었다.

"이익!"

채찍이 다시 허공을 날았다. 이번엔 홍예예의 발끝에서 느껴지는 고통과 소이보와 노인을 향한 분노 모두가 들어 있었다.

짝!

하지만 이번에도 소이보를 건드리지 못했다. 노인도 마찬가지였다.

중간에 나타난 범우란 사내의 몸통만 매섭게 내려칠 수 있었다.

범우의 눈은 가라앉아 있었다. 이미 홍예예의 채찍이 지나간 자리는 옷이 뜯어져 있었다. 하지만 그 틈으로 보이는 범우의 검은 피부는 새하얗게 변했다가 검붉은색으로 바뀌고는 곧 다시 처음의 검은색으로 돌아갔다.

홍예예가 이번에는 채찍을 창처럼 꼿꼿하게 세운 채 범우의 미간을 파고들었다.

범우가 오른손을 들어 올려 채찍의 끝을 잡았다.

홍예예는 얼굴이 붉게 달아오르며 힘을 주어 잡아당겼지만 채찍은 요지부동이었다. 범우는 무표정한 얼굴로 홍예예를 쳐다보다가 손을 놓았다.

홍예예가 뒤로 종종걸음을 걷듯 몇 걸음 물러서고는 씩씩거리며 범우를 노려보았다.

"방심하면 다치는 법이다. 욕심을 내면 화를 당하는 법이다. 참아라. 지켜야 할 사람이다."

무엇보다 범우에겐 그것이 중요했다. 지켜야 할 사람이라면 안전하게 지켜야 했다.

홍예예의 눈가가 붉게 변했다. 한참이나 숨을 고르던 홍예예가 거칠게 발등에서 젓가락을 뽑아 들었다.

어이없는 일이었다. 천하에 홍예예가 어린 꼬마에게 발등을, 그것도 젓가락으로 찔리다니.

"칫!"

홍예예는 턱 끝을 치켜 올리며 또 한 번 코웃음을 웃었다.

이미 까무라쳐 있는 장화린을 옆구리에 꿰어 찼다.

"앞으로 별림에는 저 우둔한 곰이 올 거예요."

쏘아붙이듯 한마디를 남기고는 몸을 돌려 걸어갔다.

왠지 발이 균형을 잃어버린 듯 절룩거리고 있었다. 소이보의 한 수에 근육은 물론 뼈까지 상한 게 틀림없었다.

"흠……."

지켜보던 범우가 낮은 한숨을 토했다. 답답한 일이었다. 아직 자신은 별림에 드는 길을 확실히 알지 못했기 때문이다.

2

"안 온다고 말했으니 안 올 겁니다."

하지만 범우의 말에 노인은 그저 히죽 웃으며 고개를 끄덕였다.

괜찮다는 뜻이었다. 노인이 범우에게 손짓을 한 뒤 한쪽으로 걸어가자 범우가 뒤를 따랐다.

별림에 드는 다른 길을 알려주려는 것이 틀림없었다.

"끄응!"

소이보는 정신을 차렸다. 열이 오르고 목이 타는 듯이 말랐다. 소이보의 파랗고 잿빛인 눈이 흐릿해졌다가 곧 또렷해졌다.

공이 튀듯 누워 있던 자리를 박차고 일어났다. 고양이처럼 등을 굽히고 몸을 말았다. 침상 위에서 언제든 다른 곳으로 옮겨갈 수 있도록 솜털을 모두 세운 채 잔뜩 경계하는 모습이었다.

소이보는 그렇게 빠른 시간에 예전 소이보로 돌아가 있었다.

항상 긴장했고 아무리 큰 고통도 참아야 했던 예전 시간으로.

그제야 소이보 눈에 노인이 들어왔다. 이때까지 자신을 간호했는지 의자 위에서 놀랐다는 눈으로 쳐다보고 있었다.

“휴우~”

소이보의 입에서 한숨이 나오며 다시 빠르게 주위를 돌아보았다.

여자는 없었다. 빨간 옷을 입은 여자도 또 자신이 어깨를 찌른 다른 여자도 없었다.

소이보의 눈이 다시 노인을 향했다. 노인은 웃으며 손가락 다섯 개를 폈다.

‘오 일? 오 일 동안?’

자신이 정신을 잃은 시간이 오 일이란 뜻이었다.

소이보의 긴장했던 근육이 풀어졌다. 그제야 등에선 근육이 찢어질 듯한 고통과 함께 뼈마디가 욱신욱신 쑤셔오기 시작했다.

노인이 일어나 소이보에게 오더니 머리를 쓰다듬었다.

소이보가 고개를 숙이니 깨끗한 천으로 어깨부터 배꼽까지 친친 감겨 있었다. 상처는 꽤나 깊었고 고통 또한 그만큼 깊었다.

소이보가 고개를 끄덕여 보이고는 다시 침상에 누웠다.

하지만 지금까지 느껴왔던 편안함과는 달리 불안했다.

너무 별림에서의 평화에 안주해 왔던 게 틀림없었다.

작고 여린 행복이었다. 밖에서 누군가 온다면 곧 깨져 버릴 평화.

노인은 그런 소이보의 마음을 짐작했는지 웃으며 손을 위아래로 흔들어 채찍을 움직이는 흉내를 낸 뒤 고개를 저었다.

소이보에게 상처를 주었던 그 여자들은 아마도 오지 않을 거란 이야기였다. 하지만 소이보에겐 그게 중요한 게 아니었다.

자신은 요선보의 손아귀에 들어 있는 몸이었다.

매부리코 노인 말대로 강해지지 않으면 빠져나올 수가 없었다.

홍의여인은 지금 자신으로선 털끝 하나 건드릴 수 없을 정도로 무공이 높았다. 아니, 홍의여인이 제자로 두고 있는 여자 아이 또한 암수를 쓰지 않으면 상대할 수 없을 정도로 강했다. 그런데 요선보엔 그 홍의여인의 주인 여자가 있었다. 아마도 홍의여인의 사부일 것이고, 비림의 주인일 것이다. 더욱 강하고 더욱 매서울 게 분명했다.

비림의 주인만 있는 게 아니었다. 매부리코도 있었다. 그리고 매부리코와 비림의 주인이란 여자를 거느리는 요선보의 보주(堡主)도 있을 것이다. 그들보다 강해져야 했다.

언제고 깨지지 않는 평화를 가지려면 그들보다 더욱 강해져야 했다.

소이보의 머리를 쓰다듬던 노인의 손이 멈추더니 손가락으로 이마를 가볍게 톡톡 내려쳤다.

생각에 빠졌던 소이보가 고개를 들자 노인은 안색을 굳히고는 가볍게 다시 고개를 저었다.

나무라는 모습이었지만 소이보는 속으로 가볍게 웃었다.

노인은 소이보의 수단과 방법이 너무 독하다고 지적하는 것이다.

아이치고는 너무 음흉하고 흉악한 방법이라고 생각하는 모양이었다.

하지만 소이보가 자란 뒷골목에서는 아이든 노인이든 간에 모두가 짐승이었다. 모두가 사기꾼이었다. 항상 상대를 쏘아보아야 했다. 상대 앞에서 몸을 돌리면 언제 뒤통수를 칠지 모르기 때문이었다.

독해야 했다. 자신을 비하하고 조롱하는 말 한마디를 흘려버리면 언젠가 비수가 되어서 턱 밑으로 되돌아왔다. 자신을 조롱하는 말 한마디에 목숨을 걸어야 했다. 그래야 살아남을 수 있었다.

그래서 '요안' 한마디를 그대로 넘길 수는 없었다. 정작 그 말을 한 계집도 모르고 있었고, 그 계집의 사부인 홍의미녀 역시 모르고 있었으리라.

노인도 그걸 모르고 있었다. 아니, 지금 소이보의 모습에 속아온 것인지도 몰랐다. 그런 세계가 있다는 건 상상도 못할 것이다.

소이보는 조금 몸을 좌우로 움직여 보았다.

그런대로 참고 견딜 만했다. 아니, 참아야만 했다.

그래서 무공을 익혀야 했다. 좀 더 강해지기 위해서는 어쩔 수 없었다.

얼마 후 첫서리가 내리던 날 소이보는 다시 검을 손에 쥘 수 있었다.

소이보는 추운 것을 잊어버렸다.

추운 겨울 새벽에도 소이보의 일과는 항상 바위 위에서 시작하고 있었다.

옷을 벗고 벌거벗은 채 바위 위에 좌정하고 앉았다.

몇 번의 호흡을 통해 처음 들어오는 공기는 목구멍을 차갑게 얼릴 정도였다. 그러나 참고 몇 번을 계속 이어가면 뱃속이 따뜻해지며 이젠 확실해진 그 무엇이 뱃속이 작다는 듯 꿈틀댔다.

그 이후 몇 번의 호흡을 참고 견디면 추위를 이길 수 있었다.

겨울 새벽에 옷을 벗었는데도 다행히 감기 같은 것은 걸리지 않았다.

그만큼 소이보의 몸이 건강해졌다는 증거였고, 작고 미약한 내공이 그래도 소이보의 몸을 지켜주고 있다는 말도 되었다.

한 시진이 지난 후 소이보가 가느다란 날숨과 함께 눈을 떴을 때 소이보를 부르는 노인의 문짝 두드리는 소리가 들렸다.

노인의 젓가락 움직임이 둔탁해졌다.

밥을 입에 넣는 것도 잊어버린 듯 눈은 책자에 가 멎어 있었다.

역천파사공.

요즘 노인의 머리를 혼란스럽게 하는 물건이었다.

노인의 고개가 갸우뚱거렸다. 그리고는 알겠다는 듯 끄덕이다가 다시 좌우로 가로저었다. 낮은 한숨과 함께 입을 오물거리다가 다시 한숨을 내쉬었다.

'다듬되 키우지 마라' 던 매부리코도 한심했다. 노인에게 다듬는 일은커녕 아예 모든 것을 알아서 하라고 무책임하게 떠넘긴 게 틀림없었다.

만약 매부리코가 건네준 책이 확실했다면 노인이 저렇게 답답한 한숨을 토해놓진 않았을 것이다.

소이보는 그저 묵묵히 밥만 먹고 있었다.

하지만 그것은 소이보가 자세히 모르는 상태에서 하는 생각이었다. 노인의 내공 수위는 매우 높았다. 무당의 부드럽고 온화한 내공이었다. 강요맹은 다른 것은 몰라도 자신의 급한 성격과 잘 모르는 일에 승부를 거는 것을 주저하지 않는다는 건 잘 알고 있었다.

만약 소이보가 강요맹의 손에 이끌려 무공을 닦았다면 진작 뒤틀린 몸에 억지로 역천파사공을 심었을 것이고, 아마 북망산에 오른 지 오래

였을 것이다.

소이보 곁에 강요맹이 아닌 세심하고 부드럽고 내공에 밝은 노인이 있다는 게 얼마나 다행인지 소이보는 알지 못했다.

다시 평화로운 일상이 시작되었다. 노인과 검을 섞고 손을 나누고 발을 걸었다. 부상당하기 전과 다를 바가 없었다. 하지만 소이보의 마음은 그렇지가 못했다. 계속 단련시켜야 했다. 빨리 강해져야 했다. 그리고 화창한 봄 햇살에 눈꺼풀을 찡긋거리던 날 그 일이 시작되었다.

노인의 얼굴은 무섭게 굳어 있었다.

얼굴보다 더욱 긴장된 그 무엇이 노인의 눈을 딱딱하게 굳혔다.

그 눈을 마주 보고 앉아 있는 소이보 역시 마찬가지였다.

아니, 가슴 한구석은 두근두근거릴 정도였다.

드디어 알지 못할, 아니, 상상도 하지 못할 내공을 익히게 된 것이다.

방법이 없었다.

마도의 기공에 익숙한 강요맹이 심혈을 기울여 일차로 걸러냈다. 자신의 경험과 지식을 모두 모아 역천파사공의 사악함을 제거하고 소이보의 몸에 맞도록 고쳤다.

그런 과정을 거쳐 노인 손안에 들어온 역천파사공은 다시 모습을 달리하고 있었다.

강요맹 손에서 거칠게 한 길로만 뻗어온 길을 노인의 섬세한 손이 어루만지고 보강했다. 둔탁한 곳은 평탄하게, 강한 곳은 부드럽게, 얽힌 곳은 풀고 뒤틀린 곳은 바로잡았다.

하지만 노인은 자신하지 못했다.

그저 머리 속으로 계산되어 이뤄진 내공심법이란 이름을 모르는 독버섯과 다를 게 없었다.

다행히 전에 역천파사공을 익힌 사람들이 있다는 게 아예 익히지도 못할, 그래서 검증되지 않은 여타의 내공심법보다는 나았다.

그러나 그건 지금 바뀐 역천파사공과는 다른 내공심법이었다.

하지만 방법이 없었다. 소이보의 혈도는 비틀린 상태였고 그나마 거기에 맞출 수 있는 내공심법이란 역천파사공밖에 없다고 노인은 생각했다.

모험을 걸어보는 수밖에 없었다. 아예 무공을 모르고 평범하게 살아가는 게 가장 좋겠지만 이 아이의 요안은 그걸 허용하지 않았다.

요안이란 말 한마디에 칼부림을 마다 않는 아이였다. 자존심이 강한 아이였다. 그런 아이가 그런 눈을 가지고 강호에 나간다면 결코 평범한 삶은 살 수 없다. 그런 놀림과 질시에 맞서 싸울 강인한 그 무언가가 있어야 했다.

"하아~"

노인의 입에서 가느다란 한숨이 다시 토해졌다.

소이보는 짧은 시간 동안 머리 속으로 역천파사공의 내용을 다시 되짚어보았다.

범우가 들고 온 상자가 크긴 했지만 그 안에 있었던 물건에 비하자면 작을 게 틀림없다고 소이보는 생각했다.

그 안엔 검 몇 자루와 분리할 수 있는 봉, 등잔을 켤 때 쓰이는 기름, 그리고도 한참이나 잡다한 물건들이 쏟아져 나왔고, 상자보다 더 큰 창

고를 가득 채우고도 모자라 방 안까지 널려 있었다. 거기엔 아이들이
글을 익힐 수 있는 책 역시 있었다.

　노인의 가르침과 책 덕분에 소이보 역시 웬만한 글자는 금방 깨우칠
수 있었다. 그리고 역천파사공의 모든 내용 또한 외울 수 있을 만큼 보
고 또 들여다보았다. 처음엔 생소했던 혈맥과 혈도의 이름들이 소이보
의 머리 속을 가득 채우고 빙빙 돌았다.

　약간 떨렸다. 전혀 모르는 미지의 세계에 소이보는 천천히 발을 디
밀고 있었다.

　처음엔 아랫배 한쪽에 묵직한 느낌이 들었다.

　허물어진 듯 흐물거리다가 다시 투명해지고 날카로워진 느낌이 들
었다.

　진흙처럼 찰지면서도 부드러운 가운데 바늘 하나가 꽂혀 있는 듯했
다.

　작은 불꽃이 바늘 끝에서 피어났다. 그리고 거대한 그 무엇이 아랫
배에서 쏟아져 나와 가슴까지 일직선으로 치달렸다.

　말이었다. 그것도 검고 시커먼 말들이 무리를 지어 가슴까지 치달려
오고 있었다. 말들의 말발굽이 온몸을 두들기고 우두두거리는 굉음이
귓전을 가득 채웠다.

　결가부좌를 취하던 소이보가 놀라 몸을 뒤로 젖혔다.

　곧 노인의 손이 소이보의 등을 받치고 자세를 바로잡았다.

　하마터면 큰일 날 뻔했다고 생각하며 소이보는 이를 악물었다.

　자신의 아랫배에서 치달려온 말은 다시 형태를 바꾸더니 불길이 되
었다.

가슴에서 튀어나갈 듯 안에서 쿵쿵 부딪쳐 왔다.

기운들이 한번 부딪칠 때마다 소이보의 몸은 휘청였다.

머리 속에 박아 넣은 역천파사공의 내용은 필요치 않았다. 아니, 그것과는 상관이 없었다.

처음 내공심결을 떠올리고 단전을 움직인 이후 기운은 소이보의 손을 떠나 온몸을 제멋대로 돌아다니고 있었다.

고통스러웠다. 그 기운의 방향을 잡아 이리로 이끌고 저리 붙이며 어디에 머물게 하라는 역천파사공의 내용은 말도 되지 않았다.

그저 기운은 미친 듯 요동치고 있을 뿐이었다. 길들이지 않은 야생마였다. 순하고 길들여진 말처럼 움직일 수 없었다. 거대한 불꽃이었다. 소이보는 그 불길을 잡으려 했지만 도리어 성미만 더 돋운 것 같았다.

가슴에서 요동치던 기운이 곧 소이보의 머리로 폭발할 듯 솟았다. 눈이 어질어질해지고 머리가 멍하니 텅 비었다.

입 안의 혀는 부푼 듯하고 귀에선 커다란 종소리가 요란스럽게 울렸다.

참지 못한 소이보가 눈을 떴지만 눈앞에 보이는 것은 희멀건한 것들뿐이었다. 형태도 갖추지 못한 것들이 귀신처럼 빙글빙글 돌았다.

그저 안개 같은 것만이 눈앞에서 부유하고 있었다.

얼굴이 다섯 배로 커진 듯했다. 누구에게 잔뜩 두들겨 맞은 후 부운 얼굴 같았다. 눈앞이 하얀색에서 다시 붉게 변했다. 아무런 생각도 들지 않았다.

그저 일어서서 모든 것을 때려 부수고 싶었다.

고함치고 싶었다.

아무런 생각도 떠오르지 않았다.

갑자기 부드럽고 향긋한 그 무엇이 정수리를 통해 느껴졌다.

따뜻하면서도 청량하고 가벼우면서도 무거운 그 묘한 기운이 몸속에서 치달리는 기운을 부드러운 손길로 어루만지고 달래기 시작했다.

하지만 소이보의 몸속 기운은 화가 난 듯 맞서기 시작했다.

몸속에서 격렬한 몸짓과 함께 정수리에서 흘러나온 기운을 몰아내려고 발광하기 시작했다.

잠시 물러서는 듯했던 기운은 다시 천천히 인내력을 가지고 소이보의 몸속 기운을 부드럽게 안았다.

그러자 성난 기운은 그물에 든 생선처럼 퍼덕이기 시작했다. 부드러운 기운을 찢고 그걸로도 모자라 소이보의 몸까지 찢어발길 듯 길길이 날뛰었다.

그러자 부드러운 기운은 성난 기운을 가만히 토닥이기 시작했다. 얇지만 질기디질긴 천처럼 성난 기운을 따사롭게 덮었다.

노인이었다. 소이보의 눈가가 벌겋게 변하고 곧 발작할 것처럼 몸을 떨자 노인이 소이보의 천령개(天靈蓋)에 손을 가져다 댄 것이다.

노인은 무당의 내공을 소이보의 천령혈을 통해 천천히 불어넣기 시작했다.

격렬한 몇 번의 움직임 후에 안개처럼 수많은 파편으로 흩어졌던 기운이 점차 한 군데로 모이기 시작했다.

한 방울의 물이 되는 듯하더니 곧 위아래로 움직여 비가 되었다. 비는 소이보의 머리 속에서 가슴으로 내리더니 작은 시냇물이 되었다. 가슴의 시냇물이 그 크기를 더하더니 다시 단전으로 흘러갔다.

작은 지류들이 뭉쳐 거대한 강을 만들 듯 뭉쳐진 기운들은 소이보의 뱃속에서 거대한 강물이 되어 요동치기 시작했다.

그제야 소이보의 눈앞에 허옇게 보이던 사물들이 제 모습을 되찾아 가기 시작했다.

점점이 모여 한 사람의 얼굴을 만들어내었다.

노인이었다. 노인은 굳어진 얼굴로 눈을 감고 소이보 머리에 손바닥을 얹고 있었다.

얼굴은 벌겋게 상기되어 있었다. 노인의 머리엔 하얀 김이 일직선으로 올라가고 있었다. 자신의 모든 힘을 다하는 것 같았다.

소이보는 눈을 감았다.

잘못하면 자신뿐 아니라 노인 역시 죽는다.

소이보가 자신의 기운을 갈무리하지 못한다면 소이보의 몸을 짓이기고 노인의 몸을 가루로 만들 게 틀림없었다.

눈을 감은 소이보는 자신의 뱃속을 들여다보았다.

거대한 용암이었다.

차갑고 부드러운 압력에 눌리긴 했지만 부글거리며 언제든 치솟을 구멍을 찾고 있었다.

소이보가 가만히 한쪽에 조그마한 구멍을 내주었다.

용솟음치듯 기운들이 그쪽으로 굉음과 함께 몰려들었다.

그렇게 기운들은 하음혈로 쏟아져 들어왔다.

미친 듯 들끓는 기운들은 하음혈에 모여 갈팡질팡하고 있었다.

갈 방향을 모르고 요동치는 기운들에게 다시 조그마한 길을 내주었다. 기운들은 미친 듯 제문혈, 당문혈, 기문혈을 지나 천령혈까지 순식간에 올랐다. 거기서 노인의 부드러운 기운과 합쳐진 후 뇌해혈, 천극혈로 천천히 내려오기 시작했다.

천천히 끈적끈적한 느낌과 함께 기운들은 다시 소이보의 단전으로 되돌아왔다. 거기서 다시 치솟아오르고 소이보의 온몸을 질주한 뒤 다시 단전으로 쏟아져 들어왔다.

기운은 묘하게도 사혈(死穴)들만 골라 밟아 오르내리고 있었다.

다시 한차례 순환한 기운은 소이보의 의도대로 움직이고 있었다.

여섯 번을 돌리자 소이보의 마음이 이끄는 방향대로 움직였다.

다시 아홉 번을 돌리자 이젠 노인이 기운으로 감싸지 않아도 자신들이 먼저 알고 전에 갔던 길을 밟고 있었다.

열두 번째가 됐을 때는 고요한 흐름으로 바뀌었다.

그제야 노인이 손을 떼고는 한숨을 불어 내쉬었다.

"하아~"

소이보가 죽음의 위기에서 가까스로 벗어난 순간이었다.

몸속을 노닐던 모든 기운을 갈무리한 소이보의 두 눈은 은은한 광채로 한 겹 덮였다.

역천파사공은 이름 그대로 하늘의 도리를 어기는 방법이었고, 그 결과 결국 죽음으로 귀결되는 심법이었다.

선천지기(先天之氣)와 후천지기(後天之氣)를 뒤바꾸는 방법이었기 때문이다. 태어나 첫 울음을 울 때 탁한 호흡으로 인해 백회혈이 막히며 그 후 화식(火食)을 함으로써 선천지기는 점차 없어지게 된다. 그 후 호흡을 통해 자연의 기를 몸속에 기르는 것이 후천지기였다. 하지만 후천지기가 생명의 위대한 잉태를 가져오는 선천지기보다 나을 리 없었다.

역천파사공은 후천지기를 격발시켜 몸 곳곳에 잠재되어 있는 선천지기를 무리하게 이끌어내는 것이었다. 그것은 생명의 마지막 발악이었고, 결국 죽음으로 끝나게 되어 있었다. 선천진기를 모두 소진한 생명은 살아남을 수 없었다.

하지만 소이보의 경우엔 격발된 선천진기를 그대로 몸속에 가두어 둘 수 있었다. 강요맹이 고안한 기묘한 방법과 소이보의 뒤틀린 경락, 그리고 노인의 뛰어난 무당심법이 없었다면 이런 기적은 벌어질 수가 없었다.

소이보는 눈을 감고 심호흡을 깊게 했다. 아랫배에 있는 기운이 들이킨 호흡을 따라 사지백해로 퍼져 나갔다가 다시 내뱉는 숨을 따라 단전에 갈무리되었다.

악전고투를 치른 듯 피곤해 보이는 노인이 그런 소이보를 보며 헤죽 웃었다.

소이보 역시 노인을 따라 빙긋 웃었다.

온몸이 새털처럼 가벼웠고 등 뒤의 상처도 아프지 않았다.

흡사 새 생명을 부여받은 듯 활기가 온몸에 가득 찬 것이 느껴졌다.

소이보는 그대로 포근한 잠에 빠져들었다.

◈ 第七章 ◈
신선(神仙)과 악마(惡魔)

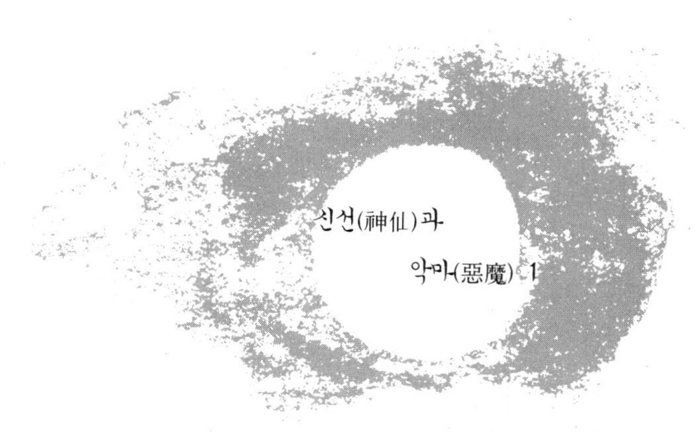

날이 밝고 해가 저물었다. 하루가 시작되고 하루가 지나갔다. 한 달이 오고 다음 달이 왔다. 그렇게 시간은 흘렀다.

봄이 지나고 여름, 가을이 차례대로 왔다. 그리고 다시 겨울과 봄이 시작되었다.

거기에 따라 소이보의 몸도 하루가 다르게 자랐다.

다시 한 해가 지났다.

요선보의 사람들은 그 이후 오지 않았다. 노인은 어느 날 잠시 사라졌다가 다시 나타날 때마다 무언가를 가져오곤 했다.

별림을 나선 것은 분명했지만 먼 인가까지는 가지 못할 시간이었다.

아마도 범우란 사내가 별림 가까이 약속된 장소에 물건을 놓아두고 가는 것 같았다.

소이보는 다시 일정하고 변함없는 하루하루를 보냈다.

노인과 검을 섞었고, 손을 나눴으며, 발을 옮겼다.

하지만 소이보는 항상 마음의 경계를 허물지 않았다.

요선보의 사람들은 언젠가 올 것이다. 그때까지 최선을 다해야 했다. 다행히 시간은 소이보의 편이었다. 하루하루 소이보의 몸은 자랐고, 재주도 늘었으며, 공력은 깊어졌다.

다시 한 해가 지났다. 그리고 다시 산의 빛깔이 파릇한 푸른색에서 짙푸른 녹색으로 변했다가 울긋불긋 단풍으로 덮였다. 그리고 하얀 눈이 쌓였다.

소이보는 시간을 잊었다.

몸이 자람에 따라 내공의 깊이도 달라졌다.

처음엔 노인의 도움 없이는 역천파사공을 격발시킬 수가 없었다.

격발시키고 소이보의 손길로 이끄는 동안까지 노인이 기운을 붙잡고 부드럽게 쓰다듬고 섬세하게 튕기며 세심하게 얼러야 했기 때문이다. 하지만 몇 해가 지난 지금은 노인의 도움 없이도 자유자재로 공력을 운기시킬 수가 있었다. 격발시키고 운기했으며 다시 갈무리했다.

다시 한 해가 지났다. 하늘은 창백한 잿빛으로 가득해 언제고 눈발을 휘날릴지 모를 겨울이었다.

소이보는 역시 마당 한가운데 있는 바위 위에서 벌거벗은 채 올라앉아 운기조식에 몰입하고 있었다.

오늘은 느낌이 이상했다.

격발된 기운이 좀처럼 가라앉고 있지 않았다. 되돌리려 해도 계속 다시 위로 위로 치밀어 오르고 있었다.

‘주화입마인가?’

하지만 그런 것 같지는 않았다. 순탄하게 자신이 이끄는 대로 움직이지 않을 뿐 흉포한 질주는 벌이고 있지 않았다.

소이보는 눈을 감은 채 하나하나 그 기운의 움직임을 좇았다. 그리고 갑작스런 움직임이 있었다. 물이 끓어 넘치는 것처럼 잠시 작은 요동을 치던 기운이 갑자기 치솟아올랐다.

제어하기엔 이미 늦었고 운기 중이라 입을 벌려 노인을 부를 수도 없었다.

쾅!

머리 속에서 기운이 백회혈을 뚫고 나가려는 것처럼 거칠게 부딪쳤다.

쾅!

그리고 두 번째 기운이 다시 솟구쳤다.

쾅!

첫 번째와 두 번째 기운이 채 스러지기도 전에 세 번째 기운이 강하게 부딪쳤다.

혼백이 달아날 정도의 충격이었다. 온몸이 갈가리 찢겨지는 것 같았다. 하지만 공포스럽게도 네 번째 기운이 아랫배에서 치솟고 있었다.

처음 세 번과는 비교도 되지 않을 정도로 거칠고도 거대했다. 마치 바다에서 일어나 모든 것을 휩쓸어간다던 해일(海溢)과도 같았다.

그 거대한 해일이 백회혈을 향해 무섭게 질주하고 있었다. 모든 것을 헤집어놓겠다는 듯 거친 몸짓이 드디어 백회혈에 부딪쳤다.

그리고 아무런 소리도 들리지 않았다. 꼭 죽을 것 같던 소이보의 가슴이 뻥 뚫리고 청량한 그 무엇이 온몸을 주무르고 있었다.

충만된 기운에 소이보는 저도 모르게 입을 열었다.

"우와아!"

힘찬 고함이 소이보의 입에서 터져 나왔다.

고함 소리는 별림을 뒤흔들고 산을 요동치게 만들었다.

땅이 흔들렸고 하늘이 더욱 키를 높였다.

소이보의 외침은 모든 세상을 덮으며 점차 멀리 퍼져 나갔다.

키 높은 나무 위에 쌓였던 눈들이 굉음과 함께 쏟아져 내렸다.

땅이 울었다. 하늘이 웃었다. 세상이 요동쳤다.

소이보가 다시 눈을 떴을 때 세상은 전에 보던 세상이 아니었다.

은은한 광채가 더해지던 파랗고 짙은 잿빛의 두 눈은 깊이만 더해졌을 뿐 더 이상 아무런 빛도 보이지 않았다.

몇 해 전부터 불쑥 튀어나왔던 양쪽 태양혈이 누가 손바닥으로 누른 것처럼 쑥 들어가 보통 사람과 다를 바가 없었다.

짝짝짝!

소이보의 외침에 놀라 뛰쳐나왔던 노인이 두 손바닥으로 언제까지나 박수를 치고 있었다. 노인이 뻥 뚫린 입을 한껏 열고는 소리없는 웃음을 크게 웃고 있었다.

어느 날 겨울 아침에 일어난 일이었다.

노인의 검이 다시 빙글 돌았다. 옆으로 밀려나는 듯했던 원이 다시 꼬리를 물고 다른 원을 그려내었다.

소이보는 검을 내려쳐 그 중간을 그었다. 원과 원 사이, 매듭을 짓듯 이어진 곳, 정확히 한가운데였다.

노인의 검이 다시 꿈틀대더니 앞선 두 개의 원과 소이보의 검을 포함하는 거대한 원을 그려내었다.

소이보의 검미가 움찔거렸다.

양손으로 검병을 힘껏 움켜쥐고는 미친 듯 내려쳐 갔다.

한 번, 두 번, 세 번…….

미친 사람이 도끼로 장작을 패는 듯 짧은 순간 수많은 검영(劍影)을 그려내었다.

서른 번을 내리찍었을 때야 겨우 거대한 원이 주춤 뒤로 물러났다.

소이보의 검이 그 한가운데로 파고들었다.

노인의 검이 소이보의 검 옆에 착 붙더니 가볍게 튕기고 다시 방향을 바꾸어 원을 그리며 왼쪽으로 가 붙었다.

소이보의 검신을 세 번 가볍게 튕긴 검이 다시 큰 원을 그리며 소이보의 미간으로 날아왔다.

검끝이 보이지 않았다. 그 끝이 몇 개의 작은 원을 그려내는지도 몰랐다.

소이보는 다시 검을 움켜쥐었다. 모든 힘을 다 쏟아 부었다.

조금 전 노인의 검이 가볍게 튕길 때 호구가 찢어질 듯한 고통이 밀려왔었다. 하지만 몇 개월 전이라면 검이 튕겨지고 호구가 찢어졌을 텐데 오늘은 견딘 것이다.

한 단계 진보한 것만은 틀림없지만 그래도 노인의 검끝은 보이지 않았다.

횡!

모든 내공을 쏟아 부은 소이보의 검이 거칠게 공간을 잘라갔다.

노인의 검이 손으로 만질 수 있는 그 무엇으로 만들어져 있다면 잘려 나가고야 말 힘이었다. 거대한 위력이었다. 섬전 같은 속도였다.

그러나,

빙글.

소이보의 눈에 파란 하늘이 들어왔다. 그리고 곧 시커먼 땅이 들어왔다.

쿵!

뭐가 어떻게 된 건지 몰랐다. 땅에 얼굴을 처박고 엉덩이는 하늘 높이 든 상태였다.

짝짝짝!

헤벌쭉 웃으며 노인이 다시 박수를 쳤다.

"끄응~"

소이보는 툴툴 털고 일어나 다시 검을 쥐었다. 힘에 있어선 소이보가 위였다. 내공 역시 마찬가지였다. 모든 힘을 다 짜내고 모든 공력을 다 쏟아 부었다. 노인의 검은 낭창낭창거리는 부드러운 움직임이었다. 그리 큰 힘도 많은 공력도 깃들이지 않은 검이었다.

하지만 자신의 검은 튕겨져 나갔고 몸은 빙글 돌아 처박힌 것이다.

'태극혜검!'

소이보는 이를 악물었다.

역시 무당파의 검법이었다. 보통 검법이 아닌 지금의 무당을 있게 한 검법이었다. 북숭소림(北崇少林) 남존무당(南尊武當) 여덟 자를 만들어낸 검법이었다. 무기력한 패배였지만 결코 단념할 수 없었다.

저 검을 깨어야만 했다.

다시 이를 앙다물고 노려보는 소이보를 향해 노인이 손을 내젓고는 몸을 돌렸다.

자세히 보라는 듯 정면이 아닌 옆면을 보이고는 검을 천천히 앞으로 내뻗었다.

작은 원들이 이어지다 다시 큰 원이 모든 것을 덮었다. 뒤로 잠시 물러서고는 허공에서 기묘하게 쏘아져 갔다. 다시 빙글 돌고 위로 튕겼다. 모든 것이 원이었고, 모든 것이 부드러웠다.

그 한 수에 소이보가 넘어진 것이리라.

이번엔 손과 손이 얽혀들었다. 서로의 팔꿈치를 노리며 빙글 돌고 상대의 어깨를 밀고 몸통을 당겼다.

어느 한순간 소이보의 몸이 주르륵 뒤로 밀렸다.

조금 더 밀리면 아무런 힘도 써보지 못하고 또다시 땅에 처박힐 게 분명했다.

소이보는 얼른 자세를 바꾸어 무릎을 굽히고는 발을 활처럼 단단히 땅에 박았다.

움켜쥔 주먹을 앞으로 정신없이 휘두르고 왼 손가락은 굽혀 갈기갈기 찢을 듯한 움직임과 함께 노인의 가슴을 향했다.

산을 허개고 땅을 헤집을 듯한 소이보의 공격이었지만 노인은 당황하지 않았다.

퇴(頹), 랍(拉), 포(抱), 나(拿), 난(攔)의 다섯 가지 묘결로 일일이 풀어 헤치고 당겨 감싸고, 붙혀 비틀고, 앞으로 잡아끌자 소이보의 신형이 기우뚱 쓰러지기 시작했다.

쓰러지는 소이보의 신형에 가속도가 붙더니 더욱 맹렬한 속도로 허공에서 빙글 돌았다.

그리고 소이보의 머리가 있던 뒤편에서 소이보의 발뒤꿈치가 정확히 노인의 관자놀이를 향해 맹렬한 기세로 쏘아져 왔다.

쿵!

소이보는 가슴뼈가 뻐근해지는 극렬한 고통 속에서도 얼른 고개를 들어 노인을 바라보았다.

놀란 듯 눈이 조금 커져 있을 뿐 노인에게선 아무런 변화도 발견할 수 없었다.

자신의 회심의 한 수가 먹혀들지 않았지만 소이보는 크게 기뻤다.

깔깔 웃고 싶었다.

오랜만에 느껴보는 기분 좋은 통증이었다.

만약 자신의 마지막 한 수가 위협으로 느껴지지 않았다면 노인도 지금처럼 과한 수법으로 대응하지 않았을 게 틀림없었다.

급작스런 공격과 맹렬한 수단이 노인으로 하여금 강한 위력의 한 수를 쓰지 않을 수 없게 만든 것이다.

노인도 역시 예상외였다는 듯 눈을 껌뻑거리다 곧 옆으로 와 소이보의 어깨를 안았다. 걱정스런 노인의 얼굴을 보며 소이보가 괜찮다는 듯 고개를 끄덕였다. 곧 노인이 함빡 웃음을 지으며 엄지손가락을 위로 치켜들었다. 소이보가 다시 고개를 끄덕이는데 목에서 울컥 피가 치밀어 올랐다. 내상을 입은 듯했다.

그래도 소이보는 기분이 좋았다. 기분 좋은 내상이었다.

2

다시 산이 옷을 한 겹 바꾸어 입었다.

소이보의 검이 노인의 검 옆에 찰싹 붙었다.

이젠 검을 통해 노인의 기운을 느낄 수 있었다.

부드러운 노인의 내공처럼 검은 부드러운 곡선을 그리며 소이보의 검을 떨궈내려 했다.

소이보는 다시 검을 노인의 검 옆에 붙였다.

노인의 검이 빙글 돌았다. 그 검의 자취를 소이보의 검이 좇았다.

떨치면 따라붙고 튕겨내면 같이 튕겼다.

원을 그리면 원을 같이 그려냈고 물러나면 다가섰다.

노인의 검이 파르르 떨렸다. 소이보는 계속해 온 점(粘)자결을 버리고는 맹렬한 회전을 시작했다.

노인의 검이 다시 원을 그린다면 승산은 없었다.

더 빠르고 더 강하고 더 위력이 있어야 했다.

모든 것을 베어버릴 듯 단순하게 일직선으로 베어오는 검의 옆을 노인의 검이 살포시 얹혀졌다가 물러섰다.

챙!

소이보의 검 중간이 맑은 쇳소리와 함께 부러졌다.

모든 움직임을 멈추고 소이보는 부러진 검끝을 바라보았다.

부러져 떨어지는 검을 발로 차 노인의 얼굴로 쏘아 보내고 잘려진 검으로 노인의 목을 노려볼까 하는 생각이 일순 스쳤지만 그러고 싶지 않았다.

그런 임기응변이 통할 상대도 아니었지만 노인을 향해 그런 독기는 아예 마음속에 품어지지가 않았다.

그런 소이보를 향해 노인이 눈을 크게 뜨고는 가슴을 쓸어내렸다.

하마터면 큰일 날 뻔했다는 표정을 과장되게 짓고는 다시 헤죽 웃었다.

소이보는 마주 웃다가 저도 모르게 손으로 자신의 얼굴을 만졌다.

웃고 있었다. 눈은 반쯤 감기고 입꼬리는 한껏 양쪽으로 올라가 있었다. 분명 웃고 있는 표정이었다.

'내가 웃었던가?'

그러고 보면 노인의 얼굴을 마주만 봐도 웃던 게 기억이 났다.

그냥 실없이 웃었다. 강물에 비춰 보지 않았지만 그 웃음은 노인의 웃음을 닮아 있는 게 분명했다. 활짝 크게 입을 벌리고는 소리는 내지 않고 웃는.

언제부터 웃었는지 기억이 나지 않았다. 웃고 있는 자신이 낯설었다. 왜 웃는지도 몰랐다.

소이보는 노인의 얼굴을 내려다보고 있다는 것도 깨달았다.

노인이 작아진 게 아니라 자신의 키가 훌쩍 커진 것이다.

키가 큰 색목인의 특징 때문인지 한번 성장한 소이보의 키는 언제부터인가 훌쩍 노인의 키를 넘겨 버린 것이다.

키가 커진 만큼 웃음도 많아졌다. 검을 잡으면 상대의 목숨을 끊으려는 투쟁심은 도리어 하루하루 없어지고 있었다.

몇 번 자신의 얼굴을 쓰다듬던 소이보가 다시 노인을 보며 활짝 웃었다. 노인 역시 마주 보며 소리없이 활짝 웃었다.

언제부터인가 둘은 그렇게 닮아가고 있었다.

소이보의 몸은 어제가 다르고 오늘이 달랐다.

한창 자라는 시기였는지 하루하루 다른 몸을 소이보 스스로도 느꼈다.

언제부터인가 노인은 소이보에게 육식을 권했다. 처음 잡아왔던 토끼도 잡지 못해 끙끙대던 노인이었다. 토끼는 그 며칠 후 놓아주었지만 몇 해가 지난 지금은 도리어 노인이 먼저 사냥감을 잡아올 정도였다. 며칠 전엔 커다란 멧돼지를 힘들게 어깨에 메고 오기도 했다.

아직도 마음이 여린 탓인지, 아니면 살생을 하지 않겠노라고 각오를 다진 것인지 몰라도 멧돼지는 정신을 잃은 채였다.

노인이 멋쩍다는 듯 큰 헛기침 소리와 함께 사라지고 난 뒤 소이보는 멧돼지의 목을 찔렀다.

소이보는 그래서 고기를 얻었고, 노인의 마음을 얻었다.

따사로운 눈길로 친손자를 보듯 하던 노인이었다. 무럭무럭 자라는 소이보의 몸을 위해 스스로의 원칙, 즉 살생을 금하고 육식을 피하는 규칙마저 저버린 것이다.

달디단 고기와 노인의 마음 외에 소이보가 얻은 것은 또 있었다.

살짝 기절만 시킨 채 가져오는 동물들의 온몸은 젖어 있었다. 노인의 옷은 말라 있었지만 반대로 동물의 가죽에서는 물기가 뚝뚝 떨어졌다. 별림의 다른 통로. 노인이 별림을 나서는 길은 따로 있는 게 틀림없었고, 그 길은 강물과 관련있는 게 확실했다.

소이보는 문득 잊고 있던 사실을 뒤늦게 깨달은 것처럼 손가락으로 별림 너머를 가리키고는 눈을 크게 떴다.

노인은 소이보의 말을 알아듣고 고개를 갸우뚱거렸다.

소이보가 다시 검지와 중지 손가락 두 개를 펴서 사람이 뛰어가는 흉내를 낸 뒤 고개를 가로저었다. 그리고 손을 동그랗게 말아 눈가에 가져다 대었다.

별림을 나가고 싶다. 하지만 도망가려고 하는 것은 아니다. 그저 주위를 둘러보고 싶다는 뜻이었다.

노인의 얼굴에 곤혹 어린 표정이 떠올랐다. 무슨 생각을 하는지 소이보의 얼굴을 한참 동안 바라보다가 곧 한숨을 내쉬었다.

"하아~"

노인은 곧 소이보의 손을 잡고 한쪽으로 걸어갔다. 어떻게 보아서는 한 걸음도 떼기 싫은 듯했고, 또 어떻게 보아서는 무언가 급히 서두르는 것도 같았다.

소이보의 생각이 맞았다. 별림을 나서는 또 다른 문은 강물에 있었다. 그 강물 앞에 서서 소이보를 바라보는 노인의 눈동자엔 처연함마저 떠올라 있었다.

소이보는 그 눈 안에서 많은 것을 읽을 수 있었다. 헤어짐을 준비하는 눈빛을 읽었다. 소이보와 함께 영원히 있고 싶은 간절함이 있었다.

언젠간 떠나보내야 할 사람이었다. 하지만 함께 영원히 있고 싶은 사람이기도 했다. 그 두 가지 상반된 감정이 노인의 눈 안에 고스란히 들어 있었다.

노인은 소이보의 손목을 힘있게 잡고는 고개를 끄덕였다.

텅 빈 입을 한껏 벌려 크게 한숨을 들이키고는 소이보를 쳐다보았다.

소이보가 얼른 뜻을 알아차리고 깊이 숨을 들이켰다.

노인과 소이보는 강물 안으로 뛰어들었다.

자맥질은 소이보에게 익숙했다. 한여름에 노인과 겨룬 뒤 몸이 후끈 달아오르면 항상 뛰어들곤 했다. 얕은 곳에선 물을 차고 놀았고 깊은 곳에선 머리까지 집어넣고 열기를 식혔다.

어쩌다 눈앞에서 맴을 도는 작은 물고기도 빠른 손놀림으로 잡았다. 큰 물고기도 있을 법했지만 별림에 쳐진 묘한 진 때문인지 보이지 않았다. 그런 소이보에게도 피하는 곳이 있었다.

용소(龍沼)였다. 물길이 깊은 곳을 힘차게 지난 뒤 맴을 도는 곳이었다. 주위의 떠다니는 모든 것을 빨아들여 한없이 아래로 밀어 넣는 곳이었다. 물의 힘은 얕잡아볼 수 없어 소이보 역시 거기에 빠지면 한참이나 손발을 놀리고 나서야 빠져나올 수 있는 곳이었다.

노인이 소이보의 손을 잡고 이끄는 곳이 바로 그 용소였다.

깊숙이 들어가니 소용돌이치는 흐름의 끝이 보였다.

노인은 익숙한지 곧 재빠른 몸놀림과 함께 그 끝을 지나 바닥까지 내려갔다.

바닥은 용소의 탓으로 탁했다. 빠르게 흘러온 강물은 바닥에서 맴을 돌다가 곧 바닥에 박힌 검은 바위의 옆을 빠르게 훑고 지나고 있었다.

뿌연 부유물이 검은 바위 주변을 떠돌았다. 노인은 곧 발로 물을 차고는 바닥과 검은 바위 사이의 움푹 파인 곳에 고개를 처박고 있었다. 노인의 신형이 곧 바위 사이로 사라진다 싶었을 때 노인의 손에 이끌린 소이보의 머리도 바위틈으로 사라졌다.

"푸하~"

청량한 하늘이 먼저 소이보의 눈에 들어왔다.

그리고는 신기한 듯 주위를 돌아보았다. 강물의 바닥에 머리를 처박자 곧바로 강물의 표면으로 나올 수가 있었다. 약간 어지러웠다.

강물의 바닥이 강물의 표면이라니…….

그제야 가끔 물속에서 배를 위로 향한 채 어지럽게 맴을 돌던 물고기가 생각났다. 만약 별림을 벗어나려든가, 아니면 별림 안으로 들기 위해 강물을 선택했다면 위와 아래가 뒤바뀐 강물에 홀려 숨이 막혀 죽고 말았을 게 틀림없다고 생각했다.

정말 교묘한 진이란 생각과 함께 소이보가 고개를 돌렸을 때 노인은
벌써 강물 밖으로 걸어나간 상태였다.

천천히 손발을 놀려 물가로 나간 뒤 노인 옆에 가 섰다.

노인은 소이보의 눈을 쳐다보지 못했다. 노인이 몸을 부르르 떨자
곧 뿌연 김이 온몸에서 뿜어져 나왔고, 곧 노인의 몸은 언제 물에 들어
갔냐는 듯 보송보송 말라 있었다. 그러고도 노인은 소이보의 눈을 쳐
다보지 못했다.

갑작스런 헤어짐을 준비하지 못해 허둥대는 모습이었다. 하지만 곧
무언가 결심했는지 소이보의 어깨를 늙고 가늘어진 손가락으로 힘껏
부여 쥐었다. 그 손은 가늘게 떨렸다.

소이보 역시 노인의 어깨를 부여잡았다. 그리고 노인을 닮은 웃음을
히죽 웃었다.

톡톡 가볍게 몇 번 노인의 어깨를 도닥이고는 곧 입을 벌리고 무언
가 먹는 흉내를 냈다. 노인의 축 처진 눈이 동그랗게 변했다.

소이보는 곧 뛰는 흉내를 과장되게 내고는 어깨에 무언가 많이 지고
오는 시늉을 냈다. 그리고 다시 배를 쓰다듬고는 먹는 흉내를 냈다.

먹을 것을 많이 가져올 테니 식사 준비를 하고 있으란 얘기였다.

노인이 다시 웃었다. 소이보도 마주 보고 웃었다.

노인이 서둘러 몸을 돌리고는 강물 속으로 걸어 들어갔다. 아직 식
사 준비를 하기엔 시간이 많이 남았지만 소이보는 알 수 있었다.

오전의 햇살에 노인 눈가가 반짝인 것을……

소이보 역시 몸을 얼른 돌려 앞으로 걸어갔다.

노인이 눈물을 숨기려는 것과는 다른, 터져 나오려는 웃음을 참기
위해서였다.

3

처음 걷는 길이었다.

처음 보는 산이었다.

처음 보는 경치였다.

산의 형태는 눈에 익숙했지만 또 다른 장소에서 보는 산은 낯설기도 했다.

소이보는 천천히 숲 속을 걸었다. 작은 별림에서의 몇 년간 결코 갑갑하다는 것은 느끼지 못했다. 하지만 별림을 빠져나온 지금 가슴엔 시원한 그 무엇이 가득 채우고 있었다.

소이보가 천천히 심호흡을 했다.

부드러운 기운이 끊임없이 이어져 온몸을 감싸고 돌았다.

무당의 기운과 닮았으면서도 전혀 다른 기운이 소이보의 작은 혈관을 일깨우고 힘줄을 부드럽게 어루만졌으며 근육을 편안하게 만들고 있었다.

푸른 눈이 시원한 깊이를 더했고, 잿빛 눈은 맑은 갈색이 휘돌았다.

짹째그르.

이름 모를 작고 예쁜 새가 뽀로롱 날아와 소이보의 어깨에 앉았다.

무언가 신기하다는 듯 작은 고개를 갸웃거리며 소이보의 파랗고 잿빛인 눈을 한참이나 바라보며 재잘거렸다.

소이보 역시 한참이나 새를 바라보았다.

빽빽한 나무 사이로 녹색 잎들이 반갑다는 듯 바람 소리에 화답하듯 부르르 몸을 떨었다.

평화로웠다. 안온했다. 행복했다.

작은 새와 눈을 맞추고 있으려니 소이보는 장난기를 느꼈다.

곧 뱃속의 단전을 허물고 기운을 이끌어내었다.

기운은 기다렸다는 듯 소이보의 온몸을 휘돌았다. 뼛속을 달리고 피를 끓게 만들었다.

소이보의 하얀 피부가 은은한 붉은 혈색으로 바뀌었다.

파란빛은 요사스런 빛을 더했고 잿빛 동공은 죽음의 빛으로 가득했다. 하얀 눈자위는 핏발이 선 듯 온통 붉게 변했다.

역천파사공이었다.

후천진기를 이끌어내고 다시 후천진기가 주위의 선천지기를 일깨웠다. 서로 앞뒤를 다투며 내달리다가 폭발할 듯 온몸을 감고 돌았다. 처음 이끌어냈던 위력보다 더욱 커져 이젠 그 수위가 노인으로서도 감히 짐작 못할 단계까지 오르고 있었다.

어깨 위에 앉았던 새가 놀라 조그만 부리를 벌리고 무언가 울음소리를 내려 했지만 아무런 소리도 토해놓지 못했다. 공포를 느낀 듯 몸을 날려 멀리 날아가려 했지만 날갯죽지를 제대로 퍼덕이지도 못하고 그대로 땅으로 추락했다.

소이보의 머리카락은 점점 허공으로 솟아올랐다. 걸치고 있던 옷 역시 점점 부풀어 오르고 있었다.

소이보의 파랗고 잿빛인 눈동자가 닿는 곳마다 숨을 죽였다.

작은 새들이 숨을 죽였고, 바위가 숨을 죽였고, 나무가 숨을 죽였다. 커다란 산조차 아무런 미동도 하지 않았다.

죽음의 공포만이 주위를 가득 채웠다.

한 가닥 한 가닥 하늘을 향해 치솟아올랐던 소이보의 검은 머리카락이 천천히 내려왔다. 부풀었던 옷이 천천히 제자리를 잡아갔다. 소이보의 피부가 다시 새하얀 빛으로 돌아갔다.

깊은 심호흡과 함께 감았던 눈을 뜨자 다시 원래의 파랗고 잿빛인 눈동자가 있었다.

소이보는 히죽 웃었다.

언젠가부터 느끼는 일이었다. 노인이 알려준 간단한 토납법으로 기른 기운은 부드럽고 맑았다. 매부리코가 건네준 역천파사공은 거칠고도 흉포했다. 두 가지 기운은 완전히 다르면서도 묘하게 닮았다.

노인의 토납법으로 이루어진 기운을 행공하면 모든 욕심조차 잊은 것처럼 편안했다. 하지만 매부리코의 역천파사공을 운기할 때면 모든 것을 파괴하고 싶은 욕구가 불쑥불쑥 치밀어 오르곤 했다.

소이보의 그런 느낌은 정확한 것이었다. 사마외공(邪魔外功)을 익힌 사람을 일컬어 왜 마인(魔人)이라고 부르는지에 대한 이유가 거기에 있었다.

자연의 기 중 혼탁하고 강하고 거친 것만을 몸에 담고 운기를 하다 보면 몸과 마음의 상태가 자연 그 기운을 닮아가는 게 당연했다.

왜 무당파나 화산파 같은 도인들이 속세를 떠나 깊은 숲 속에 은거하다시피 머물러 있는지에 대한 이유가 되었다.

순수하고 맑은 기운을 기르려면 세속의 탁한 기와는 어느 정도 거리를 두어야 했기 때문이다. 또 명경지수(明鏡止水)와 같은 마음을 기르려면 속세의 떠들썩한 속된 분위기와도 떨어져 있어야 했다.

소이보의 경우엔 별림이란 고즈넉하고 동떨어진 곳에서 무당파의

심결에서 나온 토납법으로 처음 기운을 길렀고, 다른 사람과는 교류가 전혀 없는 고립된 곳에서 역천파사공을 익혔다.

묘하게도 그 두 가지를 연성할 수 있는 완벽한 장소를 고른 셈이었다.

소이보가 기운을 거두자 그때서야 다시 숲이 생명을 되찾았다.

내리누른 듯한 무거운 기운에 질식할 듯 퍼덕이던 작은 새 역시 하늘 높이 날갯짓을 하며 떠올랐다.

소이보는 잠시 생각에 잠겼다. 두 가지 기운은 서로 달랐다. 소이보가 무엇을 선택해 정진해 나가느냐에 따라 자신의 모습은 달라지리란 것 또한 알았다.

처음 기운을 따른다면 신선의 경지도 바라보겠지만 뒤의 기운을 따른다면 악마조차도 고개를 흔드는 대마인이 탄생할 수도 있었다.

어느 것이 좋을지 소이보는 알 수 없었다.

그리고 고개를 돌려 멀리 있는 별림을 쳐다보았다.

노인. 소이보는 노인의 과거는 묻지 않았다. 굳이 물을 필요도 느끼지 않았다. 궁금증이나 호기심도 일지 않았다.

소이보에게 노인은 그저 지금의 모습으로 있어준다면 그걸로 되었다.

저 정도의 고수라면 감히 강호에서 찾아보기 힘들 거란 생각이 문득 들었다.

매부리코 역시 노인을 지킨다는 표현을 썼다. 노인을 해할 수 있을 정도의 고수가 있을지 의문이었다. 요선보일지라도 노인이 별림을 떠날 결심을 했다면 막을 수 없을 것이 분명했다.

지킨다는 표현이 다른 적들로부터 노인을 지킨다는 것인지, 아니면 노인이 별림을 떠나는 것을 지킨다는 것인지 분명치가 않았다.

하지만 어찌 됐든 노인은 별림을 떠날 생각이 없는 듯했다.

'왜일까?'

소이보의 뇌리에 처음으로 의문이 들었다.

누군가 노인을 두렵게 만드는 게 있다면 자신의 손으로 쳐 없앨 것이다. 무언가 노인을 곤란하게 만드는 게 있다면 자신의 발로 짓밟아 버릴 것이다.

그래서 노인과 자신을 얽어맬 것이 모두 사라지고 난 뒤 자신은 노인과 함께 별림에서 여생을 끝마칠 것이다.

더 이상 도망 다니지도, 다른 사람 손에 놀아나지도, 무언가 두려워할 필요도 없는 삶. 그런 삶을 살 거라 다짐했다.

소이보는 하늘을 쳐다보았다.

"휘이~ 익~"

거칠고도 예리한 소이보의 휘파람이 푸른 하늘을 두 쪽으로 갈라놓으려는 듯 산을 굽이쳐 돌며 끝없는 메아리를 만들고 있었다.

소이보가 다시 별림에 들었을 때 변함없이 히죽 웃는 노인의 미소가 소이보를 반갑게 맞았다.

그리고 삶은 다시 계속되었다. 늘 그래 왔던 것처럼 앞으로도 반복될 그럴 삶이…….

소이보는 그 뒤 가끔 별림을 빠져나왔다. 노인도 그런 소이보의 행동을 알았지만 별다른 신경을 쓰지 않았다.

별림을 나오고 산에 사는 노루나 멧돼지를 잡은 뒤 바깥에서 구워 먹었다. 소이보를 위하는 일이었지만 어쩔 수 없이 등물을 잡고 요리

를 하느라 연기를 피울 때마다 노인은 웃으며 미간을 찡긋거리기 때문
이었다.

구태여 싫은 사람에게 동물이 불에 구워질 때의 냄새를 맡게 할 생
각은 없었다. 어쩌다 문득 식욕이 당길 때면 잠시 별림을 빠져나가 모
든 걸 해결하고 돌아오곤 했다.

그날도 마찬가지였다.

혹시 기름기라도 입에 묻어 있을까 싶어 강물을 빠져나오며 입가를
손으로 깔끔히 닦은 어느 날이었다.

이상하게도 매일같이 평화롭고 안락했던 별림의 분위기가 아니었
다. 무엇 때문에 갑작스럽게 분위기가 바뀌었는지 알 수 없어 한동안
소이보는 눈만 끔뻑이고 있었다.

그러다가 곧 파랗고 잿빛인 눈가가 무겁게 가라앉았다.

영문을 알 수 없는 묘한 분위기, 그것은 긴장감이었다.

목을 옥죄는 듯한 팽팽한 긴장감이 별림에 감돌고 있었다.

소이보의 표정이 무섭게 굳어졌다.

뒷목이 뻐근해지며 온몸의 신경이 날카롭게 반응하고 있었다.

온몸의 솜털까지도 바짝 곤두서고 있었다.

이미 잊어버렸다 생각했던 예전의 모습.

요안 소이보의 모습으로 돌아간 것이다.

황석 땅 사람들의 오금을 저리게 만들었던 독종인 요안으로 돌아간
시간은 매우 짧았다.

별림의 숲을 잠시 돌아가자 소이보는 낯선 한 사람을 볼 수 있었다.

낯설긴 했지만 모르는 사람은 아니었다. 아니, 며칠을 함께 보낸 사
람이었다.

“반갑구나.”

매부리코 노인이었다.

요선보의 강요맹이 소이보를 보며 미소를 띠고 있었다.

◆ 第八章 ◆
뿌림의 바깥

강요맹은 처음 봤을 때와는 조금 다른 모습이었다. 드문드문했던 반백의 머리가 아예 은색으로 반짝이고 있었다.

강요맹의 인상을 좌우했던 얇은 매부리코는 여전했으나 코 옆에 주름은 더욱 깊어져 있었다.

조금 늙은 모습이긴 했지만 그렇다고 초라하거나 보기 흉해진 것은 아니었다.

소이보는 강요맹의 모습을 보면서 그만큼 자신이 컸다고 생각했다.

어깨춤도 안 되던 자신의 키가 이젠 강요맹과 시선을 맞출 때 조금 고개를 내려야 할 만큼 큰 것이었다.

소이보가 시선을 돌렸다. 강요맹 옆엔 항상 그렇듯 범우가 있었다.

범우는 그리 나이 들어 보이지 않았다. 터질 듯한 근육과 단단한 몸은 변함이 없었다. 단지 얼굴과 팔뚝에 전엔 못 보던 깊은 흉터가 남겨져 있었다. 하지만 그 흉터마저 오래됐는지 굵은 흔적만 남았다.

범우는 소이보와 마주치자 무표정한 얼굴로 고개를 끄덕였다.

하지만 그 눈길 깊은 곳에 어린 반갑다는 뜻을 소이보는 알 수 있었다. 소이보는 범우를 향해 고개를 끄덕인 뒤 다시 강요맹을 쳐다보았다.

별림의 바깥엔 치열한 싸움이 벌어지는 게 틀림없었다.

모든 걸 다 잊고 별림에서 살아온 세월 동안 험한 바깥세상은 하나도 변하지 않은 것이다. 정말이지, 지긋지긋했다. 다시 떠올린 바깥은 진저리를 칠 정도로 흉악한 세상이었다. 아직도, 지금도……

강요맹은 물건을 훑어보는 것처럼 소이보를 쳐다보았다.

처음 소이보의 눈에 멈추었던 시선이 떡 벌어진 어깨로 흘렀다.

단단한 가슴과 탄력있는 배와 엉덩이, 그리고 아름드리 나무 같은 탄탄한 허벅지로 향하던 눈길이 다시 소이보의 눈동자에 멈추었다.

"잘 다듬은 것 같군."

강요맹의 얇고 붉은 입술이 갈라지며 묘하게 웃었다.

하지만 항상 웃던 노인이 이번엔 웃지 않았다.

"쓰레기 같은 무당의 무공은 전수하지 않았겠지?"

노인이 고개를 끄덕였다.

사실 소이보가 익힌 무공은 하나도 없었다. 노인으로부터 손수 전수받은 것은 강요맹이 보내준 역천파사공 하나밖에 없다고 해도 과언이 아니었다. 그저 노인이 한 것은 소이보의 대련 상대가 되어주는 것밖에 없었다. 강요맹이 요구한 것 또한 그것이었다. 하지만 그래서 소이보는 노인으로부터 모든 것을 전수받은 셈이었다.

그러나 소이보는 그것보다 더 큰 것을 노인으로부터 받았다고 생각했다.

비록 생명은 부모로부터 받았지만 더 큰 사랑을 노인으로부터 받은 것이다. 소이보에겐 무공보다도 더 중요한 것이 그것이었다.

강요맹의 시선이 돌아 범우를 향하더니 고개를 까딱였다.

범우가 곧 고개를 깊숙이 숙이고는 천천히 걸어나와 소이보 앞에 섰다.

소이보를 마주 보고 서 있는 범우는 무표정한 표정이었다.

하지만 소이보는 그 눈동자에서 미안함과 민망함을 읽을 수 있었다.

소이보는 저도 모르게 히죽 웃었다. 소이보는 지금 범우의 행동이 무엇을 뜻하는지 알았다. 그래서 자신이 왜 웃는지 알 수 없었다. 다행히 소이보가 그랬듯이 범우 역시 그 웃음에서 괜찮다는, 모든 것을 이해한다는 뜻을 읽은 모양이었다.

"내가 먼저 하겠다."

범우의 표정 그대로 딱딱한 어투는 전혀 고쳐지지 않은 모양이었다. 소이보는 그게 재미있어서 다시 히죽 웃었다.

커다란 범우의 주먹이 소이보의 얼굴을 향했다.

이미 경고성을 발하긴 했지만 언제 쳐들어서 앞으로 내뻗었는지 모를 빠른 움직임이었다.

"……"

그러나 소이보의 고개는 옆으로 갸우뚱거리듯 왼쪽 어깨에 닿아 있었다. 일 촌의 거리를 두고 범우의 주먹은 소이보의 귀에 닿을 것처럼 뻗은 채 멎어 있었다.

범우의 표정이 더욱 무섭게 굳어졌다. 소이보는 그런 범우의 표정을 보며 히죽 웃었다.

소이보의 키는 보통 사람보다 머리통 하나만큼 더 큰 편이었다. 하지만 범우는 보통 사람보다 머리통 하나만큼 작았다. 그래서 서로 마주 보고 있는 범우와 소이보는 처음 만났을 때와 전혀 다르면서도 모습은 비슷했다.

키가 작은 범우가 큰 소이보 머리통 옆에 주먹을 붙인 채 뻘쭘하게 서 있는 모습이 조금은 우습기도 했다.

천천히 주먹을 갈무리한 범우가 다시 짧게 말했다.

"이번엔 좀 더 빠르다."

짧은 말보다 더욱 짧은 공격이 순식간에 이뤄졌다.

범우의 주먹이 허공을 빠르게 휘저었고, 발은 소이보의 아랫배를 뭉개 버리겠다는 듯 짧게 차올랐다.

소이보는 연속된 공격에 잠깐 오른발을 빼내어 중심을 뒤로 옮겼다. 무릎을 굽히고 두 손으로 범우의 팔꿈치를 부드럽게 잡고 앞으로 당겼다가 다시 뒤로 밀었다. 굽힌 무릎으로는 차올린 범우의 복사뼈를 가볍게 튕겼다.

범우의 몸이 기우뚱거리며 옆으로 쓰러졌다. 하지만 범우의 실력도 만만한 게 아니어서 곧 신형을 뒤로 물리고 두 주먹으로 앞을 방비했다.

소이보가 뒤로 빼냈던 오른발을 다시 앞으로 내딛고는 허리를 폈다. 그러자 전혀 움직이지 않은 채 제자리에 서 있던 것처럼 보였다.

범우의 검은 얼굴이 더욱 시커멓게 변했다. 눈에는 분노의 빛이 은은하게 어렸다. 소이보에게 감정이 상해서가 아니었다. 한 수가 가볍게 격퇴당한 것에 무인의 자존심이 상한 것이었다.

소이보 역시 알 수 있었다. 범우의 주먹엔 살기가 없었다. 만약 조금의 살기라도 보였다면 곧 자신 역시 대응하는 게 달랐을 것이다.

소이보는 다시 히죽 웃었다.

잠시 소이보의 눈을 노려보던 범우가 천천히 몸을 돌리고 강요맹을 향해 고개를 숙였다.

"충분히 쓸 만합니다."

범우의 말에 강요맹이 만족한다는 듯한 묘한 미소를 지었다.

강요맹이 몸을 돌리고는 노인을 향해 말했다.

"데려가겠다. 고생했다."

별림을 나가려는 듯 강요맹의 왼발이 한 걸음 앞으로 향했을 때였다.

노인의 얼굴이 일그러졌다.

다시 강요맹의 오른발이 왼발 앞으로 나섰다.

자신이 말을 뱉으면 세상은 그대로 이루어질 거란 확신과 오만함이 발걸음 하나하나에 담겨 있었다.

이제 몇 걸음 후면 별림의 끝에 다다를 수 있었다.

노인이 손에 들었던 장검을 천천히 세웠다.

다시 강요맹이 두 걸음을 걸었을 때였다.

잔뜩 일그러진 표정의 노인이 강요맹의 등을 향해 입을 벌렸다.

"아안대에……."

노인의 입을 비집고 짐승처럼 비명이 토해졌다.

강요맹의 발걸음이 문득 멈추었다. 소이보의 놀란 눈이 노인을 향했다. 강요맹의 뒤를 따르던 범우 역시 어깨를 움찔거렸다.

"안 돼!"

노인의 입에서 조금 전과는 다른 조금 명확해진 발음이 토해졌다.

소이보가 눈을 다시 화등잔만하게 부릅떴다.

2

노인은 혀가 없었다. 소이보가 아는 노인은 그래서 말을 하지 못했다.

하지만 그렇다고 말까지 할 수 없는 게 아니란 걸 소이보는 알지 못했다.

복화술이었다. 깊은 내공을 끌어올려 성대를 울리는 기묘한 방법이었다. 내공이 깊지 않으면 할 수 없는 수법이었지만 내공이 깊은 노인은 아예 쓰지조차 않은 수법이었다.

구태여 말할 필요를 못 느껴서였다. 하지만 지금은 말해야 했기에 노인은 처음으로 내공으로 성대를 움직인 것이다.

강요맹의 몸이 천천히 뒤로 향했다.

의외라는 듯 치켜 올린 눈동자에서는 은은한 분노가 어려 있었다. 반대로 노인의 일그러졌던 표정은 다시 히죽 웃는 표정으로 바뀌어 있었다.

노인의 손에서 검이 낭창낭창 부드러운 움직임을 보이고 있었다.

"오늘 느낌이 안 좋더니만……."

강요맹이 어이없다는 듯 피식 웃고는 노인을 쏘아보았다.

"버릇을 고쳐 놔야겠군. 훔쳐 배운 무당의 재주를 너무 과신하면 안 되지!"

강요맹이 손을 쥐락펴락하며 혼잣소리처럼 중얼거렸다.

하지만 말이 끝나는 그 순간 쥐락펴락하던 손은 독수리의 발톱처럼 활짝 편 채 노인의 얼굴을 어느새 긁고 있었다.

노인은 히죽 웃었다. 그 웃음만큼 검이 휘영청 커다란 원을 그렸다.

얼굴을 긁으려던 강요맹의 손이 움츠러들며 다른 손이 다시 노인의 얼굴을 긁었다.

"백호조(白狐爪)."

범우가 짧게 말했다. 강요맹의 굽혀진 채 빠르게 앞뒤로, 다시 위아래로 현란하게 움직이는 다섯 손가락이 백호조란 조공(爪功)임을 소이보에게 말해 주는 것이었다.

'생긴 것과는 달리 친절하군.'

소이보는 범우를 향해 히죽 웃었다. 하지만 범우는 소이보 쪽으론 고개도 돌리지 않고 강요맹과 노인의 대결에 모든 신경을 곤두세우고 있었다. 소이보의 고개도 범우를 따라 한창 열기를 띠는 대결로 향했다.

노인의 검은 항상 일정한 원을 그렸다. 한 치도 일그러짐이 없었다.

어떻게 보면 그 원을 살짝 피해 옆으로 돌아가면 될 텐데 강요맹의 얼굴은 더욱 무섭게 굳어질 뿐 그저 정면 대결만을 고집하고 있었다.

소이보는 잘 알고 있었다. 노인의 검이 원을 돌 때 피해서 돌아갈 구멍은 전혀 없다는 것을 소이보만은 잘 알고 있었다.

강요맹의 팔꿈치가 펴졌다가 다시 굽혀졌다. 한 걸음 앞으로 내디뎠다가 다시 두 걸음을 물러서고는 곧 다시 앞으로 세 걸음을 걸었다.

"난화보(亂花步), 충형권(衝形拳), 홍화장(紅華掌)."

범우의 입에서 다시 짧은 단어들이 토막난 듯 잘라져 나왔다.

앞뒤로 정신없이 오가다 다시 몸을 굽혔다가 팅기듯 일어서는 강요맹의 움직임이 바로 난화보인 듯했다. 글자 그대로 분분히 떨어지는 꽃잎들의 어지러운 동작을 닮은 듯이 보였다. 주먹이 앞으로 쏘아질 때는 공기가 압축된 듯 웅웅거리는 소리를 냈고 손바닥을 펴 노인의 가슴을 노릴 때는 붉은 빛이 하얗고 기다란 손바닥에 은은히 어렸다. 충형권과 홍화장이었다.

하지만 정작 귀신같은 몸놀림을 보이는 강요맹의 표정은 무섭게 굳어져 있었고 노인의 표정은 편안해 보였다.

"낭산귀매(狼山鬼魅), 귀령혼조(鬼靈昏爪), 이아탈백(狸牙奪魄)……."

몇 마디 뱉어내지도 않고 범우의 말은 곧 멈추었다. 눈은 정신없이 강요맹의 흔적을 쫓고 있었다. 범우의 짧고 간결한 말로도 강요맹의 움직임을 따라가지 못했기 때문이다.

강요맹의 움직임은 흡사 유령 같았다.

뿌연 연기처럼 변해 노인의 주위를 빠른 속도로 맴돌았다. 노인은 디딘 한 발을 축으로 삼아 천천히 몸을 돌리며 부드럽고 느린 둥근 원을 허공에 그리듯 움직였다.

강요맹은 빨랐고 노인의 검은 느렸다. 강요맹의 움직임은 빠르고 강했지만 노인의 움직임은 느리고 부드러웠다.

"합! 합! 핫!"

뿌연 신형 속에서 강요맹의 벼락 치듯 토해내는 짧은 기합 소리가 연달아 터져 나왔지만 노인에게선 숨소리조차 없었다.

대결은 점점 그 끝을 향해 치달리고 있었다.

"회혼조(晦魂爪)!"

놀란 듯 범우의 말소리가 조금 높아졌다. 하지만 모든 상황은 범우의 말소리가 끝나는 것과 동시에 멎어 있었다.

강요맹의 두 눈은 믿을 수 없다는 듯 부릅떠져 있었다. 그리고 자신이 찢어낸 노인의 소맷자락을 손에 들고 한참이나 부들부들 떨었다.

노인의 오른팔은 어깨부터 도포 자락이 뜯겨 나가 있었다. 하지만 노인의 팔엔 아무런 상처도 보이지 않았다.

"하~"

그제야 노인은 가느다란 한숨을 쉬고는 검끝을 천천히 아래로 내렸다.

부릅떠졌던 강요맹의 눈길이 손에 들린 도포 자락에 멎었다.

그리고 곧 허탈한 웃음을 지었다.

"어쩐지 아침부터 느낌이 안 좋더라니……."

강요맹의 손길이 자신의 가슴을 천천히 쓰다듬었다.

정확히 일곱 개였다. 손톱만한 구멍 일곱 개가 강요맹의 장포 위에 뚫려 있었다. 정확히 칠대 사혈(七大死穴) 위였다.

그중 하나만이라도 노인이 진짜 내력을 불어내어 조금만 더 깊이 찔렀다면 자신은 죽은 목숨이었다.

정확히는 장포를 찢기 전에 세 개의 구멍이 났고, 장포를 찢는 동안 두 개가, 다시 찢은 장포를 손에 쥐고 물러날 때 나머지 두 개가 난 것임을 강요맹은 알고 있었다.

허탈한 듯 고개를 들어 하늘을 쳐다보는 강요맹을 향해 소이보가 천천히 걸음을 옮겼다.

강요맹의 흐릿한 눈동자가 소이보를 향했다. 소이보가 히죽 웃었다.

"버……."

소이보가 입을 열자 곧 탁하고 갈라진 말이 튀어나왔다.

소이보가 고개를 갸웃거렸다.

그러고 보니 몇 년간 말을 한 적이 없었다. 노인이 히죽 웃으면 소이보도 마주 히죽 웃었다. 말이 필요없었다. 그 웃음 속에 든 뜻이 무엇인지 두 사람은 충분히 알고 있었다.

굳이 말이 필요한 상태에서도 말할 필요를 느끼지 못했다.

간편하게 몸짓 몇 번과 손가락 두세 마디의 움직임으로도 모든 것을 표현할 수 있었다. 사실 별림에서 나눌 이야기란 그리 많지 않았고, 단조로운 생활들만 이어진 때문이었다.

소이보는 목청을 풀려는 것처럼 '음음' 하는 가래 끓는 소리를 내고는 강요맹을 보며 다시 히죽 웃으며 입을 열었다.

"버릇을 고쳐 놔야겠군. 위아래를 몰라보는 놈이라면."

말이 채 끝나기도 전에 소이보의 주먹이 매섭게 강요맹의 가슴을 노리고 쏘아져 갔다. 강요맹이 별 이상한 일도 다 본다는 듯 소이보의 얼굴을 쳐다보았다.

하지만 강요맹은 고수였다. 생각보다 먼저 몸이 움직였다. 지금도 자연스럽게 노인의 장포 자락을 찢어 들고 있는 손 대신 다른 한쪽 손을 들어 소이보의 주먹을 맞아갔다.

쾅!

조금 전 노인과의 대결과는 다른 굉음이 별림을 꽉 채웠다.

뒤로 주르륵 밀려난 소이보는 허리를 굽힌 채 한쪽 무릎을 꿇고 있었다. 입가로는 가는 선혈까지 흐르고 있었다. 노인이 급히 다가와 소이보의 등을 두드리고는 머리를 쓰다듬었다. 소이보가 고개를 들고 노인을 보며 씨익 웃었다. 한쪽 손으로 입가에 묻은 피를 쓰윽 닦고는 몸을 일으켜 세웠다.

강요맹은 정신을 차릴 수가 없었다. 이번엔 멍한 눈으로 아예 갈기갈기 옷들이 찢겨져 나간 자신의 오른팔을 쳐다보았다.

강요맹의 내공과 소이보의 내공이 부딪친 위력에 옷들이 찢겨져 나간 것이다. 아니, 잠깐 움직여 보니 오른쪽 어깨가 탈골된 것도 같았다.

강요맹의 눈가가 곧 붉게 변했다.

조그마한 아이라고만 생각한 자신의 예상이 빗나간 것이다. 그런 소이보가 마지막에 뱉은 '버릇을 고쳐 주겠다' 는 말은 자신이 노인에게 한 이야기였다. 그걸 그대로 자신에게 돌려주고 있었다. 화가 치밀어 올랐다. 너무도 화가 치밀어 올라 어이가 없을 정도였다.

믿어지지 않는다는 듯 강요맹이 묘한 미소와 함께 소이보를 쳐다보았다.

이번에도 소이보는 강요맹의 눈에 믿을 수 없는 모습을 보여주고 있었다.

머리끝은 모두 일어서 하늘로 치솟아 있었다. 파란 눈엔 요사스런 기운이 가득했고, 반대쪽 눈엔 죽음의 잿빛이 내려앉아 있었다.

피부는 은은한 붉은 빛이 감돌았고 숨결은 강렬한 살기와 함께 강요맹의 피부에 와 닿았다.

"역… 천… 파… 사… 공……."

믿을 수 없다는 듯 범우의 말이 길게 이어졌다. 소이보에게 설명해 주던 조금 전과 달리 이번엔 강요맹에게 지금 소이보가 운기하는 기운이 무엇이란 걸 말해 주고자 한 게 아니었다. 저도 모르게 입을 비집고 나온 말이었다.

"잠깐."

어느새 침착함을 되찾았는지 강요맹이 왼팔을 소이보 앞에 내밀곤 흔들었다.

단순한 행동이었고 침착한 태도였지만, 정작 강요맹 스스로는 그렇지 못했다.

소이보의 두 눈, 파랗고 잿빛인 두 눈은 정말이지 요안이란 말 그대로였다. 숨을 쉴 수가 없었다. 가슴 위에 천 근 바위를 올려놓은 듯 가슴은 옥죄어들었다. 그리고 심장은 평소의 몇 배로 뛰고 있었다.

마치 뱀을 앞에 두고 자신의 죽음을 직감한 생쥐의 그것처럼, 심장은 목구멍을 뚫고 튀어나올 것처럼 뛰고 있었다.

왠지 느낌이 안 좋았다. 그것도 아주 많이.

생사대적을 눈앞에 두었다 해도 이런 느낌은 들지 않을 것이 분명했다.

그래서 강요맹은 손을 들어 흔들고 입을 열어 잠깐이란 말을 토해놓았다. 그것도 간신히.

손은 천근만근 무거웠고, 가까스로 토해놓은 숨은 두 글자를 넘지 못했다. 다행히 손짓 한 번과 짧은 말 한마디가 전해진 모양이었다.

소이보의 발걸음이 멈춘 것을 확인한 강요맹이 노인을 보고 물었다.

어쩌면 소이보의 두 눈을 피해 시선을 돌리고자 한 것인지도 몰랐다.

"가족은? 무당을 버리더니 가족까지 버리려 하는 건가? 가족들은 이제 아무렇게나 되어도 신경 쓰지 않겠다는 건가? 아내는? 자식들은? 그리고 손자, 손녀들은? 죽어도 괜찮은가?"

노인의 표정이 딱딱하게 굳었다.

소이보의 머리카락이 더욱 하늘로 솟았다.

노인이 별림에 있는 게 이상했다. 그 의문이 지금 풀린 것이다. 요선보는 노인의 가족을 인질로 잡고 노인을 협박하고 있는 것이다.

"잘살고 있습니다. 가족들은 요선보의 요 자도 모릅니다. 평범하고 행복하게 살고 있습니다."

범우가 이상한 공기를 느꼈는지 한 발 앞으로 내디디며 고개를 숙였다. 노인이 쓸쓸하게 웃었다.

하지만 범우와는 달리 강요맹은 가만히 끝낼 생각이 없는 듯했다.

"저 아이 때문에? 제 부모를 죽인 아이인데도? 그런 아이를 위해 가족을 버리겠다는 것인가?"

소이보의 요안이 강요맹의 말에 더욱 요사스런 빛을 더했다.

노인이 약간 놀랐다는 듯 눈을 동그랗게 뜨고는 소이보를 쳐다보았다. 그것까진 모르고 있었다. 소이보가 노인의 내력을 모르는 것처럼 노인 역시 소이보가 어떤 삶을 살았는지에 대해선 아는 게 하나도 없었다.

노인이 천천히 소이보에게 다가왔다. 소이보의 앞을 막고는 소이보의 요안을 뚫어지게 바라보았다. 소이보 역시 노인을 보았다.

두 사람은 말없이 서로를 보았다.

노인이 먼저 히죽 웃었다. 소이보 역시 히죽 웃었다.

소이보의 머리카락이 다시 어깨를 덮었고, 팽팽하게 부풀었던 옷은 다시 제 위치를 찾아갔다.

노인이 소이보의 어깨를 쓰다듬었다. 소이보가 왜 부모를 죽여야 했는지 따윈 묻지 않았다. 앞으로도 영원히 묻지 않을 것이다.

그저 그런 삶을 살아야 했던 소이보가 너무나 안됐다는 듯 물기 어린 눈으로 소이보의 어깨만을 하염없이 쓰다듬고 있었다.

소이보 역시 묻지 않았다. 노인이 왜 무당파의 무공을 알고 있으며 그것도 엄청난 무공을 지니고 있으면서도 별림에 갇혀 살아야 했는지 묻지 않았다. 왜 가족들과 떨어져 지내게 되었으며 가족들은 왜 노인을 찾지 않는지도 묻지 않았다. 앞으로 영원히 묻지 않을 생각이었다.

그리고도 소이보를 한참이나 마주 보던 노인이 고개를 돌려 강요맹을 향해 히죽 웃고는 괜찮다는 듯 고개를 끄덕였다.

그 순간 소이보는 노인의 가족이 되었다.

노인의 아내가 되었고, 몇인지 모를 자식이 되었다. 그리고 얼굴 한 번 보지 못한 손자가 되었다.

그래서 노인 또한 소이보의 가족이 되었다. 소이보의 손에 죽어갔던 부모가 되었다. 얼굴도 모르는 아비, 패악질하던 양부, 학대하던 색목인 창녀 어미가 아닌 또 다른 부모가 되었다. 그렇게 둘은 가족이 되었다, 가족이.

3

노인의 웃음을 한참이나 바라보던 강요맹이 고개를 치켜들고는 다시 허탈하게 웃었다.

"정말 재수가 없군. 아침부터 느낌이 안 좋더라니……."

강요맹의 중얼거림을 끝으로 별림은 잠시 정적이 흘렀다.

노인은 다시 소이보의 어깨를 쓰다듬었고, 소이보는 히죽히죽 웃었다. 강요맹은 하늘만 쳐다보고 있었고 범우는 그런 강요맹 옆에 아무 말 없이 서 있었다.

이윽고 강요맹의 고개가 천천히 내려와 노인을 향했다.

"부탁하겠소. 아이를 주시오. 내 욕심 때문도 아니고 아이에게 해코지하려는 것도 아니오. 그건 당신이 더 잘 알고 있을 거요. 아이는 아이만의 길을 가야 하오. 이것이 아이가 걸어가야 할 길이오. 우린 그저 지켜보는 일만 남았소. 선택은 아이가 하오. 그 길이 어떨지는 당신도 모르고 나도 모르오. 그래도 아이가 걸어갈 수 있도록 우린 길을 비켜주어야 하오."

강요맹의 어투는 어느덧 변해 있었다. 노인의 무공에 꺾였기 때문만은 아니었다. 노인의 마음을 알 수 있을 것 같았고, 소이보의 마음 또한 짐작한 때문이었다. 과거는 문제가 아니었다. 지금이 중요했다. 좋은 사람들이었다. 몸보다 고개가, 고개보다는 마음이 먼저 숙여지는 사람이었다. 무공보다 마음이 더 깊은 사람이었다.

듣고 있던 범우 역시 고개를 끄덕였다.

노인의 시선이 강요맹에서 범우로, 다시 소이보를 향했다.

소이보가 노인을 보며 다시 히죽 웃었다.

노인도 히죽 웃었다. 두 사람은 말이 필요없었다. 서로의 마음은 그저 눈빛과 웃음으로도 충분히 통했다.

소이보는 노인을 안았다. 이젠 정말 떠나야 할 시간인 것이다.

갑작스럽게 별림에 들어온 것처럼 갑작스럽게 별림을 나가야 했다.

하지만 언젠간 다시 별림에 올 것이다.

노인이 소이보를 안았다.

노인이 처음으로 입을 열고는 웅얼거렸다.

전과 달리 이번엔 내공으로 성대를 움직인 소리가 아닌 가슴 가득 담은 목소리였다. 숨결이었다.

"아앙아다……."

소이보는 알았다. 그 말이 '사랑한다' 는 말이었음을.

소이보가 노인의 어깨에 얼굴을 파묻었다.

"꼭 돌아올게요. 꼭."

노인의 어깨가 가늘게 떨렸다.

'무공을 몰랐으면 차라리 괜찮을 것을…….'

노인은 남은 한쪽 도포 자락으로 눈가를 훔쳤다.

언제고 벌어질 일임을 예감했다. 노인도 강요맹도 범우도 겪었던 일이다. 손에 검을 쥔 무림인이라면 언제고 걸어야 할 형벌과도 같은 길이었다. 그래서 소이보의 손에 처음 검을 쥐여줄 때 그렇게도 망설였는데…….

노인이 허리를 폈다. 강요맹이 노인을 향해 정중히 고개를 숙였다. 범우는 허리까지 숙였다. 노인의 고개가 당당히 치켜 올라갔다. 소이보 역시 가슴을 폈다.

"갑시다."

소이보가 말했다. 그리고 별림을 나섰다. 멀어지다가 별림의 수풀 사이로 사라지는 소이보의 등을 노인이 언제까지고 서서 보겠다는 듯 지켜보고 있었다.

노인의 시선을 등 뒤로 느끼면서도 소이보는 뒤를 돌아보지 않았다.

언젠간 만날 사람이었다. 아니, 만나고야 말 사람이었다.

이를 악문 채 각오를 다지며 소이보는 그렇게 별림을 나섰다.

“말투부터 고쳐라.”

강요맹이 소이보를 향해 냉정한 눈길로 말했다.

소이보는 아무런 대답 없이 눈을 감고는 마차 벽에 등을 기댔다.

처음 별림에 들기 위해 탔던 마차였다. 처음엔 푹신하고 등을 파묻어도 안락했던 의자가 어느새 소이보의 몸엔 작게 느껴졌다. 마차가 작아진 게 아니라 소이보가 커진 탓이었다. 단단하게 보였던 마차 바깥은 그동안 헤쳐 온 전장(戰場)의 역사를 새긴 듯 온통 작은 상처로 가득했다.

그런 죽음과 죽음이 이어지는 세계가 별림의 바깥이었다. 떠난 지 얼마 안 됐지만 벌써 소이보는 별림이 그리워지기 시작했다.

“말투부터 고쳐라.”

강요맹의 말이 다시 소이보의 귀에 들어왔다.

왜 잠을 깨우냐는 듯 불쾌한 빛과 함께 소이보의 눈이 가늘게 떠졌다.

“적어도 보주 앞에서는 말이다.”

강요맹이 소이보의 요안을 마주 보기도 싫다는 듯 고개를 돌렸다.

“그리고 보주 앞에선… 눈도 내려 깔고…….”

어쩌면 중얼거리는 혼잣말 같았다. 아니, 혼잣말이 맞았다.

고개를 돌린 채, 작은 목소리로 웅얼거리듯 말했기 때문이다.

하지만 정작 강요맹이 하고 싶었던 말은 말투보다 눈빛이었는지도 몰랐다.

어느덧 마차는 멎어 있었다. 바깥에서 사람들의 웅성거림이 들렸다. 범우가 마차의 문을 열자 소이보는 흘낏 바깥을 보았다.

마차의 문을 통해서는 한눈에 볼 수 없는 커다란 대문이 앞을 막고 있었다. 고개를 조금 더 앞으로 빼내 눈을 찡그리고는 현판을 쳐다보았다.

요선보(拗仙堡).

세 글자가 용이 날아갈 듯한 기운을 담고 현판에 새겨져 있었다.

드디어 요선보에 온 것이다.

백도무림에 아홉 개 문파와 하나의 방파가 있다면 흑도무림엔 일곱 개의 가문이 있었다.

숫자로는 백도무림보다 작았지만 그 위력과 파괴력은 하나의 가문이 두 개의 문파와 자웅을 겨룰 정도로 크고 강했다.

그 일곱 문파 중 하나가 요선보였다. 일곱 가문 중에서도 네 손가락 안에 충분히 들어갈 정도로 큰 세력이었다.

그 명성만큼 요선보의 건물 규모도 엄청난 것이었다.

소이보는 벌써 열두 번째 길모퉁이를 지났다. 이때까지 걸어왔던 길 옆의 건물들은 소이보로서는 처음 보는 엄청난 크기였다.

단조롭고 작은 별림에서 생활했던 소이보로서는 머리가 어질어질해질 정도였다. 대문은 컸고 길은 넓었다. 사람은 많고 건물은 엄청나게 높았다.

규모와 낯선 광경에 좀처럼 정신을 차릴 수 없는데, 열두 번째 모퉁이를 돌자 눈앞엔 더욱더 큰 전각이 자리잡고 있었다.

고개를 한껏 치켜들고서야 지붕 끝을 볼 수 있었다.

그 건물 안으로 한껏 가슴을 펴고 거들먹거리듯 강요맹이 들어갔다.

범우 역시 익숙한 듯 옆도 돌아보지 않은 채 뒤를 따랐다.

고개를 들고 한참 전각의 크기를 눈으로 재보던 소이보는 저도 모르게 히죽 웃었다.

앞에 있던 사람들이 정신없이 허리를 굽혀 강요맹을 향해 굽신거렸다. 하지만 강요맹은 사람들을 향해 눈길조차 주지 않고 당당히 걷고 있었다. 범우 역시 마찬가지였다.

소이보만은 익숙하지 않았다. 사람들의 허리 굽힌 인사는 처음 받아보는 것이었다. 하지만 곧 소이보의 웃음이 짙어졌다.

잊어버리지 않은, 아니, 잊어버릴 수 없는 쑥덕거림이 사람들 사이에서 들려오고 있었다.

"눈 좀 봐. 세상에, 요안이야."

작은 웅얼거림이 곧 해일처럼 모든 사람들 사이로 퍼져 나갔다.

소이보는 입을 크게 벌리고는 소리나지 않는 웃음을 웃었다.

하지만 새파랗고 잿빛인 두 눈동자만은 웃지 않았다. 아니, 절대 웃을 수가 없었다.

요안이란 멍에는 또다시 소이보의 양 어깨를 그렇게 짓누르고 있었다.

◆ 第九章 ◆
요선보에서의 마주침

"**보**주께서 기다리십니다."

젊은 여자가 강요맹을 향해 깊숙이 고개를 숙였다.

"여기서 기다려라."

강요맹이 뒤도 돌아보지 않고 쌀쌀맞게 말하고는 휘청휘청거리는 독특한 발걸음과 함께 조그마한 문으로 들어갔다.

여자와 강요맹의 모습이 작은 월동문(月洞門) 사이로 사라지자 범우가 소이보의 어깨를 손으로 툭 쳤다.

소이보는 범우의 얼굴을 보며 다시 히죽 웃었다.

범우는 고개를 끄덕인 후에 급히 강요맹의 뒤를 쫓았다.

소이보는 그제야 주위를 돌아보았다.

작은 정원이었다. 아름다웠다. 기암(奇岩)들이 괴목(怪木)과 잘 어울려 있는 전형적인 정원이었다. 하지만 곳곳마다 소이보의 솜털을 곤두세우는 살기가 묻어 있었다. 아마도 보주란 사람을 지키는 무사들이 곳곳에 숨어 있는 게 틀림없었다.

'한껏 으스대는군.'

소이보는 얼굴도 보지 못한 요선보의 주인을 향해 마음속으로 욕설을 내뱉었다.

강요맹이 보주에게 인사를 드리고 난 뒤 자신을 부르겠단 말이었다. 범우는 그동안 머쓱하게 낯선 정원에서 기다려야 하는 소이보에게 약간 미안하게 생각하는 듯했다.

하지만 소이보는 강요맹이나 범우를 이해했다.

그래서 코빼기도 보기 힘든, 한 번 보려면 번거로운 절차와 지리한 기다림을 마련해 둔 보주란 사람에 대해 더욱 좋은 감정이 생기지가 않았다.

대략 차 한 잔 마실 시간이 지났다.

소이보는 그저 허공을 쳐다보며 서 있었다.

다시 밥 한 끼 먹을 시간이 지났다.

'그냥 돌아갈까?'

하지만 그럴 수는 없었다. 지금 돌아가 봐야 바뀌는 것은 아무것도 없었다. 이왕 온 것이라면 부딪쳐 봐야 했다. 자신 앞을 막고 있는 것이라면 무엇이든 부딪치고 깨버리고 부숴 버릴 것이다. 다시는 자신과 노인을 귀찮게 하는 모든 것이 없어지고서야 별림으로 다시 돌아갈 것이다. 어쩌면 불확실한 일이었고, 또 불가능한 일일지도 몰랐다. 하지만 소이보는 기필코 돌아가고야 말겠다고 각오를 다졌다. 언젠가는 돌아갈 것이다. 하지만 지금은 아니었다.

다시 차 한 잔 마실 시간이 지났을 때 소이보는 보주란 사람이 자신을 시험하는 것이 아닌가 하는 생각이 들었다. 하늘을 쳐다보던 소이보가 히죽 웃었다. 그런 사람들은 많았다. 자신의 요안이 정말 듣던 대로 사람을 홀리는지, 아니면 듣던 대로 정말 독종인지 시험해 보려는 사람들은 차고 넘쳤고 모두 저세상으로 보내줬다.

시험하는 것은 사람들 마음대로였지만 그 사람을 죽이는 것은 소이보 마음대로였다.

'보주는 실수를 하는 거야.'

소이보가 다시 히죽거릴 때였다. 사람들이 오고 있었다.

강요맹이 사라진 월동문 쪽이 아니었다. 소이보가 걸어왔던 길 옆으로 나 있는 다른 작은 길이었다.

제일 먼저 사람들의 말소리가 들렸다.

"마도본가(魔道本家)에서도 준비해 둔 것이 많았나 봅니다."

"어쩔 수 없는 일이었습니다."

하나는 남자의 목소리였고, 다른 하나는 여자의 목소리였다.

그리고 커다란 바위 뒤에서 목소리의 주인들이 나타났다.

남자 여덟과 여자 하나였다.

그 모습을 확인하자 소이보의 솜털이 곤두섰다.

자신은 일곱 명의 발걸음만 느꼈다. 저 아홉 명 중 둘은 자신의 기척을 숨길 정도로 고수였다. 어쩌면 소이보보다 더 고수일지도 몰랐다.

여섯은 하얀 무복을 걸친 사내들이었다. 같은 하얀 옷에 같은 새파랗게 날이 선 검을 옆에 꿰어 차고 있었다. 아마도 같은 조직에 소속된 사람인 듯했다. 남은 두 남자 중 하나는 화려한 무복이었다. 수를 놓아 아름답게 꾸민 옷이었는데, 화려하다 못해 경박해 보이기까지 했다.

생긴 것도 계집처럼 곱상하게 생겼고, 큰 눈 사이로 보이는 까만 눈동자는 잠시도 가만히 있지 않고 앞장서 가는 여자를 흘금흘금 쳐다보고 있었다.

다른 남자는 여자 옆에 나란히 서서 걸어가고 있었다. 파란 경장을 걸쳤는데, 너무 튀지도 그렇다고 너무 단순하지도 않았다. 사내의 기도가 남다른 때문이었다. 사각 턱에 힘차게 뻗어나간 콧날은 사내를 사내답게 보이게 만들고 있었다. 깊은 눈과 굵은 눈썹은 의지가 남다른 사내임을 증명하고 있었다.

그리고 여자가 있었다.

하얀 천으로 머리를 넓게 감싸 작고 예쁜 콧날과 도톰한 입술밖에 볼 수 없었다. 하지만 콧날과 입술, 그리고 아름다운 턱 선으로도 충분했다. 충분히 아름다웠다.

넓게 펴 머리를 감싼 흰 천이 여자의 몸을 풍성하게 감싸고 내려왔다.

온 전신이 하얀색이었다. 소이보의 머리 속도 일순 하얗게 비는 듯했다. 하늘에서 선녀가 내려오면 저런 모습이 아닐까 싶을 정도였다.

유일하게 대화를 나누는 아름다운 여자와 남자답게 생긴 사내, 그리고 뒤따르던 화려한 옷의 남자와 그 뒤를 묵묵히 따르던 여섯은 소이보의 존재가 의외였는지 발걸음을 멈추었다.

잠시 서로가 서로를 쳐다보았다.

화려한 무복을 걸친 예쁘장한 남자가 곧 한 발 앞으로 걸어나왔다. 잘생긴 다른 사내와 아름다운 여자를 보호하려는 움직임인 듯했다.

"누구냐?"

예쁘장한 사내는 모습만큼이나 카랑카랑한 목소리였다. 조금만 더 높이면 영락없이 계집의 목소리라고 착각할 정도였다.

소이보는 고개를 갸웃거렸다.

'글쎄, 뭐라고 설명해야 하나?'

사내는 다시 말했다.

"어디 소속된 놈이냐!"

사내는 불쾌한 기색이 역력했다. 소이보가 고개를 갸웃대며 히죽히죽 웃는 게 마음에 들지 않았던 게 분명했다.

'글쎄, 어려운 질문만 골라 하는군.'

소이보는 다시 웃었다. 아마도 매부리코 밑에서 일하게 될 거란 생각이 들었지만 그게 확실해진 것은 아니었다.

그래서 지금은 아무런 소속도 아니었다. 아직까지는 별림에서의 특별한 손님에 지나지 않는 신분이었지만 별림을 나온 이상 그것도 아니었다.

월동문에서 다른 여자 하나가 튀어나왔다. 차려입은 옷은 강요맹을 안내해 들어간 여자와 같았으나 다른 사람이었다.

아홉 명과 잘 알고 있는지 얼른 고개를 숙여 인사를 올린 후 소이보를 쳐다보았다.

"아!"

소이보의 눈을 보고 잠시 놀란 눈을 하고 있던 여자는 곧 예쁘장한 사내를 향해 다시 고개를 숙였다.

"대주(隊主)께서 모시고 오신 손님입니다. 보주님을 뵙기 위해 기다리고 계신 중입니다."

여자의 설명을 들은 사내의 검미가 움찔거렸다.

"사부님을?"

사내는 의외라는 듯 소이보의 위아래를 훑어보았다.

소이보의 차림새는 별림을 나올 때 입고 있던 옷 그대로였다. 무공을 익히느라 땀에 젖고 먼지가 묻었으며 머리는 아무렇게나 뒤로 늘어뜨린 형색이었다.

그래서 잘 다듬어진 정원에 잘 차려입은 요선보의 사람들과는 전혀 동화되지 않은 이질적인 느낌을 주고 있었다.

'그런 좋은 설명이 있었군.'

소이보는 피식 웃었다. 시비임이 분명한 여자는 자신이 설명하지 못한 것을 너무도 잘 설명하고 있었다. 그런 말 몇 마디로 자신의 신분과 위치가 단 한 번에 정해질 수 있다는 것이 신기했다.

아마도 별림에서 말없이 지낸 단순한 생활을 겪은 뒤라서 그런 것인지도 몰랐다.

"요상한 눈이군."

피식 웃는 소이보의 모습이 정말 마음에 들지 않은 게 분명했다. 예쁘장한 사내가 소이보의 눈을 신기하다는 듯 쳐다보며 불쑥 말했다.

"미친놈 같군."

다시 말 한마디를 더 얹었다.

소이보는 히죽 웃었다. 솜털이 곤두서고 있었다.

"재수없군."

마지막 말이라는 듯 예쁘장한 사내가 소이보에게서 고개를 돌리며 스쳐 지나가려는 듯 발을 옮겼다.

"거……."

소이보가 입을 열었지만 다시 탁하고 갈라진 말이 껄끄러운 느낌을 주며 튀어나왔다.

다시 목을 고른 소이보가 입을 열 때 예쁘장한 사내가 무슨 말인가 싶었는지 소이보를 향해 까만 눈동자와 함께 쳐다보았다.

"건드리지 마라."

소이보의 말에 예쁘장한 사내가 눈을 동그랗게 떴다.

"죽는다."

다시 이어진 소이보의 말에 사내의 눈이 작은 충격을 받은 듯 수축되었다가 다시 어이없는 웃음을 웃었다. 웬만한 여자보다 더 예쁜 미소였다.

"오늘 밤 시간 있냐?"

정신을 차리려는지 잠시 동안의 시간이 흐른 뒤 어이없다는 미소를 입가에 매달고 있던 사내가 불쑥 소이보에게 물었다.

"……."

하지만 소이보는 대답이 없었다. 사내 따위는 보기도 싫다는 듯 하늘만을 쳐다보고 있었다.

"시간이 있다면 해시(亥時)쯤 쌍괴석(雙傀石) 앞으로 나와라. 누가 죽는지 한번 보자꾸나."

예쁘장한 사내는 자신이 할 말을 다 끝냈다는 듯 몸을 돌려 월동문 사이로 걸어갔다. 그 뒤를 소이보 쪽으론 시선도 던지지 않던 사내가 따랐다. 그리고 여자가 지나갔다.

여자는 머리에 씌운 고깔 모양의 천을 살짝 들어 올리고 소이보를 쳐다보았다. 눈길이 잠깐 허공에서 마주치고는 다시 헤어졌다. 소이보는 여자의 눈을 그때 처음 보았다.

자신의 눈도 특이했지만 여자의 눈은 더욱 특이했다. 유리같이 투명한 눈이었다. 그렇다고 유리처럼 차디찬 느낌을 주는 것이 아니라 시원하고 깊은 눈동자였다. 파랗고 잿빛인 눈과 맑고 투명한 눈이 마주친 순간 소이보는 알 수 없는 예감이 척추를 짜르르 타고 흐르는 것을 느꼈다.

다시 여자의 뒤를 하얀 옷의 여섯 무인이 지나갔다.

소이보란 존재는 아예 관심도 없다는 듯 눈동자 하나 돌리지 않았다. 차려입은 형색이나 겉에서 느껴지는 분위기가 여자와 같은 곳에서 왔음을 나타내 주고 있었다. 여자의 호위무사들임이 틀림없었다.

다시 정원엔 정적이 찾아왔다.

변한 것은 아무것도 없었다. 소이보는 다시 하늘을 보며 몇 번 히죽히죽 웃었다. 재미있었다. 요선보에 들어선 지 얼마 안 되는 지금 벌써 적이 하나 생긴 것이다. 꼭 손봐줘야 할 적이.

2

다시 차 한 잔 마실 시간이 지났을 때 범우가 월동문에서 나왔다.

소이보를 보더니 어깨를 툭 치고는 앞장서 걸었다.

"보주는 오늘 뵙지 못할 거 같다. 귀하신 손님을 맞아야 하기 때문이다. 오늘이 아니라도 언젠간 보게 될 거다. 그땐 예의를 갖춰라."

보주와 강요맹 사이에 중요한 말이 오간 듯했다. 조금 전 보았던 하얀 옷의 아름다운 여인이 중요한 손님인 모양이었다. 소이보란 존재는 뒤로 미뤄질 만큼 중요한.

범우의 딱딱하고 짧은 말에서 미안함이 느껴졌다.

오랫동안 기다리게 만든 것이 미안했는지 탄탄한 근육들이 요동치는 범우의 걸음이 약간은 어색하게 보였다.

그 어색함을 지우려는지 범우가 뒤도 돌아보지 않고 말했다.

"네 거처는 일단 혈랑대(血狼隊)다. 어르신이 대주(隊主)시고 내가 이끈다."

혈랑대가 무엇인지 몰라도 실질적으론 범우가 지휘하는 게 틀림없었다. 매부리코 정도로 거들먹거리는 높은 존재들은 항상 아랫사람에게 실질적인 책임을 미루는 법이라고 소이보는 생각했다. '내가 이끈다' 는 범우의 말엔 그러나 자랑스러움도 자신도 알고 보면 꽤 높은 자리에 있다는 듯한 과시도 깃들어 있지 않았다. 그저 자신이 책임지고 이끌어야 하기 때문에 이끈다는 말투였다. 소이보는 범우의 그런 점이 맘에 들었다.

혈랑대가 머무는 숙소는 컸다. 몇 명이 생활하는지는 모르겠지만 넓은 전각의 마당은 팔을 벌리고 서도 천여 명은 너끈히 들어갈 만했다.

여기저기 서 있던 붉은 옷을 입은 몇십 명이 범우를 보자 일제히 고개를 숙였다. 절도있는 행동이어서 한눈에 보기에도 규율이 잘 정비된 조직 같았다.

그중 한 사내가 날듯이 범우의 앞으로 뛰어와 고개를 숙였다.

혈랑대란 이름답게 넓은 마당 안에 있는 모든 사람들은 핏빛처럼 붉은색으로 된 옷을 걸치고 있었다. 소이보는 그렇게 붉은색이 좋다면 왜 얼굴은 붉은색으로 칠하지 않았을까 하는 생각을 잠시 했다.

"이 아이는?"

범우 앞으로 뛰어온 사내는 의아하단 눈빛과 함께 소이보를 쳐다보았다. 하지만 감히 곧추세운 자세를 허물어뜨리지 않은 것을 보니 범우가 겉으로 보기완 다르게 부하들을 잘 조련시킨 모양이었다.

"오늘부터 우리 가족이다. 잘 이끌어보도록."

범우는 짧게 사내에게 말했다. 그 말을 들은 사내가 소이보를 쳐다보는데 그 눈빛에서 '요놈, 잘 걸렸다' 는 내심을 읽을 수 있었다.

소이보는 피식 웃었다. 다른 붉은 옷들과는 달리 이놈은 범우 앞에 당당히 와 서 있는 것을 보니 혈랑대 중에서도 꽤 높은 직급에 있는 놈이 틀림없었다.

원래 작은 직위에 행복해하는 놈은 아랫놈들을 괴롭히는 재미로 살아가는 법이다. 처음 한두 명에서 수십 명으로 늘어나면 쾌감을 느끼겠지. 괴롭힐 아랫사람이 수십 명에서 수백 명으로 늘어나면 정말 행복해할 게다. 하지만 그 수가 수천에서 수만으로 불어난다면 제일 먼저 겁을 집어먹을 놈이 저런 놈이었다.

그래서 항상 작은 자리에 연연하는 그릇이 작은 놈이 될 수밖에 없었다. 눈앞에 서 있는 놈 역시 그런 놈들의 전형적인 모습을 보여주고 있었다.

상사에게는 충견처럼 꼬리를 흔들고 아랫사람들은 미친개처럼 물어뜯는.

소이보가 피식 웃자 사내는 크게 놀란 듯 연신 범우와 소이보를 번갈아 쳐다보았다.

분명 혈랑대에 배속된 놈이었다. 나이도 많아 보이지 않았다. 그런데 범우 앞에서 감히 무례한 행동을 하고 있었다. 그럼에도 범우는 별다른 반응을 보이지 않았다. 사내에게 있어서는 가장 위험한 순간이었다.

"어떤 자리를 마련할까요?"

사내가 범우에게 조심스럽게 물었다.

"글쎄?"

범우가 소이보를 쳐다보았다. 사내가 마른침을 꿀꺽 삼켰다.

잘못하면 새파랗게 젊은 애송이에게 자신의 자리를 넘겨줘야 할지도 모른단 불길한 예감이 든 때문이었다. 아니, 상사로 모셔야 할지도 모른다. 갑작스런 공포가 사내의 마음을 파고들었을 때였다.

손가락으로 턱을 간질이던 범우의 눈에서 소이보는 의외의 빛을 발견했다. 그것은 장난기였다. 한참 어린 동생의 목을 팔에 끼고 땅에 뒹굴며 못살게 굴고 싶을 때의 형의 눈빛이 거기에 있었다.

"삼팔구(三八九)가 좋겠군."

"옛? 옙!"

범우의 말에 사내가 의외라는 듯 눈을 크게 떴다가 곧 정색을 하듯 몸을 굳히고는 크게 대답을 했다.

다행이었다. 일단 저 애송이는 자신의 밑이었다. 그런데 그게 곧 삼팔구였음을 다시 상기해 냈다.

"그 괴물들 옆에 말입니까?"

하지만 분명히 해야 했다. 자고로 윗사람은 자신이 무슨 지시를 하는지도 모르고 즉흥적으로 명령을 한 뒤 곧 잊어버리는 법이다. 대주인 강요맹을 보더라도 잘 증명되는 법칙이었다. 그러다 보면 잘못된 일은 옴팍 아랫사람이 뒤집어쓰기 마련이었다. 그래서 분명히 해두어야 했다.

범우는 말하기도 귀찮다는 듯 고개를 끄덕이고는 휘적휘적 앞으로 걸어나갔다.

"저놈도 괴물이야."

걸어가며 남긴 범우의 말이 사내의 귀를 파고들었다. 사내의 눈이 다시 부릅떠졌다. 범우 입에서 괴물이란 말이 나올 만한 사람은 몇 없었다. 아니, 웬만한 괴물들은 범우의 손 아래에서 가루가 날 거라고 생각했다. 그런 범우가 이 요상한 눈알을 지닌 애송이를 두고 괴물이라고 말했다.

'처음부터 대장 앞에서 피식거리며 건들거릴 때부터 알아봤어야 했는데…….'

사내의 얼굴은 곤혹스러움이 가득했다. 제일 좋지 않은 상황에 맞닥뜨린 것이었다. 상사라면 차라리 편했다. 하지만 건드릴 수 없는, 아니, 아예 건드릴 마음도 안 생기는 괴물을 수하로 두는 것만큼 곤란한 일은 없었다.

범우 앞에서 피식거리는 바람 빠지는 웃음을 웃고도 멀쩡하게 살아남은 놈이었다. 범우가 스스로 괴물이라고 말한 놈이었다.

웬만하면 피하고 안 건드리는 게 좋았다.

신입 대원이 으레 치러야 하는 혹독한 신고식은 하지 않는 게 좋을 것 같다는 예감이 강하게 들었다.

그렇다고 기세까지 꺾이고 싶지는 않았다.

"난 우문의(禹雯倚)라고 한다. 강 대주(隊主)님이나 범 대장(隊長)이 안 계실 때 혈랑대를 맡지."

눈에 힘을 주고 애송이를 바라보았지만 애송이는 그저 히죽 웃고 있었다. 그 웃음에서 우문의는 자신의 말이 씨알도 안 먹힐 놈이란 걸 순식간에 파악했다.

어떡하면 좋을지 몰라 뺨을 몇 번 긁고는 물었다.

"이름은?"

“소이보.”

우문의는 알겠다는 듯 고개를 끄덕이고는 다시 뺨을 긁었다. 곤란할 때마다 나타나는 독특한 버릇이었다.

우문의의 눈에 소이보의 남루한 옷이 들어왔다.

‘일단 옷을 입혀 혈랑대로 만들면 보기 편하고 다루기도 편하겠지.’

우문의는 미소를 짓고 손가락을 까닥였다.

“따라와라.”

우문의는 곧 자신의 생각이 틀렸음을 인정해야 했다.

이놈은 막돼먹어도 무지막지 막돼먹은 놈이었다.

그래서 우문의는 개켜진 붉은 혈랑대의 옷을 얌전히 자신의 양 손바닥에 올려놓고는 멍청하니 소이보를 쳐다보았다.

“입어라.”

마른침을 삼킨 후 다시 우문의가 말했다.

“싫어.”

소이보는 눈을 가늘게 뜨고 붉은 옷을 바라보고는 고개를 내저었다. 우문의가 눈을 다시 몇 번 깜빡였다.

“입어라. 아니, 입어야 한다. 혈랑대원은 다 그렇게 해야 한다.”

“싫다.”

우문의는 소이보를 가만히 쳐다보았다.

‘미친놈!’

우문의는 상종하지 않는 게 좋을 것 같다는 예감이 옳았음을 알았다.

가만히 보자니 지금 자신은 붉은 옷을 양손에 공손히 올려놓고 권유

하는 모습이었고, 저 애송이는 팔짱을 낀 채 거만하게 눈을 내리깔고 자신을 쳐다보고 있었다.

당연했다. 옷을 건네주려면 양손이 필요했고, 소이보의 키가 우문의보다 컸으니 내려다보는 것은 당연했다.

그래도 우문의의 입 안은 썼다.

우문의는 소이보가 몸에 걸친 옷이 노인의 손으로 입혀주었고 손수 강가에서 빨래를 했으며 함께 뒹군 물건임을 알지 못했으니 당연한 일이었다.

소이보에겐 노인을 추억할, 그래서 항상 같이 있다는 느낌을 가져다주는 단 하나 남은 소중한 물건이었다.

'좋아! 삼팔구라고 했지? 자격은 차고도 넘치는군!'

우문의의 위안이 되는 거라곤 소이보가 삼팔구에 들었다는 것 하나였다. 얼른 데려가 주고 싶었다. 삼팔구 괴물들과 잘 어울릴 또 다른 괴물이었다.

"삼팔구에 데려다 줘."

우문의는 주위에 있던 다른 혈랑대원을 부른 뒤 소이보를 턱 끝으로 가리켰다.

"삼팔구요?"

역시 절도있는 행동으로 빠르게 다가온 붉은 옷 사내의 반응 역시 처음 우문의와 같았다.

우문의가 귀찮다는 듯 고개를 끄덕이자 이번엔 불려온 사내가 마른 침을 꿀꺽 삼켰다.

사내를 따라 문을 나서는 소이보의 등을 향해 잊은 게 있다는 듯 우문의가 물었다.

"눈빛은 왜 그런 거지?"

우문의는 난생처음 색목인을 보았다. 말은 들었지만 눈빛이 양쪽이 다르다는 사실은 처음 알았다. 원래 색목인이 그런 것인지, 아니면 저 놈만 특이한 것인지, 그것도 아니라면 다른 이유가 있는 것인지 궁금했다.

막 문을 빠져나가려던 소이보의 몸이 순간 굳어졌다.

"원래 그래."

범우를 닮았는지 짧은 대답만을 남기고 소이보의 몸이 문을 나섰다.

'미친놈!'

우문의는 밀려오는 짜증에 손에 들고 있던 붉은 옷을 한구석에 패대기치듯 집어 던졌다.

그리고 나서야 왜 자신이 짜증이 났는지 깨달을 수 있었다.

갓 들어온 신입 대원, 그것도 한참이나 어린 놈이었다.

그런데 그놈이 자신을 보고 툭툭 반말을 내뱉었다는 것을 뒤늦게 깨달은 것이다.

사내는 호기심이 가득한 눈으로 흘끔흘끔 뒤따르는 소이보를 훔쳐보고 있었다.

입을 열어 묻고 싶은 말이 한두 가지가 아니었다.

눈빛은 왜 그 모양인지, 태도는 왜 그 따위인지, 그 까탈스러운 우문의가 왜 혈랑대원의 옷을 입히지 않고 넘어간 것인지, 왜 그 지랄맞은 삼팔구에 들어온 것인지 한꺼번에 묻고 싶었다.

하지만 파랗고 잿빛인 눈동자가 반짝이는 것을 보고는 다시 목구멍 안으로 질문을 밀어 넣어야 했다.

다른 건 몰라도 이놈은 삼팔구에 들어가는 놈이었다. 그렇다면 다른 삼팔구 놈들과 똑같이 대하면 될 것이었다. 미친 개 보듯 멀리 떨어져서 그렇게 쳐다보면 되었다.

소이보는 눈앞의 건물을 쳐다보았다.

노인과 함께 생활하던 건물보다 조금 큰 정도였다.

그 안에 삼팔구로 지칭되는 인물들이 사는 게 분명했다. 다른 것은 몰라도 삼팔구 사람들은 게으르기가 한량없고 성격은 지랄맞기 그지없다는 것을 알 수 있었다.

손을 보지 않았는지 한쪽 벽은 허물어지듯 기우뚱거리고 있었다. 자신들이 머무는 곳인데도 그렇게 내버려 두었다는 것은 게으른 놈들이라는 것을 나타내 주고 있었다.

또 그런 집에 처박아두고 돌보는 손길이 없었다는 것은 다른 혈랑대원들이 접근하기도 진저리칠 만큼 성질이 지랄맞은 놈들이 모여 있다는 것 또한 나타내고 있었다.

소이보는 자신의 생각이 맞았음을 사내를 보고서야 알았다.

절도있는 행동을 보여주던 사내였다. 걷는 것도 딱딱 각을 맞추어 손발을 오르내렸다. 규율과 질서, 그 두 가지에 딱 들어맞는 생활을 유지해 온 게 틀림없었다. 그런 사내가 정작 문 앞에서는 엉덩이를 오리마냥 뒤로 한껏 빼내고는 조심스럽게 문을 두드리는 게 아닌가? 언제라도 도망칠 준비를 하고 있는 자세였다.

두드려도 안에서 대답이 없자 사내는 울상이 된 채 소이보를 뒤돌아보았다.

소이보라고 뾰족한 방법이 없었다. 문을 쾅 차고 들어갈 수도 있겠지만 범우의 얼굴이 눈에 어른거렸다. 공연히 분란을 만들 생각은 없었다. 이왕 온 것 최선을 다하자는 생각이었다. 소이보가 그런 생각을 하고 있다는 것을 지금 오리 궁둥이를 빼내고 있는 사내나 우문의는 전혀 믿지 못할 게 분명했다. 아니, 범우 또한 믿지 않을지도 몰랐다.

사내는 다시 침을 꿀꺽 삼키고는 문을 좀 더 힘껏 두들기고는 목청을 높여 외쳤다.

"신입 대원입니다!"

말소리가 끝나기가 무섭게 안에서 쇠종 두들기는 소리가 튀어나왔다.

"언 놈이냐!"

글자 그대로 다 깨어져 나간 커다란 쇠종을 미친 듯 두드리면 저런 커다랗고도 거친 쇳소리가 튀어나올 것이다.

하지만 정작 그 목소리에 대답해야 할 사람은 흔적도 없었다. 이미 자신의 할 일은 다 끝냈다는 듯 저 멀리 미친 듯 도망을 치고 있었다.

"언 놈이냐니까!"

안에서 다시 커다란 종소리가 터져 나왔다. 소이보는 자신의 갈라지고 탁한 목소리도 가히 듣기 좋은 목소리는 아니었지만 저 목소리에 대자면 꾀꼬리 소리처럼 아름다울 거란 생각이 들었다.

소이보가 발끝으로 천천히 문을 밀었다.

끼이익!

허름한 집에 달린 문이 온전할 리 없었다. 덜커덕거리는 괴상한 소리와 함께 곧 문을 매단 경첩이 떨어져 나가며 문짝이 기우뚱 괴상하게 옆으로 쓰러졌다.

"저거 또 지랄이네."

커다란 쇳소리가 더욱 크게 들렸다.

"그냥 놔둬."

앞의 목소리와는 정반대인 전혀 다른 목소리가 뒤를 이었다. 권태롭고도 나른한 목소리였다. 듣는 사람마저도 졸리게 만들 수도 있을 것 같았다.

소이보는 그제야 사람들을 볼 수 있었다.

양쪽으론 사람이 누울 수 있는 침상이 주루룩 놓여 있었다.

그리고 드문드문 사람들이 침상 위에 앉거나 누워 있었다.

소이보는 세상에는 참 괴상한 사람들이 많다는 생각이 들었다.

하지만 정작 소이보를 보는 사람들의 머리 속에도 같은 생각이 떠올라 있다는 것은 알지 못했다.

3

소이보 눈에 들어온 첫 사람은 눈이 왕방울만한 사람이었다. 왕방울만한 눈 외에 눈에 들어오는 거라곤 온통 털밖에 없었다. 그것도 밤송이마냥 가닥가닥 치솟은 털이었다. 머리털 아래로 구레나룻이, 그리고 그 구레나룻과 이어지는 코와 턱 아래엔 온통 북실북실한 털뿐이었다. 그림에서 보던 달마가 말로만 듣던 장비와 몸을 섞어 아이를 만들어냈다면 바로 저 사람 같은 놈이 태어났을 것이다. 저 사람이 쇳소리 같은 커다란 목소리의 주인이라는 데 소이보는 목을 걸 수도 있었다. 왕방울이 뒤룩뒤룩거리며 소이보의 위아래를 쳐다보았다.

"괴상한 놈이네?"

털북숭이가 옆을 돌아보며 큰 목소리로 말했다. 자기 딴에는 소곤소곤 귓속말처럼 작게 말한 것인데도 듣는 소이보의 귀청이 붕붕 울리고 있었다.

털북숭이 옆의 침상엔 한 사람이 귀찮다는 듯 팔베개를 하고는 길게 누워 있었다. 털북숭이의 말에 힐끗 눈을 떠 소이보의 위아래를 빠르게 훑어보고는 다시 원래 자세로 돌아가 나른하게 누웠다.

"무난한데 뭘."

권태롭고 나른한 목소리의 주인이 누군지 소이보는 한눈에 알 수 있었다.

눈빛이 다른 색목인을 무난하다고 표현한 사람은 결코 무난한 사람이 될 수 없었다. 소이보는 자신을 보통 사람 보듯 쳐다보는 사람을 그때 처음 만날 수 있었다.

소이보의 눈이 천천히 옆을 향했다. 다른 침상 위에는 수염을 배꼽까지 기른 청수한 중년인이 꼿꼿하게 허리를 세우고는 검을 닦고 있었다. 소이보의 눈에 이채가 어렸다.

탐스런 수염을 늘어뜨린 중년인이 들고 있는 검은 눈에 익었다.

검의 손잡이는 다른 검의 두 배쯤 되고 검신 역시 드 배쯤 긴 장검이었다. 노인의 검과 비슷하면서도 어딘가 달랐다.

긴 수염의 중년인은 소이보가 처음 나타났을 때부터 지금까지 눈길 한번 주지 않았다. 자신과 검밖에 없다는 듯 정성 들여 천으로 검에 기름을 먹이고 있었다.

머리카락 한 올 올려놓는다면 곧 날카롭게 두 개로 갈라낼 검이었다. 그런 검을 천으로 정성 들여서 닦고는 눈을 가늘게 뜨고 훑어보았다. 다시 한 번 닦고는 다시 눈을 가늘게 떴다.

검을 바라보는 것만으로도 흥분이 되는지 중년인이 입에 문 하얀 종이가 파르르 떨렸다.

사람의 입김이 검에 닿지 않게 만들려고 입에 문 것 같았다. 하지만 흥분된 사내의 숨결은 종이의 가는 떨림을 만들고 있었다.

소이보의 눈길이 다시 중년인 옆으로 향했다.

그제야 소이보는 자신과 가장 연배가 비슷한 사람을 만날 수 있었다.

많아봐야 스물둘 정도였다. 아니, 작은 덩치 때문인지 더 어리게도 보였고 고개를 바꾸어 쳐다보면 서른도 넘어 보였다.

동안(童顔)의 얼굴엔 수염도 몇 가닥 나지 않았다.

양 볼이 발갛게 익은 사내는 소이보와 눈이 마주치자 부끄럽다는 듯 고개를 숙였다.

한눈에 보기에도 계집아이보다 부끄럼이 더 많은 사내였다.

"내 자리는?"

소이보가 그 부끄럼쟁이를 향해 물었다.

하지만 그 대답은 수염을 가슴 아래까지 늘어뜨린 중년인에게서 나왔다.

말없이 검을 치켜들고는 가장 끝 쪽에 있는 침상을 가리켰다.

단지 검을 들고 가리키기만 했는데도 검끝에선 날카로운 예기가 뻗어 나왔다.

소이보가 천천히 걸어 중년인이 가리킨 침상 위로 쓰러지듯 몸을 눕혔다.

그리고는 벽을 바라본 채 팔베개를 하고 누웠다.

"지가야, 너랑 비슷한 부류인 것 같은데?"

쉿소리가 튀어나왔다. 털북숭이가 분명 나른하게 누운 사내의 귀에 대고 속삭인 이야기였는데, 깊은 잠을 자던 사람도 선불 맞은 것처럼 놀라 깨어날 정도의 큰 목소리였다.

'누운 놈의 성이 지(池)씨인가 보군.'

소이보는 눈을 감은 채 싱긋 웃었다.

"저어……."

앳된 목소리가 소이보의 귓전에 들려왔다.

소이보가 눈을 얇게 뜨고는 고개를 돌렸다.

"저어……."

부끄럼쟁이였다. 양 볼만이 아니라 목덜미까지 새빨갛게 변한 채 우물쭈물거리고 있었다. 무언가 할 말이 있는 듯했지만 변성기를 지나지 않은 듯한 새된 목소리는 더 이상 흘러나오지 않았다.

"건드리지 마라."

소이보는 귀찮다는 듯 고개를 돌려 버렸다.

부끄럼이 많은 동안의 사내는 울상이 되는 것과 동시에 온 얼굴 전체가 새빨갛게 변했다. 고개를 푹 숙이고는 자신의 원래 침상으로 도망치듯 달려갔다.

"홍안자(紅顔子)의 빨간 얼굴을 간만에 보는군."

재미있다는 듯 쉿소리가 킬킬대며 웃었다. 단지 ㄱ득거리기만 했는데도 지붕이 울렸다.

"어머? 문짝이 또 지랄이네?"

누군가 문을 들어서며 외치는 뾰족한 목소리가 누워 있던 소이보 귀에 들렸다. 여자였다.

밝으면서도 경쾌했고 새가 종알거리듯 귀여운 목소리였다.

목소리만으로는 나이가 어떻게 되는지 알 수 없었다.

여자는 작고 예쁜 목소리로 계속 종알거렸다.

“아참, 그 소식 들었어?”

“뭐?”

쇳소리가 다시 크게 울렸다.

“요안이 나타났대, 요안이.”

“요안?”

지붕이 다시 부웅 울렸다.

“응, 한쪽 눈은 파랗고 다른 한쪽 눈은 회색이래. 그런데 웃기는 건 자신을 쳐다보고 요안이라고 말하는 놈은 죽여 버린대. 어때, 웃기지?”

“죽여?”

나른한 목소리가 종달새 소리를 따라 하듯 한 뼘쯤 높아졌다.

“글쎄, 그렇다는데? 비림에 그 재수없는 년 있잖아. 홍예예 말이야.”

“응.”

단순하고도 묵직한, 그래서 더욱 지붕을 부웅 울리는 큰 목소리에 호기심이 잔뜩 담겼다.

“그년이 몇 년 전에 발을 절룩거리고 돌아다닌 것도 그 요안이란 놈이 한 짓이래. 그리고 그년이 데리고 있던 장 머시기 하는 년의 어깨와 가슴을 박살 낸 것도 그놈 짓이래. 그냥 단지 요안이라고 중얼거렸다고 그 미친놈이 그 짓을 해놨다는 거야. 어때, 믿어져? 멋있지!”

“멋있긴 나발이…….”

권태로운 목소리가 별 신기한 이야기도 아니라는 듯 잠꼬대처럼 중얼거렸다. 하지만 종달새는 전혀 신경 쓰지 않겠다는 듯 계속 지저귀고 있었다.

"그놈이 나타났대. 그래서 홍예예가 칼을 간다는 거야. 죽여 버리겠
다고. 아무튼 눈깔 하나는 괴상한가 봐. 여기까지 오는데 온통 그 얘기
뿐이야. 눈깔이 참 신기하다고. 진짜 요안이라고."

커다란 목소리가 종달새의 쩍쩍거림을 멈추게 했다.

"그 말을 한 놈은 다 죽는다고?"

하지만 종달새 소리는 커다란 목소리에 지기 싫다는 듯 더욱 뾰족해
졌다.

"응, 바로 앞에서 요안이라고 하면 다 죽인대. 미친놈. 어때, 어떤
놈인지 궁금하지?"

털북숭이가 잠시 말을 잇지 못하다가 커다란 한숨과 함께 중얼거렸
다.

"그럼 넌 죽었다."

"……."

종달새의 지저귐이 순간 멈췄다.

한동안 정적이 흘렀다. 소이보는 눈을 감고 있어도 알 수 있었다. 왕
방울만한 눈을 가진 사람의 커다랗고 퉁퉁한 손가락이 자신의 뒷등을
가리키고 있음을.

곧 종종걸음 소리가 들리더니 소이보의 어깨를 누군가 잡았다.

그리고는 이불을 걷듯 소이보의 몸을 젖혔다.

소이보의 눈에 예쁜 얼굴이 들어왔다.

스물 후반 정도 되어 보이는 여자였다. 붉은 옷을 찢고 밖으로 튀어
나올 듯 가슴이 부풀어 있었다. 풍만하면서도 요염했고, 예쁘면서도
차가워 보이는 얼굴이 눈에 가득 들어왔다.

소이보는 멍하니 여자의 눈을 바라보았다.

한참이나 말없이 소이보의 눈을 바라보던 여자가 활짝 웃었다.

"어머, 정말 예쁜 눈이네?"

그리고는 화가 난다는 듯 코를 찡긋거렸다.

"어느 미친놈이 이렇게 예쁜 눈을 가지고 요안이라고 하는 거야?"

소이보는 순간 울어야 할지 웃어야 할지, 아니면 화를 내야 할지 몰라 멍청하게 고개만 끄덕였다.

◆ 第十章 ◆
삼팔구(三八九)

"왜 삼팔구인지 알아?"

여자는 의자를 거꾸로 돌리고 앉아 등받이에 예쁜 얼굴을 올려놓고 종알거렸다. 왠지 그 얼굴이 소이보는 귀여워 보였다.

자신보다는 나이가 많은 게 확실했지만 귀여운 손아래 여동생을 보는 것 같았다.

"아유, 귀엽다."

여자는 괴상한 감탄사와 함께 손가락을 펴서 소이보의 뺨을 찔렀다.

"저어……."

홍안자라 불리던 남자가 여자를 쳐다보며 조심스럽게 중얼거렸다.

아마도 소이보가 건드리지 말라고 했다고 말해 주려던 모양이었는데 여자의 눈을 보고는 다시 얼굴을 붉게 물들이며 고개를 숙였다.

자신의 눈으로 보기에도 여자는 소이보의 뺨을 건드리고도 멀쩡했다. 괜히 나선 것 같아 얼굴이 화끈해졌다.

부끄러워하는 남자를 뚱한 표정으로 보던 여자가 머리 위에 끼워놓
았던 예쁘장한 검은 나무 장신구를 손으로 고쳐 다듬고는 다시 소이보
를 보며 조잘거렸다.

"삼팔구(三八九), 즉 삼조(三組) 중에 팔조(八組)구, 그 팔조 중에 구
조(九組)란 뜻이야. 원래 혈랑대는 삼조로 이루어졌고, 각 조는 다시 열
개의 조로 나뉘지. 그 열 개의 조 역시 다시 열 개의 조로 나뉘거든. 만
약 처음 일조에 소속된 세 번째 조의 다섯 번째 조라면 일삼오(一三五)
가 되는 거야. 그래서 삼팔구가 됐어."

여자의 종알거림은 멈출 줄을 몰랐다.

'그래서?

소이보는 멍해졌다. 작고 오동통한 예쁜 입술이 오물대며 정신없이
쏟아내는 말과 자신이 무슨 상관이 있단 말인가? 그래서 어쩌란 말인
가? 하지만 여자는 소이보의 반응엔 관심이 없는지 계속 종알거렸다.

"하지만 혈랑대의 사람 수는 계속 줄어들었지. 너무 많이 죽어나가
다 보니 나중엔 산 사람이 얼마 없게 됐어. 그래서 아예 통폐합시켰지.
이젠 조를 나누는 것 따윈 없어. 다행히 우리 조는 사람이 많이 살아남
았지. 조는 없어졌지만 삼팔구 조원들은 살아남았어. 그래서 다른 사
람들이 우릴 삼팔구라 부르기 시작한 거야."

그러고 보니 이 방 안에 있는 사람들의 옷은 특이한 점이 있었다. 소
이보가 거쳐 오면서 본 다른 사람들의 붉은 옷은 비교적 새것이었는데
이 안에 있는 사람들의 옷은 깃이 풀어질 정도의 낡은 옷이었다. 앞에
서 종알거리고 있는 여자의 옷만 어제 만든 옷처럼 깨끗했다.

소이보는 정신이 멍해졌다. 여자의 종알거림은 멈출 줄을 몰랐고,

그래서 한꺼번에 많은 것을 알게 되었다.

요선보의 세력은 크게 세 개였다. 그중 하나가 강요맹이 대주로 있는 혈랑대(血狼隊)와 흑랑대(黑狼隊)였다. 강요맹의 무공 이름 역시 여우나 늑대, 그리고 호랑이에서 따온 걸 보면 늑대나 이리 종류를 어지간히 좋아하는 모양이었다.

혈랑대는 붉은 옷을 걸친 전문적인 싸움꾼들이고, 흑랑대는 커다란 전투가 벌어졌을 때 군대처럼 진을 이루어 싸우는 병사들이었다.

또 다른 세력은 이화림(李火林)이란 괴상한 이름의 여자가 이끄는 비림(秘林)과 요화림(妖火林)이었다. 이 여자는 강요맹과 달리 취향이 독특해 불과 숲을 사랑하는 것 같았다. 오죽하면 이름에 불과 숲이 들어갔고, 만든 세력 역시 비림과 요화림인 걸 보면 분명하다고 소이보는 생각했다.

나머지 한 축 또한 괴상한 종자였다. 교단서(喬丹誓)란 이름이었는데, 이 인간이 좋아하는 것은 비밀이었다. 알 수 있는 것은 시퍼런 얼굴과 교단서란 이름뿐이었는데, 그 외에는 모든 게 장막에 싸여 있었다. 무엇을 하는지, 또 무슨 세력을 이끌고 있는지 알 수 없었다.

단지 이끄는 단체가 무슨무슨 단(團)이란 이름인 걸 추측할 수 있었던 것은 혈랑대와 흑랑대를 이끄는 강요맹이 대주로 불리고 요화림과 비림을 이끄는 이화림이 림주로 불리는 데 반해 교단서만은 단주로 불린다는 데 있었다.

세 조직의 힘은 막대했다. 요선보의 모든 힘은 그 세 사람을 통해서 나오고 있었다. 하지만 그런 만큼 서로에 대한 알력도 심한 게 틀림없었다. 여자의 입을 통해 알아본 바에 의하면 혈랑대원들은 림주인 이화림을 요사스런 미친 화냥년으로 불렀고, 단주인 교단서는 속을 들여 다볼 수 없는 재수없는 놈으로 불렀다.

소이보는 문득 비림과 교단서 밑에 있는 이름 모를 사람들은 혈랑대 와 강요맹을 뭐라고 부를지 궁금해졌다.

막 보주와 그 제자들에 대해 말을 하려던 여자가 멍하니 히죽거리는 소이보를 보고 다시 괴상한 탄성을 내질렀다.

"너 참 귀엽다! 아휴~"

다시 여자의 손가락이 소이보의 뺨을 찌르자 소이보는 다시 멍청하 게 히죽 웃었다. 처음 들어보는 귀엽다는 말도 정신을 빼놓았지만 여 자의 종알거리는 수다를 처음 들어본 소이보는 눈이 어질어질할 뿐이 었다. 어느 대목에서 끊고 들어가 화를 내야 할지도 몰라 엉거주춤 앉 아서 여자의 말을 꼬박꼬박 듣고 있을 뿐이었다.

아마도 별림에 너무 오래 있어 사람이 좀 둔해진 것이 틀림없다고 소이보는 스스로 생각했다. 칼과 피가 오가는 싸움엔 익숙했지만, 종 알거리는 말과 말이 오가는 일은 겪어본 적이 매우 드물다는 것 역시 뒤늦게서야 기억이 났다. 그리고 여자란 동물 역시…….

오랜만에 말이 통하는, 아니, 정확하게는 자신의 말을 들어주는 사 람을 만나서인지 여자가 다시 심호흡을 크게 하며 말을 이으려 할 때 였다.

문밖 멀리에서 뭔가 웅성거리는 소리가 들렸다.

"제길, 잠자는 시간에 뭐가 이리 시끄러워!"

쇠종이 뎅뎅 울렸다. 소이보가 멍하니 문밖을 보자 이미 캄캄한 밤 이었다.

'벌써 시간이 이렇게 되었나?'

소이보는 멍하니 바깥을 보다가 다시 털북숭이를 보았다. 그리고 나른한 남자를, 다시 긴 수염의 남자를, 마지막으로 부끄럼이 많은 홍안자란 사내를 보았다. 다들 잘 자고 있는 모양이었다. 홍안자 역시 어느새 슬그머니 자기 자리로 돌아가 이불을 코까지 덮고는 꿈나라로 향하고 있었다. 오로지 눈 벌겋게 뜨고 여자의 말을 들어주는 사람이라고는 자신밖에 없었다.

왠지 억울해서 화가 났다. 소이보의 파랗고도 잿빛인 눈이 반짝이며 여자를 쏘아보았지만 여자는 소이보를 보고 있지 않았다.

"어머! 무슨 일이지?"

재미있는 일이라도 벌어졌다는 듯 여자는 종종걸음을 쳐 문밖으로 빠져나가고 있었다.

잠시 후 여자가 재미있는 것을 발견한 듯 숨을 할딱이며 문으로 튀어 들어왔다.

"어머머! 나와봐! 웬 미친놈이 와서 짖고 있어!"

"끄응~"

귀찮다는 듯 몸을 뒤척이며 게으른 사람이 신음을 토해냈다.

그 순간 소이보는 깨달았다. 여자의 말을 실컷 듣긴 했지만 정작 중요한 정보, 즉 삼팔구 사람들의 이름은 하나도 모르고 있었다.

"위대하시고 거룩하신 우리 보주님의 막내제자께서 와가지고 길길이 뛰고 있는데? 입으론 요안 어쩌고 쌍괴석이 저쩌고 그러면서 지랄을 하고 있어."

여자의 말에 게으른 사람이 천천히 몸을 일으켰다. 게으른 사람도 보주의 막내제자란 사람에 대해선 재미를 느끼는 모양이었다.

순간 소이보는 또 다른 사실을 깨달았다.

오늘 밤 해시에 쌍괴석 앞으로 나오면 죽여주겠다는 예쁘장하게 생긴 사내의 얼굴이었다.

'이미 늦었군.'

소이보는 천천히 몸을 일으켰다.

사내가 요선보주가 마지막으로 거두어들인 제자란 것은 의외였다. 하지만 겁이 나는 것은 아니었다. 차라리 잘된 일이었다. 그 정도 위치는 되어야 뭉개 버릴 재미가 났다.

소이보가 천천히 문을 나섰다. 그 뒤를 호기심에 눈을 반짝이는 여자와 털보, 그리고 말없는 중년인과 부끄럼 많은 사내가 따랐다.

맨 마지막엔 잠의 유혹을 힘겹게 이겨낸 게으른 사내가 품에 베개를 안고 어기적거리며 걸었다.

여자가 소이보의 뒤통수를 갸웃거리며 쳐다보았다.

"넌 무슨 무기를 써? 권각술?"

소이보가 몸에 아무런 무기도 지니고 있지 않다는 걸 알아본 모양이었다. 하기는 강호에 이름 높은 사람이 모두 무기를 사용하는 것은 아니었다. 어떤 사람은 주먹에, 또 다른 사람은 발놀림에 강했기 때문이다.

"검(劍)."

소이보가 짧게 대답했다.

"그럼 검은 어디 있어?"

여자가 다시 종알거렸다.

그제야 문득 발걸음을 멈춘 소이보가 자신의 주위를 돌아보았다.

검이 없었다. 하긴 별림을 갑작스럽게 빠져나왔으니 들고 나오지 못한 게 당연했다. 갑작스레 허전함을 느끼는 손바닥을 들여다보던 소이보가 뒤돌아보며 히죽 웃었다.

"없는데? 잊고 안 가져온 모양이야."

여자는 멍청해진 표정으로 소이보를 쳐다보았다. 검을 익힌 무림인이 검을 놓고 다닌다는 것은 아예 머리통을 떼어놓고 다닌다는 말과 다름이 없었다.

털북숭이가 왕방울만한 눈을 껌뻑거리다가 소이보의 어깨에 커다란 손바닥을 올리고는 크게 웃었다.

"너, 맘에 든다!"

밤공기를 울리는 커다란 목소리였다. 뒤따르던 게으른 사내가 나른한 기지개를 켜고는 하품과 함께 중얼거렸다.

"나두."

홍안자라 불린 사내가 그걸 보더니 얼굴을 붉히며 중얼거렸다.

"저어기……."

하지만 아무도 자신의 말에 귀를 기울여 주지 않는 것을 확인하고는 다시 얼굴을 붉혔다.

답답했다. 왜 사람들은 그렇게 빨리 잊어버리는지 알 수 없었다.

저 괴상한 눈알을 지닌 청년이 분명 건드리지 말라고 말하지 않았던가. 그런데도 저 멍청한 털보 자식은 감히 이상한 눈알의 어깨를 툭툭 내려치고 있었다.

답답하고도 멍청한 사람들이었다. 속에 열불이 날 정도였다.

새로 들어온 놈도 답답하고 멍청한 것은 다를 게 없었다.

정작 자신이 건드리지 말라고 말해 놓고서는 어깨를 툭툭 건드린 털보를 보며 히죽 웃고 있는 게 아닌가.

"휴우~"

상종하지 못할 인간이라고 생각하며 홍안자는 고개를 절레절레 내저었다. 그리고는 발개진 양 뺨을 씰룩이며 소이보의 뒤를 따랐다.

하지만 홍안자는 결코 알지 못했다, 괴물이 모여 있는 삼팔구 중에 사람들이 가장 상종하기 싫어하는 괴물이 바로 자신이란 것을.

2

혈랑대가 무공을 익히는 넓은 연무장엔 어느새 붉은 옷들로 가득 찼다.

그 수가 얼추 수백은 되어 보이는데 숨소리 하나 어그러짐 없이 질서정연했다. 분명 삼팔구 사람들처럼 소음에 잠을 깨고 나온 모양인데도 흡사 도열해 있는 병사들처럼 줄과 열을 맞추어 서 있는 것이다.

그 한가운데로 소이보를 선두로 삼팔구 괴물들이 졸래졸래 걸어갔다. 규율과 질서란 두 단어만은 기억에서 싹 지워 버린 괴물들이었다.

다른 혈랑대원들이 몸을 움찔거리더니 옆으로 물러서자 썰물이 빠져나가듯 소이보의 앞이 훤하게 뚫렸다.

그제야 소이보는 맨 앞에 무슨 일이 있는지 볼 수 있었다.

자신의 생각대로 예쁘장한 사내가 있었다. 그리고 그 앞을 범우가 막고 있었다.

사내는 소이보와 눈이 마주치자 손가락으로 가리키며 크게 외쳤다.

"저놈이야! 요안! 약속을 지키지 않은 개잡종! 저놈을 만나러 왔어요!"

사내는 손가락을 치켜세운 채 흡사 어린아이가 부모에게 투정을 부리듯 범우를 바라보았다.

하지만 범우는 힐끗 뒤를 돌아보고는 고개를 저었다.

"저놈이라니까요! 저 괴상한 눈깔! 저놈 맞아요!"

사내가 다시 큰 목소리로 외쳤다.

범우가 답답하다는 듯 한숨을 쉬었다.

그때 여자가 소이보의 어깨에 손을 얹으며 눈빛을 반짝였다.

"저놈, 건드린 거야?"

소이보가 고개를 끄덕이자 여자가 함빡 웃었다.

"잘했어!"

무슨 개선장군을 환영하는 듯 소이보의 어깨를 몇 번 내려치며 여자는 깔깔 웃었다.

"저 미친년이!"

예쁘장한 사내가 여자에게 눈을 흘기며 중얼거렸다.

그 말을 들은 범우의 표정이 굳어졌다.

하지만 정작 미친년이 돼버린 여자의 표정은 변함이 없었다. 머리에 손을 가져다 대고는 태연히 머리 정리를 했다. 한 손으론 머리 한쪽의 검고 길쭉한 장식품을 어루만지고, 다른 한 손으론 옷매무새를 다듬는지 허리춤을 만졌다. 그리고는,

슝~

짧은 소리가 들렸다. 날카롭게 공기를 가르는 소리였다.

예쁘장한 사내가 고개를 숙였다.

발 바로 앞에 화살이 꽂혀 있었다.

어린아이 손바닥만한 길이의 작은 화살이었다. 하지만 작다고 위력

까지 작은 것은 아니었다. 깃털을 곤두세우고 파르르 떨고 있는 화살의 모습은 충분히 사내의 가슴을 꿰뚫을 위력이 있다는 것을 스스로 잘 알고 있었다.

소이보는 그제야 놀란 눈으로 여자를 보았다. 여자의 손에는 예쁘장한 작은 각궁(角弓)이 들려 있었다. 한 뼘이 채 되지 않는 어린아이 장난감 같은 활이었다.

여자는 소이보를 향해 싱긋 웃고는 활에서 시위를 내렸다. 그리고 작은 활을 머리 위에 얹고는 다시 위치를 바로잡았다.

그러자 작은 활은 여자의 머리를 정돈하는 장신구로 돌아갔다.

"어디 다시 짖어봐!"

여자는 예쁘장한 사내를 향해 입술을 삐죽 내밀었다.

사내가 더운 콧김을 불어내었다.

소이보가 볼 때는 묘했다. 예쁘장한 사내는 분명 보주의 제자였다. 신분이 높아도 이만저만 높은 게 아니었다. 여자는 혈랑대의 대원에 지나지 않았다. 하지만 도리어 보주의 제자란 사내를 눈 밑에 두고 보는 것처럼 가소롭다는 듯 실눈을 뜨고 쳐다보고 있었다.

잠시 씩씩대던 사내가 다시 손가락을 들어 소이보를 가리키고 다시 여자를 가리켰다. 그리고 털보를 가리킨 후 둥글게 원을 그렸다.

"너희는 다 미친 연놈들이야. 혈랑대의 삼팔구는 다 미친 연놈들만 모여 있다구!"

사내의 행동은 꼭 앙칼진 계집아이가 쏘아붙이는 태도와 닮아 있었다.

"우리가 좀 그래."

소이보 뒤에서 둔탁한 종소리가 튀어나왔다. 작게 중얼거리는 소리였는데도 넓은 연무장을 가득 채울 정도로 컸다.

"좀 그런 게 아니라 많이 그렇지."

나른한 권태로운 목소리가 연무장을 채웠던 종소리를 밀어내고 있었다.

어이없다는 듯 지켜보던 사내가 범우를 쳐다보았다.

"난 저놈만 있으면 돼요. 꼬리를 말고 도망간 요상한 눈알만 있으면 된다구요."

범우의 굵은 목이 다시 좌우로 돌아갔다.

괴상하고도 요상한 상황이었다.

사내는 보주의 제자였다. 범우는 혈랑대를 맡고 있었다.

만약 사내가 소이보를 데려가지 못한다면 체면이 땅에 떨어진다. 만약 혈랑대원이 되어버린 소이보를 순순히 내준다면 이번엔 범우의 목이 떨어진다. 지켜야 할 사람을 지키지 못한다면 그 즉시 자결도 마다하지 않을 원리 원칙의 사내가 바로 범우이기 때문이다.

팽팽한 공기가 연무장을 감았다.

소이보가 볼 때는 저놈은 자신이 보주의 제자라는 신분을 굳게 믿고 있는 게 틀림없었다. 아니, 실력도 만만치 않은 게 분명했다. 감히 전체 혈랑대원 앞에서 범우에게 소이보를 내놓으라고 당당하게 말할 정도의 실력은 있어 보였다.

소이보의 검미가 찡긋거렸다. 동시에 파랗고 잿빛인 두 눈이 반짝였다.

그렇다면 판을 키울 필요가 있었다. 만약 소이보 자신이 저 계집 같은 사내를 꺾는다 해도 뒤가 시끄러워질 염려가 있었다. 그것까진 원하지 않았다. 그렇다면 판을 크게 키우는 수밖에 없었다. 상대가 감히 맞서 돈을 걸지 못하도록 큰돈을 거는 수밖에 없었다.

소이보가 여자를 향해 물었다.

"매부리코 이름이 강요맹이라고 했지?"

여자는 무슨 소리냐는 듯 눈을 동그랗게 떴다가 다시 깔깔대며 웃었다.

"웅, 대주님 이름이 강요맹 맞아."

소이보는 고개를 끄덕이고는 아랫배에 힘을 주고 크게 외쳤다.

"강요맹 나와라!"

소이보의 목소리는 털보의 둔탁한 쇠종 소리에 댈 게 아니었다.

연무대를 가득 채우고도 남아 요선보의 건물들을 굽이쳐 흘렀다.

눈이 동그랗게 변한 혈랑대원들의 시선이 일제히 소이보를 향했다.

소이보가 다시 입을 크게 벌렸다.

"강요맹 나와라!"

껄끄럽고 갈라진 목소리가 다시 크게 울려 퍼졌다.

범우는 고개를 뒤로 돌려 소이보를 쳐다보았다.

"대주님!"

짧고 굵은 낮은 목소리였다.

소이보가 힐끗 범우를 쳐다보고는 다시 목을 길게 늘어뜨리고는 외쳤다.

"대주님 나와라!"

범우의 고개가 다시 뒤를 향했다.

"나와주십시오!"

역시 짧고 굵고 낮은 목소리였다.

소이보가 다시 범우를 힐끗 보고는 히죽 웃었다. 그리고 조금 전보다 더 큰 목소리로 외쳤다.

"대주님, 나와주십시오!"

뭐가 뭔지 모르면서 신이 난 털보가 소이보에게 지지 않겠다는 듯 더 큰 목소리로 고래고래 고함을 질렀다.

"대주님, 나와주십시오!"

요선보 사람들 중 털보의 목소리를 듣지 못한 사람은 없을 게 확실했다.

그러자 강요맹이 나왔다.

"무슨 일이지?"

매부리코가 씰룩였다.

처음 범우를 쏘아보고는 다시 소이보를 쏘아보았다.

소이보가 히죽 웃었다.

강요맹의 시선이 털보를 향했다. 하지만 털보는 멀뚱걸뚱 커다란 눈을 뒤룩거릴 뿐이었다. 정작 부끄러움에 발갛게 달아오른 얼굴을 숙인 것은 홍안자였다.

'무식한 놈!'

가늘게 한숨을 쉰 강요맹이 예쁘장한 사내를 쳐다보았다.

"무슨 일인가?"

이번에 강요맹의 시선은 쏘아보는 게 아니었다. 죽일 듯 노려보고 있었다. 거기엔 살기가 묻어 있었다.

사내도 그것을 느꼈는지 몸을 움츠리고는 헤헤거리며 웃었다.

"대주님의 잠을 못난 이놈이 방해했군요."

"저 아이에게 무슨 볼일이라도 있는 것인가?"

강요맹이라고 무슨 일이 벌어지고 있는지 모를 리가 없었다.

　그래도 자신보다 격이 떨어지는 다툼에 구태여 나갈 필요를 느끼지 못했다. 아니, 자신이 직접 해결해야 할 일이 벌어져도 적당한 계기가 없다면 체면상 나서질 못했다.

　그런데 요선보가 떠나갈 듯 자신을 외쳐 부르는 데야 안 나설 수가 없었다.

　계집애 같은 사내가 헤실거리며 웃었다. 꼭 계집의 교태를 보는 것 같아 강요맹의 미간이 찡그려졌다.

　"헤헤, 다른 게 아니라 저 요안을 보고 싶다는 분이 계셔서요. 마도 본가에서 오신 소저께서 내일 점심때 만나뵙고 싶다고 하셔서 말을 전하러 왔습니다."

　"그런가?"

　강요맹의 표정이 심드렁하게 변했다. 강요맹의 시선이 다시 소이보를 향했다.

　"들었지?"

　강요맹의 말에 소이보가 고개를 끄덕였다. 하지만 대답 소리는 우렁차게 울렸다.

　"옙!"

　털보였다. 홍안자가 창피해 못살겠다는 듯 고개를 푹 숙이고 털보의 옆구리를 손가락으로 푹푹 찔렀지만 정작 털보는 무슨 일이냐는 듯 눈을 멀뚱거리며 자신을 쳐다보는 혈랑대원들을 마주 보았다. 눈이 마주친 혈랑대원들이 급히 시선을 돌렸다.

　"들었다는군."

　차분한 강요맹의 목소리에 다시 사내가 헤실대며 웃었다.

　"알았습니다. 말을 전했으니 전 가보겠습니다."

고개를 두어 번 주억거린 사내는 곧 조심스럽게 강요맹의 옆으로 발걸음을 옮겼다.

고개를 깊게 숙인 사내가 막 몸을 돌려 빠져나가려 할 때였다.

"잠깐."

강요맹이 사내를 불렀다. 사내의 예쁘장한 얼굴이 뒤로 돌았다.

"자네 저 아이를 보고 요안이라고 했나?"

강요맹의 물음에 영문을 모르겠다는 듯 사내가 고개를 끄덕였다.

강요맹이 싱긋 웃었다.

"그럼 자넨 죽었군."

말을 마친 강요맹이 휘적휘적 걸어나갔다. 곧 범우가 강요맹의 뒤를 따랐다. 삼팔구를 제외한 혈랑대원들의 고개가 일제히 강요맹에게 숙여졌다.

강요맹이 사라지자 혈랑대원들이 뿔뿔이 흩어졌다. 소이보 역시 사내 쪽은 쳐다도 보지 않고 털보를 따라 발걸음을 돌렸다.

넓은 연무장엔 계집 같은 사내만이 남았다.

'죽어? 내가 왜?

사내의 고개는 이해가 안 간다는 듯 갸우뚱거리고 있었다.

3

삼팔구가 머무는 허름한 가옥으로 돌아오는 동안에도 여자는 한없이 종알거렸다.

소이보가 침상 위에 올라앉아 무릎을 굽힌 채 다른 생각을 하고 있는 동안에도 종알거렸다. 한바탕 소란이 휩쓸고 간 뒤 혈랑대가 머무는 전각엔 조용한 적막이 흘렀다. 유일하게 삼팔구 대원들이 머물러 있는 곳만 여자가 뽀로롱뽀로롱 지저귀고 있었다.

밤에서 새벽으로 넘어가는 동안에 소이보의 파랗고 잿빛인 눈에 빛이 점점 더해졌다.

"아, 그래서 내가 그랬지. 우리는 삼팔구다. 목 닦고 기다려라, 예쁘게 구멍을 내줄 테니!"

소이보는 여자가 지금 무슨 얘기를 하는지 알 수 없었다. 머시기 방파를 쳐들어가 거시기한 놈들 죽이는 얘기밖에 없었다. 예쁜 여자의 작고 앙증맞은 입에서 튀어나오기엔 왠지 어울리지 않는 이야기였다.

소이보가 여자의 눈을 바라봤다.

"아휴~"

여자는 말을 끊고는 눈을 반짝이며 괴상한 탄성과 함께 다시 소이보의 뺨을 손가락으로 콕콕 찔렀다.

"검을 구할 수 있나?"

소이보가 여자에게 물었다.

"검? 검은 왜?"

여자는 눈을 동그랗게 떴다. 나이는 많아 보이는데도 하는 짓은 귀여웠다. 소이보는 아무 말 없이 그저 히죽 웃었다.

그제야 무슨 뜻인지 안 여자가 놀랍다는 듯 손으로 입을 가렸다.

"너, 일을 크게 벌이려고 하는구나?"

소이보가 다시 히죽 웃었다. 손으로 입을 가린 여자의 동그란 눈에서 눈동자가 데굴데굴 왼쪽으로 굴렀다가 다시 오른쪽으로 굴렀다.

"기다란 것도 괜찮아?"

철컥!

여자의 말이 끝나기가 무섭게 검집에서 검을 살짝 빼내는 소리가 들렸다. 아마도 배꼽까지 내려오는 긴 수염의 중년인이 틀림없었다.

"흥! 생긴 것과 다르게 눈치는 빠르다니까."

여자는 입을 샐쭉이며 긴 검을 제 품속으로 당겨 안고는 살짝 검을 빼 든 중년인이 누워 있는 침상을 귀엽게 흘겨보았다.

"잠깐만 기다려. 혈랑대 애들을 족쳐 보면……."

여자가 흥분했는지 의자를 박차고 일어설 때였다.

"없어도 괜찮아."

소이보는 고개를 끄덕이고는 천천히 몸을 일으킨 후 다시 여자를 보며 히죽 웃었다.

"그놈 있는 곳만 알려주면 돼."

"그건 내가 잘 알아."

갑자기 지붕이 부웅 울렸다. 소이보가 눈을 돌리자 눈을 주먹만하게 부릅뜨고 털보가 소이보를 보며 앉아 있었다. 조금 전까지만 해도 떠들썩하게 코를 골았는데, 어느새 자리에서 일어나 앉아 있는 것이다.

"저어기……."

홍안자가 조르르 달려가 털보의 옆구리를 손가락으로 쿡쿡 찔렀다.

"다 깨면 어떡하라구!"

홍안자는 소이보를 힐끔 보고는 다시 얼굴을 새빨갛게 물들였다.

소이보는 어이없다는 듯 주위를 쳐다보았다.

모두 잠에서 깨어 있었다. 나른한 고양이처럼 몸을 길게 말고 자던 게으르기 짝이 없는 사람도 실눈을 뜨고 소이보를 보고 있다가 눈이 마주치자 씨익 웃었다.

소이보는 다른 건 몰라도 삼팔구들의 실력 하나는 알아줘야 한다고 생각했다.

아니, 오랜 전투 경험에서 살아남은 그 무엇이 이들에겐 있었다.

살기에 민감하게 반응하는 그 무엇을 이들은 가지고 있었다. 단지 소이보는 씨익 웃기만 했는데도 소이보 내심에서 꿈틀대는 살기가 이들을 깨운 것이다.

"내가 했다고 말만 안 하면 내가 대신 목을 따줄 수도 있는데……."

게으른 지씨 성의 사내가 기지개를 켜고는 입맛을 다시며 말했다.

"필요없어."

소이보는 냉정하게 말하고는 천천히 문을 나섰다. 그러자 신이 났는지 조금 흥분된 얼굴의 여자가 소이보의 곁에 와 섰다.

여자는 소이보가 쳐다보자 짐짓 달을 바라보는 척 고개를 돌리고는 중얼거렸다.

"때는 잘 골랐네?"

그리고는 고개를 돌려 소이보를 보며 예쁘게 싱긋 웃으면서 말했다.

"이때가 피 냄새가 가장 진할 때거든."

소이보는 매력적인 여자라고 생각했다. 말하는 내용은 살벌하기 그지없었지만 여자가 말하자 재미있는 장난 정도로 느껴졌다.

"어디지?"

소이보가 묻자 여자가 다시 푸릇푸릇한 웃음을 웃었다.

"따라와."

여자가 한 발 앞으로 나서고 소이보가 그 뒤를 따랐다.

하지만 몇 걸음 걷고는 뒤를 돌아보았다.

나머지 삼팔구 사람들이 졸래졸래 따라오고 있었다.

소이보가 가장 앞장선 털보를 바라보았다. 홍안자란 수줍음 많은 사내가 털보 뒤에서 고개를 빼꼼이 내밀었다가 소이보와 눈이 마주치자 다시 털보 뒤로 숨었다.

"왜 따라와?"

소이보가 털보에게 물었다. 털보가 무슨 이야기냐는 듯 눈을 커다랗게 떴다. 그리고는 그렇게 당연한 걸 왜 모르냐는 듯 답답하단 얼굴과 함께 아주 크게 속삭였다.

"구경하려구!"

털보의 속삭임이 밤공기를 흔들자 뒤에 숨었던 홍안자가 털보의 옆구리를 다시 쿡쿡 찌르다가 아예 꼬집기까지 했다.

"암습의 첫째 조건은 시기야. 둘째가 장소지. 셋째가 기회야. 넷째가 은밀함이고……."

여자가 낮게 소곤거렸다. 여자의 입김이 소이보의 귓전에 닿을 때마다 왠지 소이보의 귀가 홍안자처럼 발갛게 변했다.

여자가 발걸음을 멈추고는 한쪽을 가리켰다.

"저기가……."

소이보가 그 방향으로 몸을 돌렸다. 그때 여자의 말이 이어졌다.

"그 이화림이란 비림의 주인이 사는 곳이야. 지랄맞은 년들이 수두룩한 곳이니까 조심해. 아마 동생을 잡아먹으려 들 거야. 발정난 암캐들이거든."

소이보는 몸을 돌린 채 뻘쭘하게 서 있었다. 그런 소이보를 보고 여자가 다시 손으로 입을 가리고는 쿡쿡대는 웃음을 웃었다. 속았다. 화를 낼까? 화를 내기도 민망했다. 여자가 속인 건 사실이지만 끝까지 듣지 않고 멍청하게 몸을 빨리 돌린 건 소이보였다. 하지만 소이보는 몰랐다, 남자란 족속은 원래 여자에게 속기 위해 태어났다는 것을.

여자가 다시 긴 머리카락을 귀 뒤로 넘긴 후 빙긋 웃었다.

"빠르게 해치워야 해. 제자란 신분 때문에 보주의 처소와 매우 가깝거든. 찍소리도 내지 않고 해결하고 나와야 한다구. 저기야."

여자가 손가락으로 가리킨 곳은 지붕이 하늘 높이 삐쭉이 솟은 건물이었다.

소이보가 고개를 끄덕이고는 발로 가볍게 땅을 박차자 곧 건물에 당도했고, 가볍게 담을 뛰어넘었다. 깃털 하나 떨어지는 소리도 나지 않았다. 은밀했고 부드러웠으며 행동 하나하나가 물 흐르듯 자연스러웠다.

"제법이네?"

여자가 그런 소이보의 모습을 보며 눈을 동그랗게 떴다.

하지만 곧 이어지는 소리에 동그랗게 치켜뜬 눈을 다시 크게 떠야만 했다.

쾅!

분명히 발로 문짝을 걷어차는 소리였다.

"나와라!"

담 너머로 들리는 낮게 으르렁대는 껄끄러운 목소리는 소이보의 것이 틀림없었다.

"정말 맘에 들어!"

털보가 웃으며 깨질 듯한 커다란 쇠종 소리를 토해내었다.

홍안자가 안절부절못하고 있었다.

"늦겠다."

게으름을 피우던 사내가 웬일로 종종걸음을 걷고 있었다. 잘못하면 좋은 구경거리를 놓칠지도 모른다는 다급함이 걸음걸음에 묻어 있었다.

『귀령마안』 2권에 계속…

청 어 람 신 무 협 판 타 지 소 설

2005년 고무판(WWW.GOMUFAN.COM) 「장르문학 대상」 최고의 영예, 대상(大賞) 수상작!

좌검우도전(左劍右刀傳) / 이령 지음

한칼에 세상이 갈라지고, 한걸음에 무림이 격동친다!

『좌검우도전』 (左劍右刀傳)

강한 자(强漢者)가 뿜어내는 거대한 힘과 강인한 매력에 빠져든다!

"너는 반드시 힘을 가져야 한다. 네 의지로… 세상을 뒤엎어 버려라."

"강자를 약자로 만들고, 명예를 똥칠하고, 돈을 빼앗아라.
협의도(俠義道)가, 마도(魔道)가 얼마나 더러운 것인지 알려주어라."

"오냐, 아무것에도 얽매이지 말고 네 마음대로 세상을 휘저어라.
너의 이름은 수강호(讐江湖)가 아니더냐? 강호를 향해 마음껏 복수하거라!
유오독존(唯吾獨尊)! 그것이 나의 소원이다."